# LES
# VISIONS
## DE DOM FRANCISCO
### DE QVEVEDO VILLEGAS,
Cheualier de l'Ordre de
S. Iacques.

*Augmentées de l'Enfer Reformé, & du
decret de Lucifer.*

Traduites d'Espagnol

*Par le Sieur DE LA GENESTE.*

A ROVEN,
Chez IACQVES BESONGNE,
dans la Cour du Palais.

M. DC. LV.

# ADVERTISSEMENT DV
## Traducteur lur cette premiere
### viſion.

LECTEVR, Algouazil eſt en Eſpagne le nom d'vn Officier de Iuſtice
qui reſſemble fort naïſuement à nos
Sergens & Archers de Preuoſts, &
ie l'auois traduit Sergent pour vous
en donner plus d'intelligence. Mais
ayant mis ma copie entre les mains du Libraire, vn
Sergent du Chaſtelet aſſiſté de deux Records me vint
donner le bon iour, de la part d'vn Marchand qui tenoit
mon nom ſur les liures accompagné d'vn Debet. Et a-
pres ſon traiſtre compliment, il me laiſſa vn certain
griſonneur d'eſcritures, qu'il diſoit eſtre la ſignificatiõ
d'vne ſentence de quatre mois. Alors iugeam que ſi ceſte Viſion paroiſſoit deuant Meſſieurs les Sergens ils
pourroient bien ſe vanger au bout du terme de ce que i'a-
uois diabolisé vn de leurs compagnons, & ſans grace ny
miſcricorde, ils me precipiteroient dans l'Enfer de Ma-
rot. En ceſte conſideration ie m'en allay diligemment
chez l'Imprimeur, effacer de ma traductõ le venerable
nom de Sergent, & mettre en ſon lieu celuy d'Algona-
zil purement Eſpagnol pour euiter les eſſ is de ma prophetie & me garder de meſprendie. La liberté vous de-
meurera donc Monſieur le Lecteur, d'entr dre ſous ce

ã 2

nom là, celuy d'Archer ou de Sergent, gardant toutesfois le respect, à la crainte que vous pourriez auoir ou
de l'vn ou de l'autre. Chaque asne sent si le bast le bles-
se. Pour mon regard, ie fais vœu de ne point toucher
les chats de peur qu'ils ne m'esgratignent. Quand ie seray quitte, ie seray peut estre plus libre & plus hardy,
iusques là, ie ne diray ny l'Archer ny le Sergent,
mais seulement l'Algouazil Demoniaque, afin de ne
point irriter des bestes qui ont des griffes. Pardonnez si
ie ne m'explique mieux, on ne sçait pas où l'on se peut
trouuer, ny en quelle panne en peut tomber.

# VISION PREMIERE

## DE

# L'ALGOVAZIL

## DEMONIAQVE.

VN de ces derniers iours allant pour ouyr la Messe en vn Conuent de cette ville, ie trouuay la porte fermée & vne infinité de peuple qui tâchoit par prieres d'y entrer, ie m'informay de la cause de leurs desirs: on me dit qu'il y auoit vn Demoniaque qu'on alloit coniurer. La curiosité de voir vne chose si rare, m'obligea de me fourrer dans la presse, & pousser comme les autres. Et voyant que tous mes efforts estoient inutiles, & qu'il ne parroissoit plus personne à qui l'on pust parler, ie me retiray de cette foule pour m'en retourner chez moy, mais au bout de la rüe ie rencontray vn Religieux de ce Conuent, que ie connoissois bien particulierement, lequel apres m'auoir confirmé la verité de la nouuelle que ie venois d'apprendre, & par mesme moyen augmenté

B b

mon ennie, me dit que ie le suiuisse, Disant ce-
là, il destache vn passe par tout de sa ceinture,
& nous entrasmes par vne petite porte de l'E-
glise, & allasmes dás la Sacristie. La ie trouuay
vn hôme d'vn fort mauuais regard, ses habillemens estoient tous desthirez, il auoit les mains
liées par derriere, & vne Estolle autour du col,
qui n'estoit pas fort bien adjustée: Il faisoit des
cris & des eslortsespouuétables. O Dieu qu'est-
ce là, dy ie alors, en faisant le signe de la Croix!
Et vn bon Religieux qui estoit auprès pour l'e-
xorciser, me respondit. Vous voiez, c'est vn hôme possédé du malin esprit. En mesme temps cét
esprit qui le tourmentoit prit la parole, & dit:
Ce Religieux à menty, respect de la compagnie,
ce n'est pas vn homme Démoniaque : mais c'est
vn Demon humanisé: aduisez côme vous parlez
vous autres: car en la demáde & en la responce,
l'on void aisément que vous estes des ignorans:
sçachez que nous autres diables, ne sommes que
par force & contre nostregré dedás le corps des
*Algouazils*, & partant si vous me voulez nommer
comme il faut, dites que ie suis vn Demon *En-
Algouazilz*, & nõ pas vn *Algouazil* endiablé. Vous
autres hommes, vous vous accordez bien mieux
auec nous, qu'auec les *Algouazils* parce que nous
fuyons la Croix, & ils s'en seruent comme pour
instrument à mal faire. Il est vray qu'il y a vn
grand rapport d'offices entre les *Algouazils*, &
nous. Premierement nous procurons la condamnation des hommes, aussi font les *Algouazils*. Nous desirons qu'il n'y ait que les meschás
& des criminels au monde, aussi font les *Algoua-*

qu'ils, mais encore plus paſſionnement que nous, d'autant qu'ils en ont beſoin pour ſubſtanter leur vie, & nous n'en auons à faire que pour compagnie ſeulement. En cela, ils ſont plus blaſmables que nous, attendu qu'ils font mal à ceux de leur genre & de leur eſpece, ce que nous ne faiſons pas, car nous ſommes Anges, mais priués de la grace. Outre cela nous n'auons eſté conuertis en Demons que pour auoir voulu eſtre égaux à Dieu, & les *Algouazils* ſont *Algouazils* pour eſtre moins que tous les hommes. De façon bon Pere, que vous trauaillez inutile- ment à preſenter des reliques à ce miſerable, car il n'y a homme ſi ſaint qui ne demeure dans ſes griffes, quand il y eſt vne fois entré. Perſuadez- vous que les *Algouazils* & les diables ſont tous d'vn ordre, ſinon que les *Algouazils* ſont des dia- bles chauſſez, & nous dechauſſez comme ce bon Pere, qui menons vne dure vie dans l'En- fer.

I'eſtois rauy d'eſtonnement d'oüyr ces dia- boliques ſubtilitez. Cependant le Religieux continuoit ſes coniurations, & pour faire taire le Demon, il luy iettoit de l'eau beniſte, dequoy le poſſedé ſe tourmentoit fort, en glapiſſant ſi haut qu'il eſtourdiſſoit tous les ſpectateurs, & faiſoit quaſi trembler le lieu où nous eſtions. Ne penſez pas, dit-il, que ce ſoit la vertu de la bene- dictiõ de cette eau qui me trauaille, c'eſt la qua- lité de l'eau ſeulement, car il n'y a rien que les *Algouazils* hayſſent tant que l'eau. Et de fait, pour preuue qu'ils ne font point de cas de cho- ſes beniſtes & ſacrées, & cõme ils ſont mauuais

Chrestiens, sçachez que dans le peu de noms qui
font restez en Espagne du temps des Mores, ils
ont derobé ce nom d'*Algouazil*, & ont quitté
celuy de Mifins qu'ils auoient auparauant, afin
d'auoir vn nom Arabe comme leurs œuures.

Il ne faut plus escouter ce meschant, ny adjouster foy à ses paroles, dit le Conjurateur; si
nous luy permettons de parler, il dira mile outrages contre la justice & contre ses officiers,
parce qu'elle corrige le monde, & que le cha-
stiment qu'elle fait du vice, arreste les mauuaises intentions & luy rauit aussi plusieurs ames,
qu'il croyoit auoir fait trébucher dans ses pie-
ges. Ne vous amusez pas à disputer contre moy
dit le diable au conjurateur: car i'en sçay plus
que vous, taschez seulement à me faire sortir du
corps de cet *Algouazil*, ie vous en prie, car ie
suis vn diable d'honneur & de qualité, on me
fera mille algarades qnand ie seray de retour en
Enfer, on me reprochera a iamais la hantise
d'vne si mauuaise compagnie. Ie t'en feray sortir
dit le Religieux, par la grace de Dieu, de compassion que i'ay des aspres tourmens que tu luy
fais ressentir, & non pas pour les sottises que tu
dis, pourquoy luy fais-tu tant de mal: le mal que
ie luy fais, respond le diable, procedé d'vne con-
testation où nous sommes entre son ame & moy
à sçauoir qui de nous deux est le plus grand
diable, l'Algouazil ou moy.

Le Conjurateur ne prenoit point de goust à
toutes ces folles & malicieuses responses: mais
moy qui commençois à m'assurer en la presence
du diable, & à m'accoustumer auec luy, i'auois

extreme plaisir à l'ouyr caqueter: Mon Pere, luy
dis-je, puis qu'il y a fort peu de monde icy, & que
vous sçauez tous les secrets de ma conscience,
comme estant mon Confesseur ordinaire, per-
mettez-moy de faire quelques questiós peut-
estre que ses réponses me seront salutaires, quoy
que ce ne fut pas mon intention. Empeschez-le
seulement s'il vous plaist, de faire tant de peine
à ce pauure malheureux: Il accorda ma priere,
& l'esprit continua son babil. Nous auons des
parens & amis en Cour, dit-il, en riant, quand
il y a des Poëtes, ils nous rendent tousiours de
bons offices par maquerelages ou autrement:
mais vous y estes obligez, dit-il en me regardant, pour l'honneur que nous vous faisons de
vous souffrir en Enfer. Y a il beaucoup de Poëtes en Enfer, luy dis-je. Le chemin est si aisé, dit-
il, que tout en fourmille, aussi a t'il fallu élar-
gir leur quartier: il n'y a rien de si plaisant en
l'Vniuers, comme de voir vn Poëte dans la premiere année de son Nouiciat en Enfer. Les vns
portant des lettres de faueur adressantes à nos
superieurs ministres: car ils pensent trouuer Ca-
ton, Cerbere, Radamanthe, Eaque & Minos.

Mais quelles peines leur fait on souffrir là, luy
dy ie sentant que cela me touchoit, Plusieurs,
respondit il, & des peines propres au mestier:
car les vns se tourmentent entendant réciter les
œuures des autres (qui est aussi le mesme supplice des Musiciens) & la plusipart c'est la peine de
les corriger. Il y a tels Poëtes qui sont condamnez à mille ans d'Enfer, & si encore n'acheuent.
ils pas de lire des Stances qu'ils ont composées

fur des ialoufies Autres fe frappent de la paulme
de la main fur le front & mefme fe donnent fouuent des coups de tizon par le nez, pour refou-
dre s'ils diront face ou vifage, s'ils écriront tans
ou temps, il depeignit, ou il depeindit, parce
que le mot vient de depeindre. Et tels, qui pour
chercher vne rime ou vne confonante, fe pourme-
nent en refuant deçà & delà, en fe rongeant les
ongles iufques au fang, comme des enragez, &
dans leurs refueries quelquesfois ils tombent en
des trous, d'où nous auons bien de la peine à les
retirer. Mais ceux qui endurent le plus & qui
font les plus mal logez font les Poëtes comi-
ques : pour punition d'auoir rauy l'honneur à
tant de Princeffes, de Reines & d'Infantes de
Bretagne, & auffi pour auoir fait des mariages
inefgaux aux fins de leurs pieces, & donné des
coups de bafton à plufieurs gens d'honneur dans
leurs intermedes & leurs farces. Au refte, ils ne
font pas logez auec les autres Poëtes ; mais parce qu'ils inuentent tant de rufes, d'intrigues, de
menteries, d'artifices & de tromperies, nous les
mettons auec les Procureurs & Soliciteurs de
procez, comme gens qui ne viuent que dans cet
exercice. Et faut que vous fçachiez, vous autres
hommes, qu'il y a vn tel ordre en Enfer, & que
nous y auons de fi bons fourriers, que dernicre-
ment il vint vne groffe troupe tout à la fois de
plufieurs meftiers, le premier qui fe prefenta fut
vn paltre mal autru faifeur de trait, d'arbalefte
& comme on le penfoit mettre auec les armu-
riers, & autres faifeurs d'inftrumens de guerres, quelqu'vn de nous autres s'auifa qu'il a.

mit dit en entrant qu'il faisoit des traicts, cela fut cause qu'on le mit auec les Greffiers &
Notaires, comme gens qui en sçauent faire de
vaillans & d'autres à tous vsages, Vn autre
qui se dit estre Tailleur, on luy demanda si c'e-
stoit de pierre ou de marbre, il dit que c'estoit
de cette espece qui coupe les habillemens, on le
mit auec les detracteurs & medisans, comme
gens qui couppent les vestemens de la bonne
renommée d'autruy. Vn Aueugle qui se pensoit
fourrer auec les Poëtes fut logé auec les Amoureux, à cause de la sympatie. Vn autre qui se dit
estre enterreur de morts ; & vn rostisseur qui
l'accusa d'auoir vendu des chats pour des liè-
vres, furent mis auec les Patissiers, cinq ou
six qui vindrent en qualité de fols, furent menez
à l'appartement des Astrologues & des Alchimistes. Vn qui vint pour auoir faict plusieurs
homicides, fut mené auec les Medecins Des
Marchands condamnez pour auoir mal vendu
furent enuoyez auec Iudas. Les mauuais Ministres & Magistrats, nous les mettons auec les
mauuais Larrons, les broüillons, les porteurs &
vendeurs d'eau, auec les Tauerniers, les Fripiers
auec les Iuifs, En fin il n'y a point de Republique qui soit si bien ordonnée que l'Enfer, chacun
y a son domicile selon sa condition.

Il me sëble, luy dyie, que tu as parlé des amoureux, Et parce que ie me sens de cette maladie là
aussi bien que de celle de la Poësie, ie voudrois
bien sçauoir s'il y en a beaucoup. L'amour est
vne grande tache d'huile qui s'estend par tout,
respond il, c'est pourquoy tu ne dois point dou-

terque l'Enfer ne soit bien farcy d'amoureux? il
y en a de plusieurs sortes, les vns le sont d'eux-
mesme, les autres de leur argent, autres de leurs
paroles, autres de leurs œuures, & quelques-
vns de leurs femmes. Et de ceux-cy, il y en a le
moins en Enfer, d'autant que les femmes sont
d'vn tel naturel, que par leur desloyauté, leurs
imperfections & mauuaises testes, elles donnent
tous les iours sujet a leur maris de se repentir
de la conionction & l'alliance. Les autres a-
moureux sont fort plaisans à voir & d'agreable diuertissement) si d'auenture il y en auoit en
enfer (il y en a qu'on prédroit pour des montres
de boutiques de Merciers tant ils sont parez de
bouts de nœuds, de rubans de plusieurs couleurs, qu'ils appellent faueurs. Autres qui
semblent estre boëtes de perruquiere, ce ne
ont que cheueux de toute sorte, Autres qu'on
uroit estre des Messagers tous pleins de missi-
nes & de lettres de leurs associées qu'il appellent poulets : nous autres des lardons, aussi
nous seruent-ils à les larder & à les rostir ensemble ; car là estans tous de feux & de flammes,
cela nous espargne pour plus de vingt ans debois
qui s'employe à la fabrique de la maison. Il y a
plaisir à voir la posture de ceux qui ont aimé des
filles dont ils n'ót pas cueilly la fleur, vous leur
voyez tousiours faire les doux yeux & tendre
les bras comme pour embrasser l'objet qu'ils
s'imaginent. Les vns sont condamnez par l'at-
touchement, sans pourtant auoir touché le but
& ceux-la seruent de bouffons aux autres auec
le tiltre de pretendans, tousiours à la veille de la

feſte ſans iamais arriuer au iour. Autres condã-
nez du baiſer, comme ludas. Au deſſous d'euxen
vn lieu fort ſale & infeⱻ, plein de cornes de be-
liers, de taureaux de bœufs, &c. ſont ceux qu'entre vous autres on appelle iennains, ce ſont les
plus paiſibles de nos penſionnaires, ils ſont armez de patience incomparable, ils endurent
tout car pour l'auoir fortifiee & rafinée dans les
infidelitez de leurs mauuaiſes femmes, ils ne ſe
mettent iamais en colere de rien qu'on leur face
Apres eux on voit les Amoureux de vieilles. Or
ceux cy ſont fort eſtroittement enchainez : car
les diables ne tiendroient pas leur honneur en
ſauuete, parmy les hommes, qui ont le gouſt
ſi depraué. En effeⱻ, s'ils n'auoient les fers aux
pieds, Barabas pourroit bien garder ſes feſſes.
car tels que nous ſommes, nous leur ſemblons
eſtre blancs, beaux & blonds comme des Ado-
nois ou des Narciſſes.

Mais ayant ſatisfaiⱻ à voſtre curioſité ie vous
veux aduertir que nous autres diables ſommes
fort offencez de ce que vous nous maniez & pa-
troüillez comme il vous plaiſt : tãtoſt en nous
peignant auec des griffes, combien que nous ne
ſoyons ny Aigles ny Griffons : tantoſt en nous li-
chant de longues queües au cul, comme ſi vous
craigniez qũ õ nous priſt pour des Heres, ou que
les mouches nous deuſſent mãger : & tãtoſt auec
des roupillons des barbes de coq d'Inde : Quoy
qu'il y ait des diables entre nous qui pourroient
fort bien eſtre pris pour Hermites & pour Phi-
loſophes. Apportez y donc du remede ſi vous
voulez que nous faſſions bon feu quand vous

nous viendrez voir. Nous demandasmes dernierement à ce peintre, qu'autres fois vous ap-
pelliez Michel Ange (assez improprement pourtant) pourquoy il nous auoit representez en
son iugement auec tant de differentes grimaces
& de mauuaises mines. Il nous respondit que
n'ayant iamais veu de diables, & ne croyant
pas qu'il y en eust, il auoit fait cela par caprice
& non pas par malice: mais son ignorance n'ex-
cusa pas son peché, on luy faict voir maintenant la realité de ce qu'il ne croyoit pas estre.
Nous nous plaignons encore dauantage de ce
qu'en parlant familierement les vns aux autres,
vous dites souuent, Voyez ie vous prie comme
ce diable de Tailleur a mal faict mon habillement, comme il m'a faict attendre, comme il m'a
destobé ; vous nous faites tort de nous comparer aux Tailleurs, veu que nous nous en ser-
uons de bois en Enfer, encore nous faisons-
nous bien prier pour les y receuoir, quoy qu'il
nous pussent alleguer la loy de possession, *Quo-*
*niam consuetudo est altera lex.* Et parce qu'ils sont
en possession du larcin, & de garder plustost de
vos estoffes qui leur sont demandées, que les
festes qui leur sont recommandées, ils entrent
chez nous en gromelant, quand nous ne leur ou-
urons pas la porte toute arriere, parce qu'ils
croyent estre legitimes enfans de la maison.
Comme aussi nous trouuons fort mauuais que
vous donniez au diable toutes les choses qui
vous desplaisent. Le diable t'emporte, dites
vous ; certes vous leur faites là de beaux pre-
sens : mais sçauez qu'il en vient plus chez nous

que nous n'en allons querir, & que nous n'emportons pas tout ce que l'on nous donne : car nous ne faisons pas cas de toutes choses. Vous donnez au diable vn maraut de laquais , mais le diable n'en veut point : car sçachez pour la plus grande partie, qu'ils sont plus méchans que les diables mesmes , & qu'ils ne valent rien du tout ny à rostir ny à boüillir. Vous donnez au diable vn Italien , & le diable vous en remercie de bon cœur:car il y a tel Italien qui prendroit vn diable par le nez comme fine moustarde. Comme aussi vous luy donnez quelque Espagnol : mais le diable qui sçait les cruautez dont ils ont accoustumé d'vser , pour se rendre maistres des lieux dont on leur permet l'entrée , ie vous prie de les enuoyer au Grand Turc pour en faire des Eunuques.

A cette derniere parole, le Demon se teut , & moy aussi. En mesme instant il se fit vne petite rumeur parmy les spectateurs de deux ieunes Godelureaux vn peu trop chatoüilleux, qui s'estoient poussez pour se deuancer l'vn l'autre , & en me retournant pour voir que c'estoit j'apperçeus vn certain Maltautier , qui auoit esté cause de la ruine de mes amis : & lors pour prendre quelque vengeance de ce Maraut deguisé en homme d'honneur , ie dis ainsi au Demoniaque : Puis que tant de diuerses conditions de personnes vont habiter en vostre climat , y a il point de ces Sangsuës , qu'on appelle maintenant Partisans, de ces pestes de Royaumes , de ces donneurs d'Auis & Inuenteurs d'Impofts? Vous

n'estes gueres fin, me respond il. Ne sçauez vous
pas bien que ceste vermine là, sont les plus naturels enfans des diables, & que leur droit de legitime est assigné aux enfers. Mais sçachez pourtant que nous sommes sur le point de les des-
aduoüer car ils sont si ingrats, & si industrieux
à mal faire, qu'ils se veulent attaquer à nous par
vn dessein qu'ils ont d'establir les imposts sur
les chemins d'Enfer: & comme les charges aug-
mentent chaque iour, nous craignons que par
succession de temps, ces impositions montent si
haut, que les negocians soyent à la fin contrains
de renoncer au commerce : ce qui seroit fort
dommageable à nostre Republique. Que s'ils
executent vne fois ce project là, nous leur fer-
merons la porte au nez, & leur chanterons la
chanson qu'on dit en France de Montelimart,
quand ils viendront chez nous : & alors le diable sera bien aux veaux, plustost qu'aux vaches
car ils n'auront point de lieu de retraicte : & e-
stans desja bannis du Paradis & du Purgatoire
ils seront en pire estat que les damnez. Cette en-
geance de vipere, dy ie, au Demon, subtilisera
tant qu'à la fin le chemin de Paradis n'en sera
pas exempt. Il y a long temps dit il qu'il y auroient mis des Imposts, s'il n'eussent recogn'
qu'on y trauaille si peu, qué dix ans vn de leu.
commais n'y gagneroit pas dequoy achepter vi
de ces grands colets qu'ils portent maintenant
Mais ie te prie, luy dy ie, surquoy veulent il
exiger ces impositions nouuelles. Si vous estes
curieux de sçauoir toutes les circonstances de
leur dessein, il ne faut que faire approcher Mon-

fieur que voilà , dit il , en monftrant au doit
mon Griueléur, car il eſt du meſtier, A cét inſtant toute la compagnie ietta l'œil ſur luy dont
il fut ſi honteux & ſcandalizé, qu'il commença
de tourner le dos: & en enfonçant ſon chappeau gaigna viſtement la porte & s'enfuit, dequoy chacun demeura grandement eſtonné, &
moy fort bien vengé. Et quand l'emotion fut cef-
fée, le Demoniaque reprit la parole : Puis que
mon teſmoin s'eſt abſenté, dit il, en riant, ie veux
ſuppléer à ſon defaut, car i'en ſçais bien autant
que luy, Sçachez donc que l'impoſt qu'ils veulent eſtablir eſt ſur la monſtre des gorges & des
eſpaules de nos Dames: Sur les carroſſes qui ne
ſeruent qu'à aller aux Cours & aux aſſignations
d'amour : Sur le luxe des habits: Sur les feſtins,
& les ſuperbes emmeublemens: Sur les Academies & les Ieux, ou il ſe faict mille piperies &
mille blaſphemes, & generalement ſur toutes les
autres choſes qui ſeruent à peupler noſtre Empire; de façon qu'il deuiendra deſert , ſi quelque
bon Magiſtrat de nos amis ne s'oppoſe àleurs
intentions. Ces aduis là ſont tres raiſonnables
luy dy ie, & on les deuroit recevoir. En effect
c'eſt le vray chemin d'enfer: car tout cela ne fait
que peruertir les bonnes mœurs, cortompre la
chaſteté, exciter les deſbauchez & la diſſolu-
tion, & deſtruire la modeſtie & la ſimplicité.
Mais à propos des Magiſtrats, dont tu viens de
parler : Seroit-il bien poſſible que il y euſt des
Iuges qui allaſſent en Enfer? Belle demande ,
dit le Démoniaque : Mon amy, vn meſchant iuge eſt la ſemence qui fructifie le plus pour nous,

c'eſt vne graine dont nous recueillons tous les
iours dix mille Procureurs, autant d'Aduocats,
de Greffiers, de Sergens, & plus de vingt mille plaideurs & chicaneurs. Et bien ſouuent que
les années ſont fertiles en fauſſetez & tromperies, il ne ſe trouue pas aſſez de greniers en Enfer, pour retirer les fruits qui nous viennent par
le moyen de méchans.

Tu voudrois donc inferer de là qu'il n'y auroit
point de Iuſtice en terre? Il eſt vray, dit il, Aſtrée
qui eſt la iuſtice s'en eſt elle pas fuye de la terre,
pour ſe ſauuer au ciel? n'en ſçais tu pas l'hiſtoi-
re? Non luy reſpondis-je? Eſcoute dit le Demon
ie te la vais conter. La verité & la iuſtice vindrent vn iour de compagnie pour habiter en
terre; mais elles ne trouuerent perſonne qui les
vouluſt receuoir chez ſoy, parce que l'vne qui
eſtoit verité eſtoit toute nuë, & l'autre ſeuere &
ſans affection. A la fin apres auoir long-temps
raudé comme vacabondes & ſans abry, la Verité
fut contrainte de ſe loger chez vn muet. Et la
iuſtice voyant que nul ne tenoit conte d'elle, &
que l'on vſurpoit ſon nom, pour en honorer les
tyrannies, delibera de s'en retourner au Ciel:
pour cet effet, elle ſortit des Cours, abandonna le Palais & les grandes citez, & s'en alla
par les villages, où elle ſe logea dans la pauureté
& la ſimplicité de quelques Payſans; mais à la
fin la malice à force de la perſecuter l'en exila.
Elle ſe preſenta en pluſieurs maiſons, & d'autant
que la iuſtice ne peut mentir, & que quand on
luy demandoit qui elle eſtoit, & qu'elle reſ-
pondoit, ie ſuis la iuſtice, on luy fermoit

la porte au nez, en luy difant: Nous ne fça-
uons que c'eft que Iuftice, allez ailleurs. De
façon que voyant ce refus general, elle s'enfuit, ou pluftoft s'enuola au Ciel, laiffans à
peine vne petite trace de fes pas en terre. Et depuis, les hommes fe reffouuenans feulement
de fon nom, l'attribuerent à cefteforte de Se-
ptre qui porte vne main au bout, qu'on appelle Iuftice, qui ne laiffe pas de brufler là bas
parce que bien fouuent elle fert à defrober
mieux que ne peuuent faire les larrons auec
leurs crochets, & leurs fauffes clefs &
leurselchelles. Et mefme la connoitife des hommes eft venuë à vn tel poinct, qu'ils ont
conuerty toutes les puiffances de leur ame &
de leur fens en inftrumens, pour faire des
larcins, L'Amant ne defrobe il pas l'honneur de la fille auec fa volonté ! L'Aduocat ne
defrobe il pas le bien d'autry auec fon entendement, quand il peruertit le fens de la Loy: Le
Comedien ne defrobe il pas auec la memoire,
quand vous efcoutez les vers qu'il a retenus par
cœur pour attrapper voftre argent & vous faire perdre le temps ? l'Amour ne defrobe il
pas auec les yeux? l'Eloquent auec la bouche,
le Puiffant auec les bras, le Vaillant auec les
mains, le Muficien auec la voix & les doigts, le
Medecin auec la mort, l'Apotiquaire auec la
fanté & la maladie, le Chirurgien auec le fang,
l'Aftrologue auec le Ciel ? En fin chacun defrobe en quelque façon que ce foit, Mais
l'*Algouazil* ent'rautres, quoy qu'il porte
la marque de Iuftice, defrobe luy feul auec

tout le corps, puis qu'il guette auec les yeux?
qu'il suit auec les pieds, saisit auec les mains,
sert d'accusateur auec la langue. En fin les *Al-*
*gonazils* sont si meschans, que nous disons d'eux
ce que vous dites de nous, *libera nos Domine.*
Ie m'estonne bien, dy-ie, au Demon, de ce que
tu n'as point logé les femmes auec les larrons,
veu qu'elles exercent leur mestier Hé ne parlez
point des femmes, dit il, laissez les là ie vous
prie, vous en sommes si fatiguez, si las & si estourdis que nous n'y voudrions iamais songer. Et à
dire le vray, s'il n'y en auoit point tant en Enfer,
ce ne seroit pas mauuaise habitation, principalement pour l'hiuer. O combien nous donne-
rions pour estre neufs! Depuis la mort de Me-
duse la sorciere, elles ne font autre chose qu'inuenter des intrigues, & tramer des embarras
contre nous? & crains qu'il n'y en ait quelque
iour de si temeraires & si hardies & qu'elles n'en-
treprennent desprouuer leur finesses & leurs malices contre nous pour voir qui en sçaura le plus.
Tout ce qu'il y a de bon en elles c'est que dans
nos conuersations elles ne nous demandent iamais rien, comme elles font à vous; car estant
desesperees, elles ne s'imaginent pas de pouuoir
rien obtenir;
Desquelles auez vous le plus luy di-ie, des belles ou des laides. Nous auons six fois plus de laides, d'autant que comme les belles rencontrent
aisément des galands qui rassasient leurs ardens
desirs, il se trouue à la fin qu'à force de commettre des pechez il y en a tousiours quelques vnes
qui s'en soulent: puis elles se repentent & par
ainsi

ainſi euitent nos atteintes : Mais les laides , comme il ne ſe preſente perſonne qui vueille aſſouuir
leurs appetits , où nous les enuoye ſi affamées &
ſi arides , qu'elles nous font bien ſouuent fuyr de
peur : car la pluſpart ſont toutes vieilles, leſquelles expirent en grongnant comme les truyes, faſ-
chées de ce que les ieunes les ſuruiuent. I'en em-
portay l'autre iour vne de ſoixante dix ans , laquelle ie pris en faiſant vn certain exercice contre les opilations, & comme ie luy fis mettre pied
à terre, elle commença à ſe plaindre du mal de
dent, afin de nous faire croire qu'elle en auoit encore , & par ce moyen ſe rendre moins odieu-
ſe.

Ie ſuis fort ſatisfait de mes demandes, mais ie
te prie encor pourtant de me dire s'il y a beaucoup de pauures en Enfer. Qu'eſt ce que des pauures ? dit le Demon. On appelle pauure, luy ré-
pondis-ie , celuy qui n'a rien de ce que poſſede le
monde. Comment entends tu cela ? dit-il, comment voudrois tu que celuy qui ne tient rien du
monde fuſt condamné, puis qu'on ne ſe damne
que pour tenir du monde ? Ceux donc que tu dis,
ne ſont point enroolez dans nos liures, & ne t'en
eſtonne pas : car tout manque aux pauures, &
les diables meſmes leur faillent au beſoin. Il eſt
vray que vous eſtes pluſtoſt des diables les vns
aux autres, que les diables ne le ſont enuers vous.
Y a-il rien qui ſoit plus diable qu'vn flateur,
qu'vn enuieux, qu'vn fils, qu'vn frere, ou vn parent, qui n'eſpie que voſtre mort: pour auoir vôtre
bien, qui fait ſemblant de vous plaindre quand

vous estes malade, & qui toutefois voudroit que
vous fussiez desia à tous les diables. Tout cela
manque au pauure, on ne le flate point, on ne
l'ennie point, il n'a point d'amy, ny bon, ny
mauuais, persoñe ne l'accompagne : ses enfans,
ses freres, ses parens, ne desirent point sa mort,
pour posseder sa cheuance : bref ce sont des gens
qui viuent bien, & qui meurent encore mieux. Il y
en a qui se plaisent tant en cette façon de viure,
qu'ils ne voudroient pas changer leur condition à
celle des Roys, parce qu'ils ont la liberté d'aller
par tout où ils veulēt en temps de paix ou de guerre francs de toutes charges, impositions & serui-
tudes publiques, libres & exempts de toutes cor-
rections & censures ciuiles, hors de Cour & de
procez, & de toute iurisdiction, & enfin totale-
ment inuiolables, ainsi que saints & sacrez. Au
surplus ils n'ont point de soucy du lendemain,
obseruans en cela le commandement de Dieu, ils
mesnagent fort bien le temps, & sçauent habi-
lement apprecier les iournées, en se representant
que la mort tient en son pouuoir tout ce qui est
passé, gouuerne ce qui est present, & pretend
de posseder tout ce qui est à venir. Mais on dit
que qoand le diable presche, le monde approche
de sa fin.

Il faut bien dire que Dieu opere en ecey, dit
alors le bon Religieux qui le conintoit : Tu es le
pere du mensonge & de la piperie, & neant moins
tu dis des veritez qui sont capables d'amolir
vn cœur de pierre, & le conuertir. Ne vous
imaginez pas vous autres hommes : dit le De-

mon : que ce soit pour voſtre ſalut ce que i'en fais,
vous vous piperiez vous meſmes , ce n'eſt qu'à
deſſein d'accroiſtre dauantage vos peines , quand
il ſera temps de vous les faire ſouffrir , & afin que
vous ne puiſſiez pretendre cauſe cauſe d'ignorance, & vous excuſer en diſant que perſonne ne vous
auroit enſeigné. Vous eſtes tous des hypocrytes.
La plus grande part des larmes que vous verſez ,
ne procedent que du regret que vous auez de voir
qu'il vous faut quitter le monde, & non pas de la
repentance de vos pechez. Il ſe peut faire que quelque fois le peché vous deſplaiſt , à cauſe du declin
de vos ans , ou de vos indiſpoſitions corporelles :
car voſtre volonté a touſiours beaucoup de peine
à s'en defaire , quoy qu'il ſoit meſchant : Tu es
vn impoſteur, dit le Religieux, il y a aujourd'huy
pluſieurs ſaintes ames dont les larmes ſortent bien
d'vne autre ſource que celle que tu dis.
Mais ie vois bien que tu nous viendrois touſiours
amuſer icy & nous faire perdre le temps . &
peut eſtre auſſi n'eſt-ce pas encore le vouloir de
Dieu que tu ſorte du corps dece miſerable : Mais
au moins, ie te coniure de par ſa toutepuiſſance ,
de ne le plus tourmenter , & de ne dire plus mot.
L'Eſprit obeyt à ce commandement, & le bon
Pere ſe tournant deuers nous : Meſſieurs, dit-il ,
quoy qu'il ſemble que ce ſoit le Diable qui ait
parlé par l'organe de ce malheureux homme, ſi
eſt-ce toutefois qu'il y a quelque vtilité & quelque profit à tirer de ſes diſcours , pour celuy qui
les voudra mediter. C'eſt ce qui fait que ie vous
prie de ne point ſonger au lieu d'où elles viennent

C c 2

souuenez vous qu'Herode, qui estoit vn meschant
Roy, prophetisa autrefois il est sorty de l'eau
de la gueule d'vn serpent de pierre, qu'il se trouue aucunesfois du miel aux gueulles des Lyons,
& que le Royal Prophete dit : Que nous receuons
bien souuent guerison des mains de nos ennemis,
& de ceux qui nous hayssent le plus. Retirez-vous
au nom de Dieu, ie le prie que ce triste & prodi-
g'eux spectacle puisse seruir à vous amender, &
vous conuertir à luy.

*Fin de la premiere Vision.*

# VISION II.

# DE LA MORT,

## ET DE SON EMPIRE.

Es tristes penſées tiennent du naturel des ames viles, elles s'aſſemblent touſiours en troupe, afin d'attaquer vn malheureux quand il eſt ſeul, action en laquelle les coüards reſmoignent le plus leur laſcheté. Et combien que i'aye fait ſouuent cette experience en autruy, ie n'ay pas laiſſé dans ma ſolitude de tomber au meſme accident, & de me trouuer ſurpris : car en liſant quelques pieces de Lucrece pour eſſayer à diuertir mon eſprit, ie demeuray ſi fort abatu ſous le poids de ſes graues paroles, que ie ne ſçaurois dire ſi ma melancholie procedoit, ou des aduis qu'elles me donnoient ſur mes inclinations, ou de mon ſcandale, Mais afin que la confeſſion de ma foibleſſe ſe puiſſe ayſement excuſer, ie commenceray à vous raconter ce diſcours par le recit des paroles de cet excellent Poëte, qui contiennent des exhortations elegantes.

Enfin si la Nature de l'vniuers venoit soudainement
à traiter cette voix, & à former cette plainte contre
quelqu'vn de nous : qu'as tu ? ô homme mortel ! à quel
suiet t'amuser à gemir & à t'affliger si fort ? Dequoy te
sert il d'apprehender tant la mort ? Qu'est ce qu'il te reste maintenant des plaisirs de la vie passée, & de tes premieres années qui te furent si douces & si agreables ? Ne
vois tu pas que tout cela s'est euanouy, que tout cela s'est
perdu dans la carriere des iours, comme vn grain qu'on
auroit voulu transporter dedans vn sac troué ? Pourquoy
donc ne voudrois tu pas faire vne retraite , & t'esti-
mer autant rassasié & repeu de ce monde, que celuy qui
s'en retourne content d'vn festin ou il auroit fait bonne
chere ? Pauure fol que tu es, que ne sors tu d'vne gayeté
de cœur, & que ne mets tu ton ame dans la seureté d'vn
repos tranquille?

Cette lecture me remit aussi tost en memoire
ces paroles de Iob.

La vie de l'homme né de la femme, n'est elle pas de
fort petite estenduë, c'est vne fleur qui n'est pas plustost
esclose, qu'on la voit seicher & tomber fueille à fueille,
c'est vn ombre qui s'enfuit aussi viste que vent, sans pouuoir iamais demeurer en vn mesme estat. Et neantmoins
combien que son terme soit fort court, elle ne laisse
pas d'estre suiette à souffrir vne infinité de miseres.

Continuant enfin dans ces profondes medi-
tations, ie demeuray endormy sur les liures,
& ie croy que ce fut plustost vn effet de la cour-
toisie du Dieu du sommeil, qu'vne disposi-
tion naturelle. Des que mon ame se fut
& destachée des sentimens exterieurs,

s'occupa à l'entretien de la Comedie suiuante, à laquelle ma fantaisie seruit d'assemblée & de theatre.

Ie vis entrer plusieurs Medecins cheuachans des Mules couuertes de housses si amples & si longues, qu'il sembloit que ce fust de ces remembrances ou representations de tombeaux qu'on met aux Eglises, qui eussent des oreilles. Le train de ces bestes estoit interrompu & inesgal, tantost il estoit paresseux & tantost diligent. Le tour des yeux de ces Messieurs les Docteurs estoient tous ridez, & froncez à force de se refrongner en regardant les vrines & les bassins puants des maladies. Leurs faces estoient couuertes de grosses barbasses, & leurs bouches estoient si fort enfoncees dans ce crin mal peigné, qu'à grand'peine vn bras bien long y eust sceu atteindre. En la main gauche ils tenoient les resnes & leurs gands roulez ensemble, & de l'autre vne gaule qui leur seruoit plustost de contenance, que pour chastier leur mõture, car ils les faisoient marcher en talonnant, & branslant la teste & tout le reste du corps. Quelques-vns d'entr'eux auoient de grosses bagues d'or aux doigts, où estoient enchassées de pierres d'vne telle grandeur, que quand ils tastoient le pouls aux malades; il sembloit qu'elles leurs presageassent la tombe de leur sepulture. Ils estoient en fort grand nombre, & tous environnez & suiuis de ieunes praticiens, qui faisoient leurs cours en courant aprez eux, parce que la frequente conuersation qu'ils auoient auec les Mules plus qu'auec les Docteurs, ils se graduẽt

C c 4

facilement Medecins. Conſiderant cela, ie dis en
moy-meſme, ſi de ceux-cy ſe ſont ceux-là, il ne
faut pas s'eſtonner ſi nous en payons ſouuent l'ap-
prentiſage aux deſpens de noſtre vie.

Apres eux marchoit vne grande trainée de Char-
latans d'Apotiquaires, armez de mortiers, de
ſuppoſitoires faits en forme de pointe d'vn blanc
de butte, de ſpatules, de ſeringues toutes char-
gées, pour fraper à la mort, & quantité de boëtes, dont les eſcriteaux portent les remedes, &
les boëtes les venins. I'ay ſouuentefois remarqué
que les clameurs que l'on fait pour ceux qui meurent, commencent par le tintamarre du mortier
de l'Apothicaire, de là elles vont ſur les quiter-
nes & les paſſacailles des Barbiers, & s'acheuent
au chant des Preſtres & au ſon des cloches. Les
Apothicaires ſont les gardes de l'Arſenal des
Medecins : ce ſont eux qui les fourniſſent d'armes : la pluſpart des inſtrumens de leur meſtier
tient quelque choſe de la guerre, & font alluſion
aux armes offenſiues. Premierement les boëtes
ce ſont les petards qu'on plante aux portes pour
les briſer : (qu'ordinairement on appelle boëtes)
les ſeringues ont quelque reſſemblance aux piſto-
lets, & meſme elles ne ſçauroient bien deſchar-
ger ſans canon, les pillules ſont des bales. Et
apres tout cela, s'il faut parler de leurs medicamens qu'ils appellent purgatifs, il ſe trouuera
que leurs boutiques ſont des Purgatoires, & leurs
perſonnes les Enfers, les malades les condamnez,
& les Medecins les diables, puiſqu'ils ſe plaiſent
ſeulement dans le mal & aux maleficiez. Tous
ces Apotiquaires eſtoient entierement couuerts

de chiffres d'erres, trauerlez de fleches, comme
les fermelles des amoureux, & de cette forme, &
qui eſt le premier caractere de leurs receptes &
ordonnances qu'ils prenent en cette ſignification
*Recipe*, mais c'eſt en apparence : car entr'eux ils
l'entendent en ce ſens, *Reçois*. Ainſi la meſchante
mere parle à ſa fille, *Reçois*, & ainſi la conuoitiſe au manuais Miniſtre. En ſuite de cette figure,
ils mettent *Ana*, *Ana*, qui ne peut ſignifier autre choſe, ſinon qu'il faut vn Aſne pour condamner vn iuſte, puis apres marchent les onces &
les ſcrupules, qui ſont de fort agreables choſes
à preſenter à vn malade mourant, les vns pour
luy déchirer & deuorer le corps, & l'autre pour
mettre ſon ame au chemin de l'Enfer. Auec cela
ils enfilent des noms de ſimples ſi eſtranges, qu'il
ſemble que leurs eſcrits ſoient des inuocations
de Demons, comme Repti, Talmus, Opopo-
nach, Leon, Tipolatum, Tregoriacatum,
Poſtamchotum, Petros Chinum, Diacatholicum
Angelorum. Et qui voudra ſçauoir que veut dire
cet épouuentable jargon, il trouuera que ce ſont
quelques carottes, raues, naueaux ou cheruis,
vne infinité d'autres meſchantes racines, & parce qu'ils ont ouy dire ce prouerbe, *qui te connoit,*
*ne t'achete pas*, ils deguiſent ainſi le nom des le-
gumes, de peur qu'ils ne ſoient conneus par les
ignorans malades, qui ne les acheteroient pas ſi
cher, qu'ils les vendent. Tellement que les noms
de leurs receptes & des medicamens dont ils per-
ſecutent les malades, ſont tellement odieux & ſi
puants, que les maladies les plus enracinées s'enfuyent bien ſouuent de la grande peur qu'elle

en ont. Quelle douleur se treuuera si obstinée ,
qui ne desloge quand on luy presentera vne dro-
gue dont ils vsent , laquelle est composée de
graisse humaine , qu'ils appellent Mumie ou
Momie, pour en oster l'horreur & le degoust qu'on
en auroit: Et quelle autre pourroit souffrir d'estre
couuerte de l'emplastre de Guil. Seruen , qui fait
bien souuent enfler aussi gros que vn bahut , la
jambe ou la cuisse sur laquelle on l'applique: Quãd
ie vis ces gens là associez auec les Medecins , ie
ie recogneuss le peu de raison du sale prouerbe,
qui met la difference en leur dignité : *Il a vne
grande distance du pouls au cul:* car ie trouue qu'il n'y
a rien à dire de l vn à l'autre , puis que les Medecins vont immediatement du pouls au bassin & a
l'vrinal, pour s'informer de ce qu'ils ne sçauent
pas, suiuans en cela la doctrine de Galenus , qui
les renuoye à ces oracles dont l'haleine est si infecte : Il faut aduoüer qu'vn diable ne les souffriroit
pas approcher de soy. O les maudits inquisiteurs
contre la vie, puisque sans conscience & sans religion, ils bannissent nos ames de la partie de leurs
corps, par les executeurs de leur tyrãnie & de leur
injustice , qui sont les poisons de leurs potions.
leurs incissions & scarifications gangreneuses , &
leurs seignées excessiues,

A leur queuë venoient les Chirurgiens, chargez de pincettes , de tenailles, sondes, cauteres,
cizeaux, razoirs , scies , limes & lancettes : Vne
voix qui me sembloit effroyable s'entendoit entr'eux, qui crioit, trenche, arrache, ouure , scie ,
despece, picque, descharne, brusle. Il me prit vne

fi grande frayeur d'ouyr cela, que mes os fe penferent fermir d'eftuy les vns aux autres pour fe
cacher. Apres eux ie vis des gens que ie prenois
pour des diables defguifez, tant ils auoient mauuaife mine, lefquels eftoient tous enchaifnez de
groffes dents : cela me mit vn peu en affeuran-
ce, quand ie recogneus que c'eftoit des Arra-
cheurs de dents, qui eft pourtant le plus maudit
meftier du monde, puifqu'ils ne feruent qu'à
depeupler les bouches, & aduancer la vieilleffe.
Ces infames, pour exercer leur rage, ne voyent
point de dent, quelques belles qu'elles foient,
qu'ils ne les vouluffent pluftoft voir enfilées à
leurs colliers, qu'au lieu de leur naiffance.
Et pour ce fujet, ils chetchent des accufations
& des faux tefmoignages contre les genciues.
Ie ne fcache iamais auoir voulu mal à mes yeux
pour aucun mauuais objet que pour cettuy là.
Ce qui me mit le plus en colere & defef-
poir, ce fut de voir qu'ils demandoient de l'argent pour auoir ofté vne dent, comme s'ils l'euffent mife.

Y a il encore quelques perfonnes à venir plus
odieufes à voir que celles cy, dis ie alors en
foufriant de colete : car il me fembloit que les
diable ne valent pas pis que cette maudite canaille : mais ie fus diuerty de cet eftonnement
par vn grand bruit entolé de griternes & de
ciftres, qui gratoient quelque *paffacaille*, &
ratiffoient quelques farabandes. Ie meurs,
dis ie à l'inftant, fi ce ne font des Barbiers qui
viennent. Il ne faloit pas eftre grand deuin
pour faire cette conjecture, d'autant que

tels instrumens font des vstenciles de boutiques de Barbiers, on les voit tousiours pendus auec les estuis de peignes & les bassins. Ie pris fort grand plaisir à leur voir restonner leurs chalans, & à les faire barboter dans leurs bassins, & lauer la teste à plusieurs asnes de tous aages.

Incontinent apres entra vne grande foule d'autres hommes de plusieurs qualitez, les premiers estoient des Hableurs qui estourdissent toutes les compagnies auec leur naturel de Cigale. Vn certain me dit, qu'encore qu'ils fussent tous grands parleurs, il y en auoit pourtant de plusieurs especes : les vns estoient appellez nageurs, parce qu'ils ne faisoient qu'estendre les bras çà & là en parlant, comme s'ils eussent nagé : les autres singes, d'autant qu'ils representoient les grimaces & les gestes de ceux dont ils parloient, autres estoient nommez flagorneurs & semeurs de noises & de dissentions : Ceux-cy mouuoient leurs yeux, sans tourner la teste, comme ceux de ces peintures qu'on fait remuer auec du sable, pour remarquer à la dérobée les actions d'autruy, afin d'auoir matiere pour exercer leur mestier, en déchirant par leurs paroles la vie & les mœurs d'vn chacun.

Les autres estoient les menteurs qui auoient des mines contentes & des visages ronds, bien refaits, au reste bien couuerts & à leur aise : ce qu'on estimoit comme des petits miracles au monde, en ce qu'ils n'auoient autre vacation, & neantmoins ils paroissoient estre si heureux ; Ils auoient autour d'eux vne grande assemblée de niais, de sots & de nigauds qui les escoutoient.

Vn peu apres ceux-cy venoient des Entremetteurs des affaires secrettes d'autruy, gens presomptueux & superbes, qui sont de vrayes bestes de
l'honneur du monde, lesquels se fourroient parmy tous les autres, essayans de penetrer tout, ou
par ruze ou par tromperie, grands flateurs; fort
soigneux de leur seul profit: Il sembloit qu'ils
vinssent les derniers, car long-temps apres il ne
parut personne. Ie demandai pourquoy ils venoiét
si loin apres les autres; Et lors ces parleurs à qui
ie ne disois rien, me respondirent: Nous tenons ces
entremetteurs pour la quintessence de tous les
importuns: & pource qu'en la queuë de tels ser-
pens gist le venin, ils viennent les derniers, comme les plus venimeux.

Là dessus ie me mis à considerer à quoy pouuoit
seruir toute cette traisnée & cette confusion d'hô-
nestes gens, dont les conditions estoient si diuerses, mais aussitost voicy venir vne personne qui
paroissoit estre du sexe feminin. Sa taille estoit
fort legere & desliée, elle estoit chargée de couronnes, de faulx, de sceptres, de faucilles, de
boulettes, de patins, de sabots, de thiares, &
de chapeaux de paille, de mittres, de bonnets de
laine, de broderies, & peaux, de soye, de laine,
d'or, de plomb, de diamans, de coquilles, de
perles & de cailloux. Elle auoit vn œil ouuert &
l'autre clos, vestuë de toutes couleurs: d'vn costé
elle estoit ieune, & de l'autre vieille: tantost elle venoit lentement, & tantost hastiuement, tantost il sembloit qu'elle fust fort loin de moy, &
toutesfois elle en estoit fort pres: & quand ie pensois qu'elle fust à la porte de mon logis, ie la

vis à mon chevet. Ie demeuray tel qu'vn homme
à qui l'on presente vne figure Enigmatique à deuiner : ie ne pouuois comprendre ce que pouuoit
signifier vn si extrauagant esquipage, composé de
choses si inesgales & si mal assorties : ie ne m'é-
pouuentay pas pourtant, au contraire, ie me pris
à rire, me souuenant d'vne Comedie d'Italiens
que i'auois veuë, en laquelle Harlequin feignant
de venir de l'autre monde, se fit voir chargé, &
d'vn bagage quasi pareil : car en effet il n'y eut
iamais rien de grotesque & de plaisant comme
cela. Enfin apres auoir demeuré dans vne impa-
tience retenuë, ie luy demanday qui elle estoit :
Ie suis la mort, dit-elle. La Mort ! respondi-
je, le cœur à demy sailly, puis ayant repris haleine, & begayant de peur, ie demanday, & où
allez-vous ; Madame la Mort ? Ie te viens querir, respond elle. O Dieu ! hé quoy ! ie meurs donc?
non fais, dit-elle, mais il faut que tu vienne tout
vivant auec moy, faire vn voyage au Royaume
des Morts : car puis que tant de morts ont esté visiter les viuans, il est bien raisonnable qu'vn viuant vienne vne fois rendre la pareille aux morts,
& que les morts soient ouys. Sçais-tu pas que i'ay
la puissance d'executer mes decrets souueraine-
ment ? Sus allons, viens auec moy. Alors
tout tremblant de frayeur : hé ne me lairrez-
vous point habiller ? luy dis-je : il n'en est pas de
besoin, dit-elle ? car personne n'apporte rien auec
moy, & puis cela ne te feroit qu'incommoder, ie
me charge de l'equipage de chacun, afin qu'on
marche plus legerement. Ainsi sans luy repli-

quer dauantage, ie la suis. De vous dire par où
elle me mena, il est impossible : car l'épouuente
m'auoit si fort saisi, que mes sens ne me seruoient
quasi plus de rien : En allant ie luy dis, ie ne vois
point pourtant d'apparence en vous que vous
soyez la Mort, parce que l'on nous la depeint auec
des os secs & decharnez, & vne faux en la main.
Elle s'arresta tout court, & me respondit : Ces
inuenteurs de portraits & ces peintres-là, sont
fort sots & fort ignorans ! Mon amy, ces os que
tu dis ce sont les morts, ou pour le moins ce qui
reste des viuans, vous ne connoissez pas la mort,
vous autres, c'est vous mesmes qui estes vostre
mort : elle à la face de chacun de vous tous tant
que vous estes, vous estes vos propres morts.
Vostre crane est la mort, & vostre visage est la
mort : ce que vous appellez mourir, c'est acheuer
de viure, & ce que vous appellez naistre, c'est
commencer à mourir : comme aussi, ce que vous
appellez viure : c'est mourir en viuant, & les os,
c'est ce que la mort laisse de vous autres, & ce
qui reste dans la sepulture. Si vous compreniez
bien cela, chacun de vous auroit tous les iours vn
miroir de la mort en soy mesme, & verriez aussi
en mesme temps, que toutes vos maisons sont
pleines de morts, qu'il y a autant de morts que
de personnes, que vous ne l'entendez pas, mais
que vous l'accompagnez perpetuellement : Pen-
sez-vous que la mort soit des os & vne carcasse,
& qu'il n'y ait point de mort pour vous, qu'a-
lors que vous voyez vn squelette tenant vne faux ?
Certes vous vous abusez lourdement : car vous

estes os , carcasse & squelette autant que vous le puissiez croire.

Mais, Madame , aprenez moy qui sont tous ces gens qui vous accompagnent? Et puis que vous estes la mort , pourquoy est-ce que les Hableurs & les flagorneurs sont plus près de vous que les Medecins ? Il y a beaucoup plus de monde , dit-elle, qui meurt de l'impetuosité des grands parleurs , que de la fié  e ou du pourpre , & beaucoup plus aussi qu   it tuez par les flagorneurs & entremetteurs,    e par les Medecins, quoyque ces Messieurs là   aillent incessamment pour l'accroissement c    n empire : Et sur ces propos, il faut que t    ache que la pluspart du monde deuient ma    e par l'excez & l'intemperance des humeurs, mais en ce qui est de mourir, chacun meurt par l'entremise & la diligence du medecin qui le traite. De façon que quand l'on demande dequoy est mort vn tel, vous ne deuez pas répondre qu'il soit mort d'vne fiévre, d'vne pleuresie, de pourpre , de peste : mais il est mort de la main d'vn tel Medecin qui en a esté bien payé : car il est raisonnable que chacun viue de son mestier. Cette addition d'honneur , *Dom*, que nous autres Espagnols ne soulions attribuer qu'aux personnes d'éminentes dignitez , est maintenant si commune , que les petits nobles se l'adaptent , & non seulement, mais encore tous les petits Officiers , & les Religieux qui font vœu d'humilité , se meslent aussi d'en vser , comme sont les Chartreux entr'autres : mesme i'ay veu des Tailleurs & des Maçons , des larrons & des forçats aux galeres, qui se paroient aussi du *Dom*, comme font

font encore vne infinité d'autres Ecclefiaftiques,
Bacheliers, Theologiens. Et neantmoins on n'a
point encore veu qu'aucun Medecin ait pris cette vanité là, bien qu'ils la meritaffent mieux que
tous les aurres, attendu qu'ils ont le *Dom* de tuer
& qu'ils aiment mieux le *Dom* à l'adieu, qu'à
leur appellation.

Tandis que la Mort me déplioit fa fcience, &
que ie m'inftruifois en fes curieufes leçons : nous
entrafmes dans vn autre, où il faifoit à demy
nuit, car ie commençois à m'appriuoifer auec
elle. A l'entree ie vis d'vn cofté trois chofes mou-
uantes, armées, & qui auoient quelques formes
humaines : mais ie ne pouuois diftinguer ce que
c'eftoit, & de l'autre cofté vn monftre fort hideux
à l'oppofite, lefquels combattoient perpetuellement enfemble, à fçauoir les trois contre l'vn, &
l'vn contre les trois. La Mort s'arrefta, & fe tournant deuers moy, connois tu ces gens là ? dit elle. Helas ! non, par la grace de Dieu, & ie le
prie que iene les puiffe iamais connoiftre. Si eft
ce, dit elle, que depuis ta naiffance tu n'as point
eu d'autre compagnie : Voy comme tu fçais ce
que tu fais, ce font les trois capitaux ennemis de
l'ame : cettuy là eft le Monde, cettuy cy eft la
Chair, & l'autre c'eft le diable. Confidere & remarque qu'ils fe reffemblent fi fort tous trois,
qu'on n'y fçauroit quafi mettre de difference.
De façon que fi l'on a feulement vu logé chez
foy, on fe peut vanter de les auoir tous trois. Vn
fuperbe & vn ambitieux penfe qu'il a tout le
monde, & il a le diable, vn luxurieux fe figure de
mefme qu'il a la chair, & il a le diable, & ainfi du

relle. Et qui est celuy là qui a tant de faces diuerses, qui combat contre ces trois ? c'est le Demon de l'argent, dit la Mort, lequel a formé vn
different contr'eux, soustenant que par tout où il
est, les autres n'ont que faire de s'y trouuer, attendu, dit il qu'il est tout seul les trois ennemis
de l'ame. Premierement il fonde sa dispute contre le monde, sur ce que vous autres viuans dites
qu'il n'y a point d'autre monde que l'argent.Que
celuy qui n'a point d'argent doit sortir du monde : Que celuy à qui on prend l'argent, on le met
hors du monde : bref que tout cede & se donne
à l'argent.

Contre le second ennemy, il dit que l'argent
est la chair, tesmoin les garces & les courtisans.
Et contre le troisiesme, il expose que vous autres mondains tenez que pour toutes sortes d'affaires, is faut auoir de ce diable d'argent. Que
l'amour fait beacoup, mais que l'argent fait tout,
& que tout ce que l'argent ne fera point, le diable
n'en poutra iamais venir à bout. A ce que ie
vois, dis je à la mort, le Demon d'argent n'a
point mauuaise cause, puis qu'il la deffend de
la sorte.

Apres cela nous passames outre, j'aduisay d'vn
costé le Iugement, & de l'autre l'Enfer, ainsi
que la Mort me les nomma : Ie m'arrestay à
considerer attentiuement l'Enfer, parce que cela me sembloit fort estrange. Que regarde tu,
dit la Mort : Ie regarde l'Enfer, luy dis je, &
à force de l'enuisager, ie pense desia l'auoir veu
ailleurs. Ie l'ay veu en l'auarice & en la conuoitise des Magistrats, en l'orgueil des Grands,

en l'ame de ceux qui retiennent le bien d'autruy,
aux pernicieux desseins, aux vengeances, aux
appetits des luxurieux, & en la vanité des Princes, mais ou l'enfer est tout ensemble, c'est en
l'hypocrisie des vsuriers des vertus, qui font profit de ieusner & d'ouyr des Messes. Ie fus fort sa-
tisfait aussi d'auoir veu le iugement en sa pureté:
car iusques à cette heure i'y auois esté trompé.
Cela me fit reconnoistre que le iugement qui
est dans le monde n'est que moquerie au prix de
celuy là, & en effet, ie ne pense pas qu'il y ait
vn seul homme de iugement : car si le monde
auoit tant soit peu de ce iugement cy, non pas
vne partie, mais seulement des nouuelles, vn
ombre ou des signes, ie m'asseure qu'il viuroit
tout autrement qu'il ne fait. Et de vray, si ceux
qui sont establis pour estre iuges doiuent auoir
de ce iugement, ie puis dire auec toute asseuran-
ce que les affaires du monde sont en tres mauuais
estat, & i'ay crainte d'y retourner ; car ie croy
qu'ils n'en tiennent rien : mais i'ayme mieux la
mort auec iugement, que la vie qui n'en a aucunement.

Disant cela, nous descendismes dans vne
grande & spacieuse campagne, & toutefois enuironnée de fort hautes murailles dont on ne
pouuoit en aucune façon sortir. Et lors la Mort
me dit, il te faut arrester icy, car nous sommes
arriuez au lieu de mon Tribunal & de mes audiences. Les murs n'estoient tapissez que d'helas,
que d'ennuis, de soupirs, de mauuaises nouuelles
certaines & non attenduës. Là les larmes des
femmes estoient trompeuses pour les Amans,

& pour les sots & inutiles pour les pauures. Là
la douleur estoit excluse de consolation, les soins
seuls estoient diligens & vigilans : s'estans conuertis en vermine qui rongent les Princes & les
Roys , & qui s'alimentent des superbes & des
ambitieux. Là l'enuie auoit vn habit de vefue,
comme sont vestuës ces vieilles vrgandes de Gou-
uernantes qui sont dans les maisons des Grands.
Elle estoit dans vn ieune de toutes choses : elle
se substentoit en soy mesme , & c'estoit ce qui
la rendoit fort maigre & extenuée. Et d'autant
qu'elle mordoit indifferemment sur le bon & sur
le mauuais, elle auoit les dens toutes iaunes & à
demy pourries : Ce qui luy causoit cette imperfection là, c'est qu'elle mettoit bien ses dents sur
le bon & sur le sain , mais elle n'en aualloit iamais rien. Au dessous d'elle estoit la Discorde ,
comme naissant de ces entrailles. Aussi crois ie
qu'elle soit sa fille legitime. Celle cy auoit quitté les mariez, parce qu'ils en ont assez chez eux ,
& s'en estoit allée dans les communautez & les
Colleges: mais voyant qu'il y en auoit de reste en
tous ces lieux là, elle se retira dans les Palais &
les Cours, pour y seruir de Lieutenant au diable.
Auprés d'elle estoit l'ingratitude , laquelle pe-
strissoit vne certaine paste de superbes & de hai-
neux, dont elle formoit des Demons nouueaux.

　Ie pris vn extresme plaisir à la voir, car auparauant i'auois teusiours creu que tous les ingrats
estoient des diables , parce que les Anges qui
deuindrent Diables auoient esté ingrats auparauant. Enfin tout fremissoit là de maledictions.
Que diable est-ce que tout cecy : dis ie alors : le

maledictions pleuuent elles en ce pays icy? Et vn
mort qui estoit auprés de moy, me dit : Hé comment voudriez vous qu'il n'y eust point icy de
malediction? puis qu'il y a des faiseurs de maria·
ges & des Procureurs, chicaneurs qui sont les
plus maudites gens du monde? Ne sçauez vous
pas bien qu'on ne dit autre chose en vostre regió,
que maudit soit celuy qui me maria, malheur
puisse aduenir à celle qui me lia auec vous!mau·
dit le Procureur qui m'a conseillé d'entrepren·
dre ce procez qui m'a ruiné. Et que signifie cét
assemblage que vous faites de faiseurs de maria·
ges & de Procureurs, qu'ont ils que faire icy à
l'audience de la mort? O l'ignorant homme que
vous estes, me dit la Mort ; qui estoit vn peu
prompt, &s'il n'y auoit des faiseurs de mariage,
y auroit il tant de morts & de desesperez? Est·
ce pour m'offenser que vous me faites ces que-
stions là?moy qui ay esté, non pas Charles cinquiesme, mais Iean cinquiesme mary d'vne femme qui est encore demeurée au monde, & qui
croit estre accompagnée de dix autres qu'elle
espousera & qu'elle fera mourir cóme moy.Vous
auez raison,luy dis ie,pour le regard de ces gens
là:mais pourquoy y menez vous les Procureurs?
Ie voy bien, dit il,que c'est pour augmenter mes
regrets que vous en dites , car le Procureur & le
procez, ont esté le comble de mes malheurs. Y
a t'il rien qui tuë vn homme comme les menste-
ries,les fourbes,les cauillations,les longueurs &
les defaites d vn Procureur,& les artifices qu'ils
ont d'empestrer les parties par ambages & cir·
conuentions, fraudes & piperies? sont ils capa·

pables de faire mourir les hommes de desespoir, aduoüez moy donc que les faiseurs de
mariages & les Procureurs sont les principaux
appuys de cét Empire , & ce Throsne impe-
rieux que vous voyez là. Alors ie leuay les
yeux, & vis la Mort assise dans vne chaire,
& à costé d'elle plusieurs autres petites Morts,
comme la Mort d'amour , la Mort de froid ,
la Mort de faim, la Mort de peur, & la Mort
de rire : & toutes auec diuerses enseignes. La
Mort d'amour auoit fort peu de cerucile , &
auoit pour compagnie , de peur qu'elle ne
se corrompist de vieillesse , Pyrame & Thysbe,
Leandre & Heron, qui estoient embaumez auec
quelques Amadis, & Palmericus d'Oliue trem-
pez en bonne saumure, & depuis sechez. Ie vis
encore plusieurs autres Amans presis d'expirer
sous sa faulx : mais par les rares miracles de
l'interest ils estoient ressuscitez. Auprès la Mort
de froid ie vis vn grand nombre de Prelats,
d'Euesques, Abbez & autres Ecclesiastiques ,
lesquels pour n'auoir ny femmes , ny enfans ,
ny de neueux qui les aiment , mais plustost
leur bien, des qu'ils sont vn peu malades, chacun
vient piller ce qu'ils ont , & prennent iusques
à leurs licts & leurs draps , & par ainsi les
font mourir de froid, & encore le plus souuent
ils les font despoüiller auant que de se coucher. La Mort de faim estoit au milieu d'vne
trouppe d'auaricieux qui fermoient des cof-
fres, cloüoient des huches , des fenestres , ca-
denassoient des portes de cauez, de greniers,
enterroient des pots pleins d'escus, lesquels

s'efpouuentoient au moindre bruit de vent que
ils entendoient, les yeux affamés de fommeil, leur
bouche & leur vêtre fe plaignans de leurs mains,
& leurs ames conuerties en or & en argent. La
Mort de peur eftoit la plus riche & pompeufe,
& magnifiquement accompagnée, parce qu'elle
eftoit enuironnée d'vn plus grand nombre de
Tyrans & de puiffants, defquels on dit :
*Le mefchant a tout, il s'enfuit de chacun, combien*
*que perfonne ne le pourfuiue,* qui meurent de leurs
propres mains, & de qui les bourreaux font leurs
confciences, ils ne font qu'vn feul bien au monde : car en fe tuant de peur de foupçon & de
la mefiance qui les tourmente, ils vengent eux-
mefmes les innocens dont ils ont fait les bouche-
ries. La Mort de rire eftoit la derniere, & au
milieu d'vn fort grand cercle de gens de prom-
pte creance, & d'vne tardiue repentance, gens
qui viuent comme s'il n'y auoit point aucunement de Iuftice à craindre, qui meurent comme
s'il n'y auoit point de mifericorde à efperer. Et
ce font ceux lefquels quand on leur dit : Refti-
tuez ce que vous pouuez auoir à autruy : refpon-
dent : *Vous me faites mourir de rire.* Confiderez
que vous eftes vieux, que le peche ne trouue quafi plus rien à ronger fur vous, quittez cette femme que vous ne faites qu'embrafler fans pouuoir
en aucune façon luy efteindre fon feu, repre-
fentez vous que le diable vous mefprife, que
vous ne luy eftes qu'vne proye entierement inutile, & que l'infamie vous tient à defdain! *Vous*
*me faites mourir de rire.* Demandez pardon à ce bon
Dieu, conuertiffez vous à luy, vous eftes à vn

pied du tombeau, *Vous me faites mourir de rire*, ie
ne fus iamais ſi gaillard, ie ne me portay iamais
mieux. Il y en a d'autres qui ſont malades, leſquels quand on les exhorte de ſe conſeſſer, de re-
gler leurs affaires par vn bon teſtament, reſpon-
dent qu'ils ſe ſont pluſieurs fois trouuez en pareil
eſtat, mais ce ſont gens qui ſont en l'autre monde auant que de ſe perſuader qu'ils ſoient morts.
Cette viſion m'eſtonna fort, & me fit eſcrier tout
nauré de repentance , helas ! Dieu nous a
donné vne vie ſeule , & il y a tant de ſortes de
morts, l'on ne naiſt que d'vne façon, & l'on meure
de cent mille ſortes , ie proteſte que ſi ie retour-
au monde , ie changeray deſormais de mœurs ,
afin de commancer à bien viure , pour bien
mourrir.

Ie proferois ces derniers mots quand i'entendis
vne voix qui cria , *Morts* , *Morts* , *Morts* , & au
meſme inſtant ie vis que tout commença à mou-
uoir, d'où il ſortit des teſtes , des bras , puis des
hommes & femmes tous formez , & à demy en-
ſeuelis dans leurs ſuaires, leſquels ſe rangeoient
en ordre , en obſeruant vn grand ſilence: Parlez
chacun à voſtre tour, dit la Mort. En meſme
temps voicy vn mort qui s'approche de moy , ſi
fort en colere & ſi aſprement, que ie croyois qu'il
m'allaſt bien eſtriller. Diables de mondains,
dit il, que me voulez vous? laiſſez-moy en repos,
moy qui n'en puis mais; Maiſtre Guillaume , dit
on n'y fit iamais œuure, voila de la tablature de
Maiſtre Guillaume, Maiſtre Guillaume a eſté ſon
Maiſtre : Mais ſçachez que pour faire ou pour
dire des ſottiſes & des impertinences, vous eſtes

tous des Maiſtres Guillaumes, & encore plus
fols que vous ne croyez que i'aye eſté. Et pour
preuue, dites moy, ay je fait des teſtamens ridicules comme vous autres, par leſquels vous re-
commandez à autruy de faire pour voſtre ame,
ce que vous n'auez pas voulu faire vous meſme?
Me ſuis je rebellé contre les puiſſans? Ay je crû
me rajeunir? Ay je voulu reformer la Nature,
& conteſter contr'elle en me peinturant ou
crayonnant la barbe ou les cheueux? Ay je iuré
des menteries? Me ſuis je pariuré aux choſes que
i'ay promiſes, comme vous faites tous les iours?
Ay je eſté eſclaue de mon argent? Ay je ioüé
tout mon bien? L'ay je conſommé en banquets?
L'ay ie donné aux Courtiſannes? Me laiſſay ie
meſtriſſer par ma femme? Ay ie creu me pouuoir
fier à vn homme; lequel à ma perſuaſion auroit
trahy vn amy qui ſe fioit en luy? Me ſuis je marié pour me venger d'vne maiſtreſſe infidelle?
Ay ie creu que l'on peuſt baſtir quelque fonde-
ment d'eſperance ſur le mobile mouuement de
de la fortune? Ay ie repute heureux ceux qui
conſomment toute leur vie à la Cour des Princes pour la vanité d'vne œillade d'vn moment?
Ay ie pris plaiſir aux diaboliques diſcours des
heretiques & libertins, & me ſuis ie rangé de
leurs opinions pour faire l'entendu & le ſpiri-
tuel? Ay ie fait des rodomontades à des gens qui
eſtoient au deſſous de moy? Enfin ay ie creu aux
ſorcieres & à tous ces dreſſeurs de Natiuitez &
faiſeurs d'Horoſcope? Et ſi Maiſtre Guillaume
n'a iamais commis de telles niaiſeries, de quelles follies le peut-on donc accuſer? Pauure

Maiſtre Guillaume ! indiſcrets & inſolens que
vous eſtes , pourquoy m'imputez vous vos deſre-
glemens. Mais ie vous demande encore, eſt ce
moy qui ay compoſé ce Prouerbe ? *Fais du bien*
*ſans prendre garde à qui.* Eſt ce moy qui le pratique , ie ne ſuis pas ſi auiſé , il eſt contre le ſaint
Eſprit, qui dit : *Si tu veux faire du bien à quelqu'vn*
*regarde à qui tu le feras , & tu en recevras vn grand*
*contentement.* Iugez donc ſi Maiſtre Guillaume eſt
ſi peu ſenſé que vous le tenez , puis qu'il ne preſ-
ta iamais rien que de la patience, excepté a ceux
qui me demandoient de l'argent : car ie coupois
court auec eux , auſſi bien qu'aux femmes qui
me parloient de mariage , & aux laquais qui me
vouloient accoſter.

　　Comme nous eſtions ſur ce propos , vn autre
mort qui marchoit auec vn pas graue, ſe ioignit
à moy , & auec vn regard furieux & ſeuere me
dit : Tourne viſage , & ne penſe pas auoir affaire à Maiſtre Guillaume. Qui eſt voſtre Seigneurie, luy dis ie , vous qui me parlez ſi imperieuſe-
ment , & qui preſumez deuoir eſtre reſpecté en
vn lieu où tous ſont eſgaux. Ie ſuis , dit il , le
grand & puiſſant Roy Guillemot, & ſi tu ne
me connois , au moins te ſouuiens tu de moy?
car vous autres viuans eſtes ſi endiablez , que
vous offenſez les morts auſſi bien que les viuans:
ſi vous voyez quelque vieille muraille : quelque
vieux chapeau , quelque manteau qui n'a
plus que les fils ou pluſtoſt les cordes , quelque
robe de lambeaux, ou bien vne femme qui ait vn
threſor d'années, vous dites auſſi toſt, qu'ils ſont

du temps du Roy Guillemot. Mais vous eftes
entierement infenfez : mon temps valut beaucoup mieux, & n'eft aucunement comparable au
voftre, & pour bien iuftifier ce que ie dis, il ne
faut feulement que vous entendre vn peu dif-
courir.

Tandis que la Mort me déplioit fa fcience, &
que ie m'inftruifois en fes curieufes leçons : nous
entrafmes dans vn autre, où il faifoit à demy
nuit, car ie commençois à m'appriuoifer auec
elle. A l'entree ie vis d'vn cofté trois chofes mou-
uantes, armées, & qui auoient quelques formes
humaines : mais ie ne pouuois diftinguer ce que
c'eftoit, & de l'autre cofté vn monftre fort hideux
à l'oppofite, lefquels combattoient perpetuellement enfemble, à fçauoir les trois contre l'vn, &
l'vn contre les trois. La Mort s'arrefta, & fe tournant deuers moy, connois tu ces gens là ? dit elle. Helas ! non, par la grace de Dieu, & ie le
prie que ie ne les puiffe iamais connoiftre. Si eft
ce, dit elle, que depuis ta naiffance tu n'as point
eu d'autre compagnie : Voy comme tu fçais ce
que tu fais, ce font les trois capitaux ennemis de
l'ame : cettuy là eft le Monde, cettuy cy eft la
Chair, & l'autre c'eft le diable. Confidere & remarque qu'ils fe reffemblent fi fort tous trois,
qu'on n'y fçauroit quafi mettre de difference.

Difant cela, le Roy Guillemot fe retira de
deuant moy : Et en mefme temps ie vis vne bouteille de verre de grandeur defmefurée, dans laquelle on me dit qu'vn grand & fameux Necromancien s'eftoit fait mettre par tranches

comme vn haricot ou salmigondis, afin de se rendre immortel, il boüilloit d'vne ardeur excessiue
& peu à peu ces pieces de chair se rassembloient
& formoient vn bras, vne cuisse, vne iambe. Enfin tout se cuisit, & se vid vn corps humain tout
entier : qui se dressa de bout dãs son mesme tombeau de verre. Cette vision là me fit oublier
toutes les precedentes, & me mit tant d'estonnement & d'effroy dans l'ame, qu'on m'eust ayse-
ment pris pour vn des morts. O Dieu, dis ie mille fois, quel homme est ce là! quelle prodigieuse
naissance ! vn homme engendré d'vne capilotade
& enfanté du ventre d'vne bouteille de verre! Là
dessus i'entendis vne voix dans ce grand vase, disant ces paroles : en quelle année sommes nous?
ie fus prompt à répondre, & luy dis que nous
estions en l'année mil six cens trente. O la bien-
heureuse année, dit il i'attendois impatiemment
son arriuée. Qui estes vous, qui parlez & qui vi-
uez dans ce ventre de verre ? Ne me connoissez
vous pas, respondit il, ie suis ce grand & fameux
Necromancien de l'Europe, n'auez vous pas ouy
parler de l'excellence de mes secrets, & à quel
dessein ie me suis fait enfermer dans ce vaisseau,
Ie l'ay ouy dire dés mon enfance, respondis ie :
mais ie tenois cela pour des contes de vieilles
& de nourrices pour endormir les petits enfans,
Comment est ce vous : Ie pensois au commencement envoyant de bien loin ce grand vase, que ce
fust cette diuine bouteille, dont le facecieux Ra-
blais nous a autrefois parlé, & depuis en m'approchant, ayant apperceu ce qui estoit dedans,

ie m'eſtois imaginé que c'eſtoit quelque Alchi-
miſte qui faiſoit penitence de ſes erreurs, ou
bien vn Apothicaire qui enduroit pour ſes cri-
mes:mais puis que ie voy vne ſi grande meruecille
ie ne regrette plus mon voyage, ny les peines que
i'ay euës pour aborder iuſques icy. Debouchez
moy cette bouteille, dit il, & ainſi que ie commençois à rompre l'argille de ſon amboucheure:
Tout beau, dit il, attendez encore vn peu. Dites moy premierement : Y a il force argent en
Eſpagne? en quelle opinion eſt il? quelle forre,
quel credit, & qu'elle vertu a il? Les flottes des
Indes alloient encore aſſez bien, luy dis ie: mais
depuis quelques années, les Holandois ont commencé à prendre vn rude tribut deſſus : & d'ailleurs il eſt ſorti des ſangſuës de Genes, qui courent iuſques au Potoſi, leſquelles à force de ſuc-
cer, eſtauchent les veines, & tariſſent les mines.
Mon enfant, dit il tant que le Roy d'Eſpagne aura les Holandois pour ennemis, les chemins des
Indes ne luy ſeront gueres libres. Et pour le regard des Genois ce ſont des eſcroüelles de l'argent, maladie qui procede de traiter auec les
chats. Et pour monſtrer qu'ils ſont eſcroüelles,
comme i'ay dit, c'eſt qu'ils ne veulent point auoir
affaire en France , car ils ne reçoiuent point en
leur commerce l'argent qui va en ce Royaume là.
Neantmoins en cette action là, ils ne penſent pas
aller contre la Iuſtice ny contre l'équité, au contraire c'eſt afin de rendre Sa Maieſté Catholi-
que meilleur payeur , & pour l'acquiter d'autant ſur les trente millions qu'il leur doit.

Ie fuis ennemy de cette nation là , que pour ne
les point voir maiftres des chofes qui ne leur appartiennent pas, ie n'aurois pas feulement enuie
de me remetre en Salmigondis , comme vous
me venez de voir dans cette grande bouteille ,
mais de me conuertir en pouffiere, & eftre à iamais enfermé dans vne petite boëtte. Monfieur
le Nectromancien, luy refpondis ie , ne vous de-
fefperez pas tant : car leur vanité leur caufe vn
mal qui les ronge comme vn cancer : C'eft vne
enuie de deuenir Princes , & defia ils font Caualiers & Seigneurs ? de forte que les grandes
defpenfes & les empruns qu'ils font , mettent
lever dedans le magazin de la marchandife,
tout fe conuertit en debtes & en folies , puis le
Demon qui fe mefle par là dedans, les fait auffi
mefler auec les Garces , qui les amadoüent ,
qui les trompent, & qui attrapent leur argent
& tout s'en va *in bordello.* Vous me donnez courage , dit le Nectromancien : mais apprenez moy
ie vous prie , en quel eftat en l'honneur au monde , Il y auroit beaucoup a difcouurir là deffus,
luy dis ie , vous touchés là vne corde qui fait vn
bruit de diable: chacun a l'honneur en foy, chacun eft honoré, & chacun fait de toutes chofes
vn poinct d'honneur.

il y a de l'honneur en tous eftats: & neantmoins l'honneur trébuche à toute heure de fon
eftat & de fon eftage, & mefme il femble defia
qu'il foit fept eftages deffous terre. Ceux qui
deftrobent , difent que c'eft pour conferuer leur
honneur , & qu'ils aiment mieux prendre que
de demander. Ceux qui demandent , difent que

c'eft pour conſeruer leur honneur , & qu'ils ayment mieux demander que deſrober. Ceux qui
portent faux teſmoignage , & ceux qui font des
homicides, diſent la meſme choſe. Ce bel apo-
phtegme eſt encore entr'eux. Qu'vn homme
d'honneur ſe doit pluſtoſt laiſſer eſtouſſer entre
deux murailles , que de ſe ſoumettre & s'aſſuie-
tir à perſonne , & neantmoins ils font tout au
contraire. Enfin tous les hommes du monde appellent honneur tout ce qui s'approprie à leur có-
modité , & en preſumant qu'ils ſont gens d'honneur , ( ſans toutefois en rien tenir ) ils ſe mocquent du monde. Tout eſt peruerty maintenant,
la menterie eſt tenuë pour merite , la cautelle &
la piperie ſont les plus eminentes qualitez d'vn
Caualier , parce que l'inſolence & l'effronterie
eſt eſtimée gentilleſſe : Autrefois les Eſpagnols
eſtoient gens d'honneur , & ſe maintenoient en
la moderation en tout ; mais il y a de mauaiſes
langues dans les pays, qui diſent que les plus barbares leur apprendroient maintenant ce que c'eſt
de viure honorablement. Et c'eſt vn vieil erreur
de croire qu'ils ſoient ſobres , ſi ce n'eſt à leur table, encore eſt ce pluſtoſt auarice que ſobrieté,
car quand ils mangent aux deſpens d'autruy , ils
changent de meſure , & prennent la triple & les
meilleurs trinqueurs de Suiſſes ne leur ſçauroient
à preſent rien monſtrer.

Y a t'il force Iuriſconſultes & force Aduocats, dit le Necromancien. Il y en a maintenant
des fourmillieres par tout le monde , & de pluſieurs eſpeces; luy reſpondis ie, les vns le font par

profession, les autres par presómption,& les aũ
tres par estude, & de ceux cy il y en a fort peu :
neantmoins ils sont tels les vns & les autres,qu'il
vaudroit mieux qu'vn Royaume fust remply de
sauterelles d'Egypte,que de cette vermine la. Si
le monde est affligé d'vne si cruelle playe , dit le
Necromancien, ie suis d'aduis de ne bouger d'i-
cy.Aux siecles passez,respondis ie,la Iustice estoi
moins maladiue , parce qu'il y auoit moins de
Docteurs;mais il luy est auenu comme à ces malades qui font des consultations: car tant plus ils
assemblent de Docteurs pensáns remedier à leur
mal, plus ils empirent & plus il leur couste. La
Iustice alloit autrefois toute nuë,comme representant la verité; mais à cette heure elle est toute emmaillottée de papiers comme des espices.
Autrefois nous n'auions qu'vn liure de Loix &
d'Ordonnances, par le moyen duquel la Iustice
estoit diuinement bien administrée : chacun se
maintenant en paix & en repos,comme faisoient
jadis les plus florissantes republiques, mais à present qu'il y a des millions infinis de Codes , de
Digestes & de Pandectes, nous sommes tous remplis de diuisions,de troubles , de seditions , de
procez & de chicaneries immortelles. Il se trouue plus de ces liures là depuis vingt ans, qu'il ne
s'en estoit fait en mille auparauant. Il paroist
chaque iour quelques Autheurs nouueaux , qui
ne viennent iamais moins chargez que de quatre ou cinq volumes , qu'ils appellent Gloses,
Commentaires, Decisons, Interpretations : car
il y a vne grande emulation entr'eux , à qui aura
le plus de corps , mais attendu que ce font des
　　　　　　　　　　　　corps

corps fans ame, aufli bien que leurs compofi-
tions, ie leur affigne les Cimetieres pour Bibliotheques, aufli bien les boutiques de Libraires
feront elles de forme trop petite pour eux. Tous
ces Iurifconfultes & Aduocats font autant d'am-
baleurs de vents, & de vendeurs de fumée, &
perturbateurs du repos public: car s'il n'y auoit
point d'Aduocats, il n'y auroit point de procez,
s'il n'y auoit point de procez, il n'y auroit point
de Procureurs, point de tromperies, point de
delits, point d'Archers, ou de Sergens; point
d'Archers, point de prifon : point de prifon,
point de Iuges: point de Iuges, point de paffion,
point de paffion, point de fuborneurs pour les
cotrompre par le moyen des prefens.

Voyez combien de mefchante vermine eft
produite par vn chicaneur aduocatereau. Si d'a-
uenture vous allez chez eux pour auoir vn aduis
apres auoir ouy le recit de voftre affaire, ils vous
dront : Monfieur voicy vne fort belle queftion
à decider, & qui merite bien d'eftre maniée, ie
fçay où eft la Loy qui en traite en propres termes. Là deffus ils vifitent vne centaine de to-
mes, ils parcourent deffus, du doigt & de l'œil,
en grommelant comme vn chat qui vous flatte
en vous egratignant, puis ils donnent vn fouf-
flet au liure, & vous l'eftendent fur la table :
Voila, difent ils, voftre fait, le Iurifconfulte le
deduit mot à mot, laiffez moy vos papiers, car
ie me veux mieux inftruire deffus : ie vous ref-
ponds que voftre affaite eft tres-bonne, tenez
vous en tout affeuré, reuenez demain au matin
fur le foir, Lundy, Dimanche: car à prefent i'e-

E e

cris sur quelques clauses de la Bible & de Bal-
duin : mais ie quitteray tout pour vous seruir.
Et lors qu'en vous separant d'eux vous leur
voulez graisser la main, afin qu'ils se souuienent
de vous: car l'argent est le vray esprit de l'affaire , & la pure lumiere de leur entendement, ils
vous accompagnent & vous font de grands complimens, Iesus Monsieur, disent ils , Monsieur,
entre Iesus & Monsieur ils estendent les bras &
ouurent la griffe, & se saisissent du douolon, &
puis seruiteur tres-humble. Rebouchez donc ma
bouteille de peur qu'elle ne s'esuente , dit le
Necromancien, car ie crains trop d'estre frappé
de l'air d'vne telle peste, ie ne veux point sortir
d'icy que l'air & le siecle ne soyent purgez de ces
sangsuës , ou bien qu'on les ait ennoyez à nos
ennemis afin de pratiquer le prouerbe, *Celuy qui*
*veut viure en paix doit entretenir & payer l'Aduocat*
*de son aduersaire, afin qu'il le trompe, le desrobe, & le*
*consomme.*

　　Mais à propos de larcins, Venise est elle encore au monde: Comment si elle y est encore, qui
respondis je : & oüy de par le diable elle y est,
Ie la donne au diable pour me venger du mesme
diable car ie n'en pourrois pas faire present à
personne sinon pour luy faire mal . C'est vne
Republique qui se conseruera tousiours tant
qu'elle n'aura point de conscience , car si elle
vouloit restituer tout le bien qu'elle retient à
autrey, elle ne seroit plus rien : il faut aduoüer
que c'est vne plaisante Republique. C'est vne
ville fondée en l'eau , vn thresor & vne liberté
en l'air, la deshonnesteté au feu ; & en fin vn

peuple de qui la terre fuit ; c'eſt le boyau culier
le tuyau, la ſentine, ou bien l'eſgouſt des Monar-
chies , par leſquels ils purgent les immondicer
de la paix & de la guerre. Le Turc les tolere
pour faire mal aux Chreſtiens , & les Chreſtiens
pour faire mal aux Turcs, & eux ſe maintiēnent
pour faire mal aux vns & aux autres: ils ne ſont
ny Mores ny Chreſtiens : auſſi vn Capitaine
Venitien eſtant en guerre , & voulant animer
les ſiens à combattre hardiment côtre les Chreſtiens , courage compagnons , leur dit il , vous
eſtes Venitiens auant que Chreſtiens.

Laiſſons ce diſcours là pourſuit le Necromancien , & m'apprenez s'il y a force mutins
dans le Royaume, C'eſt vne maladie , luy di ie,
de laquelle tous les Royaumes ſont Hoſpitaux:
mais plutoſt des petites maiſons, dit il , car
ils ſont tous ſenſez: ie ne veux donc bouger d'i-
cy, mais ie deſire que vous aduertiſſiez ces aſ-
nes là , que la vanité & l'ambition eſt dans la
bourre de leur baſt , & que les Princes & les
Roys tiennent de la qualité du vif argent: premierement ſi l'on veut preſſer le vif argent , il
s'enfuit & ſe perd. Il aduient ainſi à ceux qui ſe
veulent prendre aux Roys plus que le deuoir &
la raiſon ne le permettent. Le vif argent n'a
point de repos , auſſi n'ont les Roys , on les
penſe bien loin , & ils ſont bien pres , la con-
tinuelle agitation des affaires les tranſportent
tantoſt deçà, tantoſt de là. Ceux qui trauaillent
au vif argent tremblettent touſiours, ainſi doiuent eſtre ceux qui traictent auec les Roys, ils
doiuent touſiours trembler de reſpect & de

crainte, autrement il est force qu'ils tremblent
apres, iusques à ce qu'ils tóbent par terre: Mais
auant que ie perde la parole, & que ie retourne
au premier estat auquel vous m'auez veu, car ie
me trouue mieux ainsi, que parmy tant de confusion & desordres: voicy ma derniere curiosité, que ie sçache vn peu, ie vous prie, qui regne
maintenant en Espagne: Vous sçauez bien, luy
dy ie, que Philippe III. est mort.

Oüy dit il, ce fut vn Roy plein de picté &
de vertus incōparables, à ce que i'en ay appris
par les Astres, Philippe IV. luy a succedé, luy dy-
ie. Est il vray dit il callez ma bouteille, ou-
urez ma sepulture, & m'aidez à sortir d'icy, ie
veux reuoir le monde sous l'Empire d'vn si
glorieux Prince. Disant cela, il se roule contre
vn rocher qui estoit là, & rompit luy mesme
son estuy de verre, puis il s'en fuit tāt qu'il pust:
Ie le voulois suiure & retourner au monde auec
luy, mais vn mort me retint par le bras, me disant laissez le courir. Aussi bien ne l'attaperiez-
vous pas, il a des jambes de diable. Ie me retourne, & ie voy vn vieillard qu'on pouuoit appeller le Bucephale des hommes, à cause de sa
grosse teste, son visage estoit plus couuert de
crin qu'il n'en faudroit pour garnir deux cou-
sinets à courre la poste, de façon que ie le prenois pour vn de ces hōmes sauuages qu'on voit
au pays de peinture, & luy me voyant si atten-
tif à le considerer, s'approche de moy, me disant,
Ma science m'apprend que vous estes en peine
de sçauoir qui ie fus. C'est Nostradamus qui parle à vous. Est il possible que ce Galimatias des

Propheties qui se publient par la France sous
voftre nomfoit de vos œuures, Impudent que
vous eftes, me refpondit il, Ofez vous fitemerai-
rement offenfer l'Organe des fecrets des Dieux
& l'interprete des Deftinces: Barbares môdains,
qui mefprifez la doctrine qui excede voftre cognoiffance, trouuez vous qu'il y ait du Galima-
thias en mes Propheties ? Seriez vous bien fi
brutaux que vous n'entendiffiez pas le fens de
ces paroles !

*Speculans les caufes fecondes,*
*I'ay remarqué qu'il n'aduiendra*
*Ni fur terre ni fur les ondes,*
*Que ce que le grand Dieu voudra.*

Canailles que vous eftes, affoupis & endur-
cis dans les vices, fi cefte Prophe; ie s'accom-
pliffoit, pourroit on defirer vn bien plus vniuer-
fel ? Si ce que Dieu veut, fi ce qui luy plaift e-
ftoit, la Iuftice regneroit au monde, l'innocence
& la fainéteté, l'on ne feroit point ce que veut le
diable, l'on n'aimeroit point ce qui luy plaift le
plus, qui eft l'argent, la conuoitife & l'vfure.
L'argent eft maintenàt l'objet de toutes les affections des mondains, c'eft leur vnique fauory
& mefme leur maiftre, puis qu'ils ne font que ce
qu'il veut, combien que fe foit vn vagaboud qui
tient du naturel des femmes, qui n'aiment qu'à
trotter, & qui ne fe donnent le plus fouuent
qu'aux moins meritàs & non pas aux Prophetes
comme moy, qui font les fauoris & les amis des
Dieux. Mais pour fuiuons l'explication de nos

Propheties, pour voir si elles sont si fausses & si
obscures qu'on les croit.

> *Les mariez seront maris,*
> *Quand les ialoux seront marris,*
> *Et quoy qu'à l'antique maniere,*
> *Les sots en veuillent d'scourir,*
> *On ne pourra pas bien courir,*
> *Qu'en iettant les coudes derriere.*

A ceste parole il me prit vn esclat de rire, qui
me fit leuer le nez en haut, comme vn cheual
qui a flairé la fiente ou l'vrine d'vne iument.
Et l'Astrologue m'ayant apperceu : Boufon que
vous estes, me dit il fort en colere : chien ma-
stin qui trouuez à ronger sur tout, ie voy
bien que vous n'auez pas encores les dents assez fortes pour casser l'os & trouuer la mouëlle
de ceste Prophetie, escoutez auec plus de modestie, car si vous pensez vous rire de moy, ie
vous arracherois la barbe poil à poil, escoutez
de par le diable, puis que l'on vous a amené icy
pour escouter & pour apprendre, Pensez vous
que tous les mariez soient maris? vous vous
trompez de plus de moitié de iuste compte, sçachez qu'il y a plusieurs mariez qui viuét comme
en celibat, & plusieurs du celibat qui viuent
comme mariez, parce quec'est la mode de temps.
Il y a vne infinité d'hômes qui se marient pour
mourir Vierges de leurs femmes, & autant de
femmes pour mourir Vierges de leurs maris,
Voila la moitié de la Prophetie expliquee, &
voicy l'interpretation de l'autre. Or sus cou-

rez vn peu , pour voir ſi vous mettrez ces coudes
en auant:Vous me direz, peut eſtre , que ceſte
Prophetie eſt ridicule pour n'eſtre que trop
vraye:voila vne belle deffaicte: c'eſt donc à dire
que la verité naïfue vous déplaiſt. Mais ſçachez,
vous autres, que les veritez que vous penſez
dire , ſont autant de menteries & de ſottiſe. De
quelle façon deſirez vous que la verité ſoit ha-
billee pour vous eſtre aggreable : ie gage que
vous eſtes ſi lourdaut,que vous ne ſçauriez trouuer vne ſubtilité pour arguer ma Prophetie ,&
dire qu'il y a des gens qui courent les coudes en
auant auſſi bien que d'autre façon : mais ie les
veux faire cognoiſtre, ſe ſont les Medecins ,
mon amy, quand ils tournent les mains par
derriere pour prendre l'argent de la viſite du
malade, car apres l'auoir attrappé , ils courent
comme vn guenon qui auroit deſrobé quelque
piece d'argent pour aller faire la queſte ailleurs.

*Pluſieurs femmes ſe verront meres:*
*Et les enfans qu'elle feront*
*Seront les enfans de leurs peres.*

Et bien auez vous quelque choſe à dire
contre celle cy ? ie vous reſponds qu'il y force
maris , leſquels s'ils pouuoient faire des exa-
ctes perquiſitions , ils trouueroient bien qu'ils
n'auroient pas engendré les enfans qui les appellent peres. Le ventre d'vne femme eſt fort
ſujet à caution, car comme les enfans ſe font le
plus ſouuent à tatons , il eſt fort difficile auſſi

d'en recognoiftre les ouuriers , il faut croire la
depofition de la mere, & fouuent la fuppofition.
Ie dis cela pour les clientes de la Cour des Ay-
des : car ie declare par ma Prophetie qu'elle
n'entend nuire aux Dames d'honneur, fice n'eft
que quelque maudit truchement comme vous,
ne peruertiffe mes intentions. Combien penfez
vous qu'il y aura de gens au bout du Iugemét
qui tiennent maintenant de grands rangs dans
le monde : qui feront contraints de recognoiftre pour leurs peres des pages de leur maifon,
des fuiuans des Medecins , des valets emman-
chés de foüet : Combien de peres fe trouueront
alors fans lignee & fans fucceffeurs contre leur
creance : Vous le verrez quand vous y ferez.
car la verité fe verra là plus claire que Soleil,
I'aduoüe maintenant , dy-ie au Necromancien , que nous auons tort de mefprifer ces
entoufiafmes d'efprit : il eft vray que nous ne
pouuons pas penetrer dans le fens de vos excellentes Propheties, elles font plus veritablesque
nous ne penfons, & ont autre force eftant expli-
quees de voftre bouche. Entendez encore celle-
cy , me dit il.

*Cêt en ainfi que ie prefume*
*On volera auec la plume*

Y eftez vous, l'entendez vous : on volera auec
la plume : Seriez vous bien fi fin que de penfer
que ie vouluffe parler des oyfeaux , vous vous
tromperiez fort, ie le dis pour les Aduocats , les

Greffiers, les Procureurs, Notaires, lesquels
volent nostre bien & nos successions, par vne infinité de collusions, de piperies & fausse-
tez.

Disant cela, le bon Nostradamus me laissa
la response sur le bord des lévres, & disparut
de deuant moy, & là dessus ie me sentis tirer
par derriere, ie me retourne? & apperceu vn
mort fort maigre & extenué; le visage fort melancholique, tout blanc & vestu de blanc. Aye
pitié de moy, me dit il, & si tu es bon Chrestien, vse de charité en mon endroit, tire moy
des contes & des sornettes de ces babillards, de
ces hableurs & de ces ignorans, qui ne me lais-
sent en repos, me mets ailleurs par tout ou bon
te semblera. En mesme temps il se iette à mes
pieds, & se battant le visage de desespoir, pleuroit comme vn enfant. Qui estes vous pauure
malheureux, luy dy, ie, condamné à vne si grāde
misere? ie suis, respond il vn fort homme de biē
& fort ancien, dont l'on diffame l'honneur & la
renommée par mille faux tesmoignages, en fin
ie suis l'*Autre*. il n'est pas que vous n'ayez souuent ouy parler de moy : car il n'ay a rien que
l'*Autre* ne die. Ceux qui ne peuēt soutenir aucune raison d'eux mesmes, disēt tousiours *cōme dit
l'Autre*, & toutesfois ie ne dis iamais rien, &
n'ouure pas seulement la bouche. Les Latins
m'appellent *Quidam*, & se seruent de moy pour
remplir les lignages & les periodes de leurs liures. Ie desire donc que vous me rendiez ce
bon office, quand vous serez retourné en l'autre monde, de dire que vous auez veu l'*Autre*

qui est en tout blanc, qu'il n'a rien d'escrit, qu'il
ne dit rien , qu'il n'a iamais rien dit, ne dira iamais , & que tous ceux qu'il le citent & l'alle-
guent, en ont menty, afin que desormais par vostre étremise ie ne sois plus l'autheur des idiots
& l'approbation des ignorâs. Dans les noises &
querelles ils m'appellent *certaine persône* dans les
intrigues, *ie ne sçay qui*: dans les chaires des Ora-
teurs, *certain Autheur* , & tout cela pour desgui-
ser le nom du pauure *l'Autre*, & l'acuser de toutes leurs impertinéces. Accordez moy ma sup-
plication, & me sortez de l'extréme misere ou ie
suis. Ie luy promis de faire ce qu'il desiroit, & il
se retira pour faire placeà vne autre vision. C'e-
stoit vne vieille, la plus vieille qui fut iamais, laquelle s'aprochoit de moy en criât auec vne voix
qui sembloit sortir du centre de la terre , & qui
parloit plus des machoires & du menton que de
la langue: Y a il pas icy quelqu'vn de l'autre mô-
de nouuellement arriué, dit elle ? Ie consideray
soigneusement cét estrange espouuentail de
Demons , ses yeux estoient enfoncez comme
dans deux cornets rouges à iouër aux dez , son
front & le teint de son visàge estoient comme
la plante d'vn pied: sa bouche passe & sans couleur estoit à l'ombre d'vn nez d'alambic qui distilloit des roupies , son menton estoit couuert
d'vn certain poil d'oizon: elle n'auoit non plus
de dents qu'vne lamproye : les peaux de ses
gifles pendantes me faisoient souuenir de celles des singes , ou ils cachent ce qu'ils desrobent , sa teste dançoit les sonnettes , & sa voix
sautoit à chaque parole qu'elle proferoit , son

corps eſtoit preſque tout enſeuely dans vn grand voile de creſpe elle auoit vn baſton en main, qui aidoit a ſouſtenir ceſte machine tremblante, & tenoit encore vn Roſaire ſi long, qu'il touchoit iuſque à terre, de façon qu'eſtant courbee ( comme elle eſtoit ) il ſembloit que ce long Chappelet luy ſeruiſt de ligne a peſcher de petites teſtes de mort qui pendoient au bout. Moy voyant cet abregé des ſiecles paſſez, ie commençay a parler tout haut, penſant qu'elle fuſt ſourde! Ho ma mere, ma grand mere, luy dy ie, que deſirez vous de moy? Elle leue auſſi toſt *l'a initio & ante ſecula* de ſon groin de truye, & mettant vne grand paire de bezicles ſur ſon nez pour m'enuiſager, ou pluſtoſt pour me déuiſager, car elle eſtoit en colere, parce que ie l'auois traitee de vieille. Ie ne ſuis ny ſourde, ni grand mere, me dit elle, i'ay vn nom auſſi bien qu'vn ciron. Qui pourroit croire qu'en l'autre monde les femmes euſſent encore la vanité de n'eſtre point reputees vieilles. Elle s'approcha auec des yeux larmoyans & vne odeur qui ſentoit l'air de ces caueaux d'Egliſes, ou l'on met les cerueils. Ie la priay de pardonner a mon inciuilité, & de me dire ſon nom, afin de garder plus de bienſeance, ie m'appelle Doüegna Quintagnonne. Comment dy-ie, alors fort eſtonné, y a-il de ceſte maudite eſpece de femmes en ceſte region cy? Les habitans doiuent donc prier qu'on die ſouuent pour elles *Requieſcant in pace*: car puis qu'il y a des Doüegnas, ils ſeront touſiours en diſſenſion, ie penſois que les femmes mouruſſent quand elles deuenoint Doüegnas, que les

Douëgnas ne deussent iamais mourrir, & que le
monde fust condamné à les auoir & les souffrir
perpetuellement. Mais maintenant que ie vous
voy ie me desabuse. Ie suis fort aise de vous auoir
rencontree, afin de vous cognoistre, apres auoir
tant ouy parler de vous, car des que l'on voit
quelque vieille bigotte qui veut censurer toutes
les ieunesses d'autruy, parce qu'elle ne se souuient plus de ses friponneries, on ne fait que dire, regardez vn peu ceste Douëgna Quintagnonne, & venez ça Douëgna Quintagnonne, en fin
on ne parle que de vous par tout. Dieu vous le
rende, dit elle, & le grand diable vous emporte-
te, pour salaire de la bonne souuenance que
vous auez de moy. Et fils de putains que vous
estes, y a il pas des Douëgnas de plus grand
nombre que moy? Y en a il pas de septante & de
huictante? Que ne courez vous apres, & me
laissez là, Bien, bien, luy dy ie, ne vous faschez
plus, quand ie seray retourné, i'essayeray d'y
mettre ordre, Mais que faites vous icy? Elle fut
appaisee de ma promesse, & me dit, Il y a plus de
huit cens ans que i'ay esté aux Enfers pour y fon-
der vn Ordre de Douëgnas; mais Messieurs les
diables ne se sont encore pû resoudre de m'en
donner la permission, disans qu'à la fin nous les
chasserions de leurs Royaumes, que l'on n'auroit
plus que faire d'eux pour tourmenter les meschans, & que ce seroit assez de nous, Ou
bien si nous y demeurions ensemble, nous serions tousiours aux espees & aux couteaux, &
qu'ils n'exercefoient pas bien leurs charges en
l'entretien du feu, parce que nous cachons

tous les bouts de tizons, aussi bien que les bouts
de chandelles. I'ay aussi esté en personne en Purgatoire pour le mesme sujet; mais des que les
ames me virent, elles commencerent à crier, *Li-*
*bera nos Domine*. Pour le regard du Paradis ie n'y
pretens rien : car n'y trouuant point de matiere
pour affliger & tourmenter quelqu'vn en faisant des raports, semer des debats & de querelles nous y sechons sur le pied. Les morts se plaignans aussi de moy, disans pourquoy iene les
laisse pas en repos comme ils doiuent estre, si
bien qu'ils m'ont tous laissé la liberté de retourner au monde si ie veux, & d'y estre Doüegna, *in*
*secula seculorum*. Maisi'ayme mieux demeurer icy
oisiue que de m'engager à estre toute ma vie ac-
croupie sur vn tapis de Turquie à vn coin de ru-
elle de lict à garder des coquettes, & les couurir
comme les tortuës font leurs petits, & seruir
quant & quant d'espouuentail, pour effaroucher
les coquets & les poulets qui voltigent ordinai-
remēt autour d'elles:car s'il arriue qu'il se donne quelque atteinte, on dit aussi tost que la gouuernante s'est entenduë auec les Amants:qu'elle
en a fait affaire, qu'elle apris la piece pour en
laisser prendre vne autre. En vn mot les gouuer-
nantes sont toussiours responsables de tout ce
qui se fait de mal dans les maisons : s'il se perd
quelque chausson ou vieux mouchoir, ceste re-
partie ne manque point, qu'on le demande a
Madame la gouuernante, s il faut quelque ron-
gneure ou retaille d'estoffe, vn vieux, calson, vne
doubleure de masque, la gouuernante estoit là
dit on. En fin on nous prend pour des Cigognes

des Poules, ou des Canes qui ramassent & 'pro-
fitent des cloportes, des arraignees, & de toute
la vermine d'vne maison. Les seruiteurs & seruantes disent que nous espions leurs actions, que
nous sommes des flateuses & rapporteuses: que
leur tante, leur cousine : ne les oseoient venir
visiter, que nous leur faisons peur, & ils ont raison : car quand nous nous presentons à eux, ils
pensent voir vn tombeau viuant, si bien qu'ils
s'enfuyent en faisât des signes de croix: les Maistres disent que nous brouillons toute la maison.
De façon que i'ay fait eslection de ce domicile
entre les morts & les viuans, plustost que de retourner estre Doüegna: Ce nom là est plus odieux
que le gibet, puis qu'il y eut dernierement vn
homme qui alloit de Madrid à Vailladolid, &
s'informant où il iroit au giste ceste iournee là,
comme on luy eut dit qu'il y auoit vn village sur
le chemin, qui s'appelloit Douegnas : n'y a il
point d'autre lieu, dit il, ou par deçà ou par delà
où ie puisse aller coucher: n'y a qu'vne potence,
luy dit on : bon, dit il voila mon giste, i'ayme
mille fois mieux m'arrester là, qu'à Doüegnas.
Ie vous coniure donc, de faire en sorte auec ceux
du monde comme vous, que l'on mette à l'aduenir vne autre Doüegna que moi aux prouer-
bes qu'on me laisse en paix & que le prouerbe est
de sormais trop vieux,

Elle eust parlé dauantage mais je m'esloignay
insensiblement sans qu'elle s'en apperceust, car
elle auoit osté ses lunettes. Et pensant trouuer
quelque guide pour me conduire hors de ce triste sejour, ie fus arresté par vn mort d'assez

bonne trongne, excepté qu'il auoit vne aigrette
de Bellier fur la tefte ie l'euffe prins pour Aries,
l'vn des douze fignes du Zodiaque, n'euft efté
que s'eftant planté deuant moi, fur la plus ferme
pofture qu'il pouuoit: roidiffant lesbras, fermāt
les poings & témoignant de me vouloir gourmer
fans gourmette, ie m'allay imaginer que c'eftoit
quelque diable mort: mais quelqu'vn me dit que
ce n'eftoit qu'vn homme, il faut donc qu'il foit
fou, refpondis ie, qu'il me veut attaquer fans
l'auoir offensé: Alors voyant qu'il s'alloit jetter
fur moy, ie me tins fur mes gardes auec armes
efgales, excepté de l'habillement de tefte: mais
dit le mort, il faut que vous me permetiez de
me vanger de ce vieillaque, de ce poltron, qui
ne fait autre meftier que de diffamer les gens
d'honneur. Ie iure par la Mort qui regne icy,
que ie le feray de voftre confrairie. Approche,
luy di ie, vn peu animé de colere de fon innocē-
ce, peut eftre que tu n'es pas encore bien mort,
viens, viens, ie te tueray encore vne autrefois,
qui m'a amené ce Meffer Cornuto? Ie n'eus pas
pluftoft proferé ce mot, que nous voila aux pri-
fes, ioüant des ongles & des dents, & bien m'en
print que fes cornes eftoient rabbatuës fur fa
tefte: Auffi toft les autres morts accoururent
nous feparer qui me firent bien plaifir: car mon
aduerfaire auoit vne fourche & moy non. Qu'a-
uez vous fait? me dirent ils en me tançant rudement, à qui penfez vous parler, vous auez
tort, d'appeller Cornuto le Sieur Dom Diego
Moreno. Comment, repartis ie, c'eft donc
là Diego Moreno! ha infame: c'eft donc

toy qui m'accuse de médire des hommes d'honneur:Certe,Messieurs,dy-je aux spectateurs,la Mort n'a point d'honneur que ce vilain soit parmy vous autres,luy qui m'a serui de sujet & de matiere à faire tant de farces de coquages. Et c'est dequoy ie me plains : Messieurs, dit Dom Diego,& dequoi ie veux tirer raison,si vous me le permettez.Ie suis d'accord de la qualité,puis qu'il y a de plus grands personnages que moy qui la portent :mais aussi pouuoit-il bien parler vn peu d'eux,& non pas si souuent de moy. Qu'ay-je fait que plusieurs autres n'ayent fai t dauātage?La corne a-elle trouué sa fin en moy ? me suis-je rebellé contre les plus grands auec ma corne?ay-je fait encherir les lanternes, les cornets d'escritoire & ceux des postillons ? ne trouuera-on plus dequoy emmancher des couteaux,ny dequoy faire des chausse-pieds? pourquoy donc me pourmenoit-il si fort sur le theatre ? Il n'y eut iamais d'animal de ma conditiō plus paisible que moy;Ie ne fus iamais ialoux ie m'allois librement pourmener,quand ie sentois l'heure des visites. Tout ce qu'ō me peut reprocher c'est de n'auoir pas esté assez charitable enuers les pauures,car ie ne les aimois point, pour eux i'estois tousiours vne greuë suruceilláte,mais aussi par compensation, i'estois moy seul tous les sept Dormans ensemble , pour les riches quand ils auoient quelque paisible negoce à traicter auec ma femme , Nous accordions fort bien elle & moy,i adherois à toutes ses volontez, & aussi disoit elle souuent: Dieu donne bonne vie à mon Diego ; c'est le meilleur mary
                              qui

qui soit au monde. De tout ce qui se passe chez
nous, il ne dit iamais, voila qui va mal, ny voila qui va bien. Mais la friponne qu'elle est, elle
mentoit & semoit vne mauuaise reputation de
moy, ie n'estois pas si stupide ny si sot qu'elle me
vouloit faire passer:i'ay dit plusieurs fois, voila
qui va mal & voila qui va bien:Car si ie voyois
entrer chez moy des Poëtes, des Musiciens &
des Baladins, ie disois incontinent voila qui va
mal, mais quand ie voyois des Marchands , ie
disois voila qui va bien:cõme aussi si i'y rencõ-
trois de ces Courtisans qui ont la bourse autãt
pleine de vent que la teste de vanité,& des mã-
geurs de roües de canon à la vinaigrette, de ces
grãdes espées & de ces moustaches, &c.ie disois
voila qui va tres mal:Et aussi si ie trouuois des
Tresoriers ou de leurs Commis,ie disois, voila
qui va tres bien,d'autant que l'argent ne couste
guere à gaigner à ces gens là , ils le despensent
aussi fort prodigalemẽt. Que me peut-on dõc
reprocher ? au reste i'estois l'arbre qui faisoit
ombre à ma femme, qui la garantissoit des atteintes du Soleil de iustice,car les cõmissaires &
autres Officiers de police,n'auoiẽt point aucunement de iurisdictiõ chez moy. Pourquoy dõc
ce bouffon de Poëte d'intermedes, de farces &
de maquerellage, me faisoit-il le persõnage ri-
sible de ses Comedies?Tu n'en es pas encore
quitte,ie t'aprendray biẽ à imiter des Poëtes:
si tu estois encore viuant,ie te serois mourir de
l'infame supplice de Lycombe,qui se pendit de
dépit de ce qu'Archiloque escriuit contre luy:
de ce pas ie m'ẽ retourne au mõde tout exprés

pour compoſer iour & nuit des farces Satyri-
ques, des actes de ta vie, que i'ay appriſes depuis
ta mort. Ie t'en empeſcheray bien, dit-il. La deſſus nous nous prenons de plus belle & recom-
mençons noſtre dueil. En cette agitation d'eſprit
ie m'eueillay, & me trouuay dans mon lit auec
vn grand battement de cœur, & autant de laſ-
ſitude que ſi le combat euſt eſté veritable. Ie ra-
pellay en ma memoite toutes les viſions de ce
ſonge pour en faire mon profit, iugeant qu'il
n'y a point de raillerie auec les morts, & que des
gens qui ſont hors de tous les intherests &
abus du monde, ſont plus capables de donner
des enſeignemens, que des aduertiſſemens friuoles.

**Fin de la ſeconde Viſion.**

# VISION III.

# DV IVGEMENT DERNIER.

Omere dit que les songes viennent de Iupiter, que c'est luy qui les en-uoye, qu'il le faut croire ainsi, quand ils touchent en choses importantes & pieuses, & que les Princes & les Roys les songent, comme l'on peut remarquer du docte & admirable Properse, en ces paroles: *Ne mesprise pas les songes qui viennent d'en haut: Quand il arriue des songes pieux, ils ont du poids, & ne les faut pas reietter?* Ie suis de son opinion, car ie croy qu'vn songe que ie fis ces nuits passées, me fut enuoyé du Ciel, ce fut apres m'estre en-dormy sur le liure du bien-heureux Hypolite, qui traite de la fin du monde, & de la seconde venuë de Iesus-Christ, lequel me fit songer que ie voyois le Iugement final. Et encore qu'en la maison d'vn Poëte ce soit chose fort difficile à croire qu'il y ait du iugemēt (mesme en songes)

cette fantaisie se mit en mon esprit par la raison que dit Claudius en la preface du 2. liure du
Rapt, que tous les animaux songent la nuit &
se representent comme des ombres de ce qu'ils
ont veu & ouy le iour. *Et le chien en songeant ab-*
*baye sur les voyes du lieure.*

Et parlant des Iuges, *Et tout craintif il semble*
*que i'aye dans le cœur l'obiet du tribunal diuin*   Il
me sembloit donc que ie voyois vn beau ieune
adolescent qui voloit par l'air sonnant d'vne
trompette, mais s'efforçant l'haleine il amoin-
drissoit beaucoup la douceur des traits de son
visage. Le son de cet instrument trouua l'obeys-
sance aux marbres, & l'ouye aux morts, car en
mesme temps toute la terre commença à se mou-
uoir, & à donner permission aux os de se chercher l'vn l'autre. Premierement ie vis ceux qui
auoient porté les armes, les Generaux d'armée,
Capitaines, Lieutenans, Soldats, qui sortoient
de leurs sepultures tous rechauffez de courage,
croyant que ce fust quelque signal de guerre,
d'escarmouche ou de bataille. Les Auaricieux
sortoient tous espouuentez, craignant que ce ne
fust quelque pillage. Ceux qui auoiét esté a donnez à la vanité & à la gloutonnie, creurent que
c'estoit quelque course de bague, ou quelque
assemblage de chasse. Ie connoissois toutes leurs
pensées à leurs gestes, & ie n'en vis pas vn de
tous ceux qui entendoient le bruit de la trompette, qui se pût figurer que ce fust le signal du
Iugement. Apres cela j'aperçeus quelques ames
qui s'approchoient auec horreur & dedain de
leurs corps, & d'autres qui n'en pouuoient du

tout aborder, les voyant si laids & si difformes,
les vns manquoient d'vn bras, les autres d'vn
œil, les autres de testes. Ie ne me pûs tenir de rire
voyant tant de diuerses figures: cela me donna
sujet d'amirer la grande puissance de Dieu, en
ce qu'estans meslez ensemble, aucun ne prenoit
les iambes ny les bras de leurs voisins. I'entray
à mon aduis dans vn cimetiere, où il me sembla
que les ressuscitans changeoient de teste, & que
ie voyois vn Greffier qui se plaignoit de ce que
l'ame qui entroit dans son corps ne s'y appro-
prioit pas bien, voulant dire que ce n'estoit pas
la sienne, afin de l'escarter.

Apres qu'il fut venu à la cognoissance de toute l'assemblée que c'estoit le iour du grãd Iugement: ce fut vne chose notable à voir, comme les
Luxurieux ne vouloient pas que leurs yeux les
trouuassent, afin de pas porter au Tribunal des
témoins contre eux-mesmes. Les Médisans ne
vouloient non plus rien cognoistre leurs langues
pour le mesme sujet. Les Larrons vsoient tous
leurs pieds à force de courir pour fuir de leurs
mains. Et me tournant d'autre coste, ie vis vn
Auaricieux qui demandoit à vn autre ( lequel
pour auoir esté embaumé, attendoit ses trippes
qui estoient demeurées bien loin) si tous les en-
terrez deuoient ressusciter ce iour là, & si les
bourses qu'il auoit cachées ressusciteroiẽt auec
luy ij'eusse ry à sa demande, si en me tournant
ie n'eusse veu vne grosse troupe de Coupeurs de
bourses qui fuyoiẽt de leurs oreilles( qu'õ leur
vouloit tendre) de peur d'ouyr ce qu'ils crai-
gnoient: ie voyois tout cela estant monté sur vne

butte, & en cet inftant i'entendis crier à mes
pieds que ie me retiraffe : à peine eus-je obey,
quand plufieurs belles femmes fortirent leurs
teftes, & m'appellerent groffier & inciuil de
n'auoir point porté plus de refpect aux Dames,
( car mefmes dans l'Enfer elles ont encor cette
folie de croire qu'on les doiue refpecter ) elles
parurent fort gayes de fe voir bien faites & toutes nués, tres-aifes d'eftre veués de tant de monde, mais elles cónurent incontinent que c'eftoit
le iour de l'ire, & que leur beauté commençoit à
les accufer interieurement : & là deffus elles fe
mirent dans le chemin de la valée, mais auec des
pas fort tardifs & fort lens. Plufieurs d'entre-
elles des plus delicates & mignonnes, qui n'e-
ftoient pas faites à marcher nuds pieds, ny toutes
feules, appelloient leurs Quinolas, leurs fauconniers qui ont accouftumé de les porter fur le
poing, pour les aider à marcher: mais ils eftoient
ailleurs empefchez à s'excufer enuers leurs maiftres, qui les accufoient d'auoir fauorifé les de-
bauches de leurs femmes, & mené les poulets
de leurs amans. Vne qui auoit efté mariée fept
fois, alloit inuentans des excufes pour tous fes
maris, aufquels elle auoit promis de ne fe re-
marier iamais, eftant hors de fon pouuoir d'en
aimer d'autre. Vne qui auoit efté garce publique
effayant de ne pas aller deuant le Souuerain Iuge, ue faifoit que dire qu'elle auoit oublié fes be-
fongnes de nuit, penfant qu'on l'attédift en quelque rendez vous, ce qui la faifoit arrefter & retourner à chaque pas: mais enfin elle arriua à la
veuë du theatre. Il fe trouua là tant de gens que

elle auoit aide à perdre , qui l'ayant apperceuë,
commencerent à se la moustrer au doigt l'vn à
l'autre, & a faire vne si grande huée apres elle,
qu'elle s'alla cacher de hôte dans vne tourbe de
Sergens, estimant qu'on ne prendroit pas garde à
telles personnes parmy tant de grandes affaires.
Ie fus diuerty de cet objet par vn grand bruit
d'autres gens qui venoient du bord d'vn fleuue
apres vn Medecin , c'estoit des hommes qu'il
auoit depeschez sans besoin , & par anticipa-
tion de temps, ils etioient apres luy, & le pous-
soient deuant le Throne, d'où ils l'approcherét
auec beaucoup de peine. A mon costé gauche vn
bruit vint dedans l'eau comme de quelqu'vn
qui nageoit : ie vis vn homme qui auoit esté iuge, qui estoit au milieu de la riuiere, lauant &
relauant ses mains : ie m'approchay & luy demanday pourquoy il se lauoit tant, c'est, dit il,
que durant ma vie on me les a bien graissées,
pour adoucir certaines affaires , & i'essaye à
faire qu'il n'y parroisse plus rien pour aller deuant l'Auditoire general. C'estoit vne chose fort
affreuse de voir vne legion de demons armez de
foüets, de bastons & d'autres sortes de chastimens, qui menoient à l'Audience vne multitude de Tauerniers & de Tailleurs, qui de crainte
faisoient semblant d'estre sourds : car encore
qu'ils fussent ressuscitez, ils ne vouloient pas
sortir de leurs sepultures , de peur d'auoir de
plus mauuais li.. Au chemin par où ce bruit là
passoit, vn Aduocat sortit la teste, & leur demanda ou ils alloient, ils respondirent : Au iuste
iugement de Dieu , ou ils estoient appellez ;

F f 4

alors l'Aduocat le renfonçant plus profond dás
fa foffe;ce fera toufiours autant de chemin fait.
dit il , fi d'auanture il me faut defcendre plus
bas. Vn Tauernier fuoit fi fort en allant, qu'il fe
laiff ait tomber à chaque pas : fur quoy il me fé-
ble qu'vn Demon luy dit, Bon bon , tu fais bié,
fuë toute ton eau, de peur que tu ne nous la vé-
de pour du vin , comme tu as fait aux hommes.
Vn des Tailleurs tout couuert de bannieres, les
mains crochuës , les jambes tortuës , & encore
plus fes œuures,ne difoit autre chofe en allant,
finon,quel larcin puis ie auoir fait , puis que ie
mourois prefque toufiours de faim;& les autres
voyant qu'il nioit toufiours d'eftre larron , luy
dirent qu'il auoit tort de mefprifer ainfi le meftier. Ils rencontrerent des Brigands de grands
chemins, qui fe defioient & fuyoient les vns des
autres, & incontinent les diables les attraperét
tous,& les mirent auec les Tailleurs,leur difät
que les brigands pouuoient bien aller de compagnie auec eux , parce qu'ils eftoient à leur
monde, Tailleurs fauuages. Il y eut vn gräd de-
bat entr'eux fur l'affront que les vns receuoient
des autres d'aller enfemblément ,mais enfin ils
arriuerent à la valée. Apres eux venoit la Folie
enuironnée de tous coftez de Poëtes, de Mufi-
ciens , d'Amoureux & d'Efpadaffiers , gens qui
foit du tout incognoiffans de cé jour là : on
les mit'à vn cofté où eftoient les Bourreaux, les
Iuifs , les Scribes & les Philofophes. Il y auoit
encore là plufieurs Procureurs , qui cognoiffent
leurs fronts l'vn à l'autre, s'eftonnäs d'en auoir
tät derefte,veu qu'ils en auoient eu fi peu durät

leur vie. A la fin ie vis impoter filence à tous.
Le Throfne auoit efté fait & dreffé par la main
Toute puillante, & par le mefme Miracle Dieu
eftoit reuestu de foy-mefme, affable pour les
Elleus, & courroucé pour les reprouuer. Le Soleil & les Eftoilles eftoient à les piés prefts
d'obeyr à fes commandemens, le vent eftoit
muet, l'eau retenuë dans fes bords, la terre en
fufpens & tranfie de frayeur pour l'amour de fes
enfans: bref, tous en general eftoient fort penfifs.
Les iuftes occupez à rendre graces à Dieu, & à
prier pour les pecheurs, & les mefchans à inuenter des excufes pour modérer leurs chaftimes.
Les Anges gardiens tefmoignoient en leurs pas
& en leurs couleurs, le foin qu'ils auoient à
rendre compte de ceux dont ils eftoient chargez. Et les demons eftoient apres à rechercher
& fueilleter leurs procez. Les dix Commandemens eftoient en garde à vne porte qui eftoit fi
eftroite, que les plus maigres du jeufne auoient
encore quelque chofe à laifter de leur peau à
l'entrée, tant elle eftoit petite.

A vn cofté eftoient amaffées les difgraces, les
infortunes, les peftes, les ennuis, qui crioyent
contre les Medecins, la pefte aduoüoit bien d'en
auoir frappé plufieurs, mais que les Medecins
les auoient dépefchez. La Melancholie & les
difgraces difoient de leur part qu'elles n'a-
uoient tué perfonne fans l'aide des Medecins.
& les infortunes, qu'elles n'en auoient point mis
en terre, qu'auec les confultations & les mains
des Medecins. Par ainfi Meffieurs de la Faculté
demeurerent chargez de rendre compte des

morts. Ils se logerent donc sur vn lieu assez haut
auec du papier & de l'encre, & en nommant les
gens, incontinent vn des Docteurs sortoit, &
disoit à haute voix : Il passa pardeuant moy le
tel iour d'vn tel mois, &c.

On commença l'examen par Adam, auquel
il fut seuerement traité, puis on luy demanda
compte d'vne pomme. Et Iudas qui estoit là,
voyant l'estonnement de ce bon homme, se prit
à crier tout haut : helas ! comment le rendray-
je, moy qui vendis le Seigneur & l'Agneau ? Les
premiers Peres passerent : Puis le nouueau Testament vint, & les Apostres se mirent en leurs
chaires à costé de Dieu, auec le S. Pescheur.
En mesme temps vint vn diable, qui dit : Voicy
celuy qui frapa de la main celuy que saint Iean
monstra auec le doigt, c'estoit ce Iuif qui donna vn soufflet à Iesus Christ, qui fut luy mesme iuge de sa propre cause : car il se laissa abis-
mer au centre de la terre. C'estoit vne chose
digne de remarque à voir, que les pauures &
les Roys estoient meslez ensemble en approchât
du siege diuin. Herode & Pilate mirent la teste
dehors, & reconnoissant l'ire du iuge ( quoy
qu'enuironne de gloire ) Pilate dit, Celuy qui
voulut estre Gouuerneur des Iuifs, en merite
bien les effets. Herode prenant la parole, ie
ne puis, dit il aller en Paradis ; de penser aussi prendre le chemin des Lymbes, les innocents
se pourroient bien venger de moy, lorsqu'ils se
souuiendroient du temps passé, mais il ne faut
point tant marchander, il faut aller loger en
Enfer, aussi bien est-ce vne hostellerie assez

commune. Là deſſus il arriua vn homme de regard aſſez fier, lequel eſtendant les bras : Voila,
dit il, mes lettres de maiſtriſe. Chacun s'eſtonna de cette action , & lors on demande au portier qui il eſtoit : Luy qui l'ouyt , reſpondit : Ie
ſuis Maiſtre d'Eſcrime examiné, & de ceux qui
ne ſont pas des moins experts , & en monſtrant
pluſieurs parchemins ſeellez , dit que c'eſtoient
les atteſtations de ſes exploits : & en diſant cela toutes ces pieces tomberent par terre , & en
meſme temps deux diables ſe baiſſerent pour
les amaſſer , afin de les produire au procez que
ils auoient contre luy : mais l'Eſcrimeur fut
plus habille qu'eux pour les releuer : & voicy
vn Ange qui eſtendit le bras pour le faire entrer,
& luy ſautant agilement en arriere, & allon-
geant auſſi le bras: cette botte ſous le poignard,
dit-il , ne ſe peut parer , & ſi vous en voulez
dire deux mots , ie vous monſtreray ſi ie ſçay
mon meſtier , & quiconque a eſté mon eſcolier,
ne manque iamais a tuer ſon homme. De façon que l'on me pouuoit fort proprement nommer Galien, puis que i'enſeigne l'art de donner
la mort. Et en effet , ſi ceux de noſtre profeſ-
ſion auoient l'vſage d'aller ſur des mules , nous
paſſerions pour vrays Medecins.

Pluſieurs des aſſiſtans iugerent qu'il auoit raiſon, mais attendu qu'il monſtroit vne induſtrie,
qui eſtoit vne des principales cauſe de tant de
duels & d'homicides, on luy commanda d'aller
aux Enfers par vne ligne perpendiculaire, il reſpondit qu'il n'eſtoit point Mathematicien, qu'il
ne ſçauoit où eſtoit cette ligne : mais diſant

cela, vn diable luy donna vn tour de Breton, &
le jetta dans l'abyſme. Apres luy vindrent des
Treſoriers , & ſelon le bruit des gens qui
crioyent apres eux, & leur demandoient ce qu'ils
leur auoient deſrobé , pluſieurs des ſpectateurs
creurent & dirent que c'eſtoient des larrons qui
venoient: autres qui diſoient que non: mais à ce
mot de larrons, ils furent grandement troublez,
neantmoins ils demanderent vn Aduocat pour
deffendre leur cauſe: & lors vn diable dit: voicy
Iudas, qui eſt vn Apoſtre de rebut , qui parlera
bien pour eux     car il a exercé les deux offices.
Quãd ces Treſor. s ouyrent cela, ils ſe tournerent d'autre coſté, & ils virent vn autre diable
qui n'auoit pas aſſez de mains pour tourner les
fueillets d'vn procez criminel qu'il avoit formé
contr'eux. Laiſſez, laiſſez là toutes ces informations, dit le plus hardy de leur troupe, compo-
ſons , & que l'on nous condamne pluſtoſt à des
ſiecles infinis de Purgatoire: Ha ha, dit le diable
qui liſoit ce procez, ( & qui eſtoit vn fin joüeur(
vous demandez compoſition, c'eſt ſigne que voſtre jeu ne vaut rien. Et les Treſoriers voyant
qu'on ne les vouloit pas quitter à ſi bon marché,
prirent le chemin de l'Eſcrimeur, parce qu'ils
auoient joüé des mains auſſi bien que luy , &
encor mieux. Cela fait voicy arriuer vn pauure
malheureux Patiſſier, on luy demanda s'il vouloit eſtre jugé: comme il plaira à Dieu, reſpond-
il. A ce mot, le diable, ſa partie aduerſe, commença à l'accuſer d'auoir vendu des chats pour
des liéures r d'auoir mis plus d'os que de chair
dans ſes patez, & encor des os d'autres chairs &

plufieurs autres carnages de chiens, de renards
& de cheuaux. Et quand il vit qu'on luy prou-
uoit d'auoir trouué dans les patez plus de fortes
d'animaux qu'il n'y en eut iamais dans l'Arche
de Noé (d'autant qu'on n'y vid point de rats ny
de moufches) il tourna le dos, & laiffât la parole
en la bouche de la partie, il alla voir fi la place
eftoit chaude. En fuite il vint des Philofophes,
& c'eftoit vn plaifir rauiffant de voir côme ils
occupoient leurs entendemens à faire des Syl-
logifmes contre leur faluation. Mais ceux des
Poëtes donnoient plus de recreation aux efprits, parce qu'ils vouloiët faire accroire à Dieu
qu'il eftoit Iupiter, & que c'eftoit de luy qu'ils
entendoient parler quâd ils le nommoient. Virgile entr'autres alleguoit fon *Sicelides Mufæ* difant que c'eftoit la figure de la naiffâce de Iefus
Chrift. Là deffus Orphée fe monftra, & comme
le plus ancien Poëte, voulut parler pour tous :
mais en diable apparut foudain qui le vint accufer d'auoir enfeigné à faire l'amour au gente
mafculin: ce qui auoit tellement depité les Dames de Thrace, qu'elles fe deguiferent pour le
maffacrer, de forte que fans le vouloir entédre,
on luy commanda d'entrer vne autre fois en Enfer, & d'experimenter s'il en pourroit reffortir,
& obeyffant à cette parole il feruit de guide à
fes compaguons, parce qu'il en auoit autrefois
fait le voyage. Vn riche auaricieux vint heurter
la porte, & luy ayant demandé ce qu'il vouloit,
on luy dit que les dix Commandemens la gardoient, & qu'il ne les auoit pas gardez. Quant
à ce qui eft de garder, repart il il eft impoffible

que i'aye peché. Le premier commandement
commença à parler. *Aymer Dieu par dessus toutes*
*choses.* Ie pense l'auoir bien obserué, dit-il : car
i'ay soigneusemét gardé toutes choses, afin d'aimer Dieu par dessus toutes. Le second , *Ne iurer*
*son nom en vain.* Ie n'ay iamais iuré en vain, mais
tousiours pour quelque grand intere⁴. Le troisiesme , *Garde les festes* Ie n'ay pas seulement
gardé le festes, mais aussi les iours de ferie : car
ie gardois & cachois tout ce que ie pouuois attraper. *Honore ton pere & ta mere.* Ie les ay tousiours fort honorez en ce que ie n'ay iamais
masqué de les faire passer deuant moy, principalement en tous les mauuais passages : *Ne point*
*tuer.* Pour satisfaire à ce commandement, ie ne
mangeois presque point, parce que manger, est
tuer la faim. *Ne commettre fornication.* Ie n'en
ay point fait, parce que cela ne se fait pas pour
neant ; car il en couste tousiours de l'argent,
mais si vous me laissez entrer (poursuiuit l'Auaricieux, qui commençoit à se lasser de tant d'in-
terrogations ) ne perdons point de temps , car
il estoit si ennemy de la perte, qu'il vouloit mesme menager le temps, disant cela il fut mené où
il meritoit. Plusieurs larrons entrerent , &
quelques vns d'eux furent si adroits, qu'ils se
sauuerent en sautant de l'eschelle. De sorte que
les Greffiers & Procureurs voyans qu'il se sau-
uoit des larrons , souhaitoient vn mesme sort :
quoyque neantmoins ils ne perdissent pas l'esperance de leur salut. Ce qui donna occasion à Iudas, Mahomet & Luther qui estoient là, d'esperer grace aussi bië que les Procureurs, & en céte

attente, ils entrerent hardiment quand & eux
pour receuoir ingement, dequoy les diables se
pritent fort à rire. Les Anges gardiens de ces
Procureurs & Greffiers commencerent à demander pour Aduocats les Euangelistes? surquoi les
diables interuindrent, disant que pour premier
chef de leurs accusations, & auquel il n'y auoit
point de replique ny d'excuse, ils ne se vouloiēt
pas seruir du procez de leurs pechez qu'ils tenoient en main, mais qu'ils ne vouloiēt produire
que ceux mesme qu'ils auoient faits durant leur
vie. Et pour premier article de leurs œuures;
C'est assez, Seigneur, dirent-ils, de vous remon-
ltrer que ce sont Procureurs & Greffiers. Les
Greffiers pensans profiter quelque chose, desad-
uoüerent le nom de Greffier, & respondirēt qu'ils
estoient Secretaires. Et les Procureurs demeurerent c'accord de la qualité, mais ils dirent que
veritablement ils estoient Procureurs du bien
de leurs parties. Les Anges de leur garde essaye-
rent à la defendre du mieux qu'ils pûrent: ils
n'auoient point de meilleure raison que de dire
qu'ils estoient baptisez, & que par consequent
ils estoient Membres de l'Eglise. Enfin apres
plusieurs dupliques & repliques, ils furent tous
enuoyez là bas, excepté deux ou trois à qui misericorde fut faite : Voilà que c'est de hanter
mauuaise compagnie, dit le Greffier parlant
des Procureurs. Les diables alors firent signe
aux condamnez de tirer pays, leur disant qu'ils
auoient affaire de Greffiers pour faire des pro-
testations contre certaines gens qui viuoient
sans ordre & sans Loy : mais les pauures gens

faisoient les sourds les aueugles. Les diables
se faschoient de ce que pour estre Chrestiẽs,
ils leurs donnoient plus de peine que lesGentils,
mais s'en excusoient, disant que ce n'estoit pas
leur faute, qu'ils auoient esté baptisez en naissant, & qu'il s'en faloit prendre à leurs parrains
qui les deuoient acquiter, puis qu'ils auoient
respondu pour eux, sauf leur recours. Il est
vray côme i'ay dit, que ie vis Iudas, Mahomet,
Luther, si prests de prendre la hardiesse d'entrer
au Iugement, à cause qu'ils auoient veu sauuer
quelque Procureur & quelque Greffier, qu'il ne
s'en falut presque rien qu'ils nese presentassent,
croyant obtenir vne pareille faueur: mais ils
en furent empeschez par ce Medecin, que i'ay
dit au commencement de ce recit qui fut mené
par force deuant le Tribunal, ou il se presenta
accompagné d'vn Apothicaire & d'vn Barbier.
Et lors vn diable qui tenoit les Ordonnances de
l'vn,&les parties de l'autre, commença à dire;
La pluspart des Trepassez qui paroissetícy, y
sont venus par la conduite de Monsieur le Docteur que voila, &par l'aide de ce pipeur d'Apothicaire, & de ce glorieux Barbier, associez pour
cet effet, si bien qu'on leur est redeuable de la
bonne assemblée qui se voit icy. A l'instant vn
Ange parut pour l'Apothicaire, disant qu'il donnoit ses drogues aux pauures, & qu'il n'en prenoit rien. Quoy qu'il en soit, dit vn diable, ie
trouue par mon arithmetique, que deux petites
boëtes de sa boutique ont plus tué de monde,
qué deux mille caques de poudre n'ont pû faire
en toutes ces dernieres guerres ; que toutes ses
medecines

medecines sont corrompuës, & que par le moyé
de telles compositions, ayant fait societé auecla
peste, il auoit dépeuplé deux bourgades depuis
peu de temps. Le Medecin se deschargeoit fort
sur l'Apothicaire, disant que les ordannances
estoient bonnes, & qu'il les soustiendroit telles
deuant toute la Faculté, & que si l'Apothicaire
auoit fait des *qui pro quo* par malice ou par ignorance, qu'il n'é pouuoit mais; de façon que l'A-
pothicaire fit le saut perilleux en culbutant les
pieds contremont. & le Medecin & le Barbier
furent sauuez par l'intercession de S. Cosme &
S. Damian. Apres cela vint vn Aduocat qui commença à déplier toutes ses persuasions pour
flatter le Iuge, & ses subtilitez & finesses pour
peruertir les Loix, afinde trouuer des eschappa-
toires pour fuir, ou appuyer sa malice, &
la rendre bonne. Mais rien ne luy seruit de s'ef-
forcer à crier comme il faisoit, pour faire taire
sa partie, car il fut condamné nonobstant oppo-
sitions & appellations quelconques, & aux dés-
pens. En cét instant on descouurit vn hôme qui
se cachoit derriere les autres de peur d'estre apperceu. On luy demāda qui il estoit, Empirique
respondit-il: Helas! Saltinbāque, charlatā mon
amy, luy dit vn diable, il te vaudroit biē mieux
estre à cette heure dans vne place de Ville à faire passer le temps aux faineans: mais sur ma parole tire pays: il n'y a rien icy à gagner pour toy
va t'en esprouuer si tu as de bon onguent contre la bruleure: & il repartit aussi tost sur la parole de son amy. Là dessus voicy entrer plusieurs
Taureaiers, qui furent accusez d'auoir tué la

G g

soit d'vne infinité d'alterez, mais en trahison,
c'est à dire, vendant l'eau pour du vin: A quoy
ils répondirent que pour compensation ils
auoient tousiours fourny du vin pur aux Hos-
pitaux pour dire Messe sans en rien prendre:
mais cette excuse ne fut pas valable, non plus
que celle de certains Tailleurs qui disoient
auoir habillé des Religieux: estãs depeschez ensemble. Apres eux arriuerent des Banquiers qui
auoient quitté le contoit pour changer de negoce & aller au saffran. Et voyant vn grand nõ-
bre de personnes qu'ils auoient reduits à la be-
face, ils demanderent a traicter. Et lors vn diable se tournant deuers Dieu: Seigneur, dit il,
tous les autres hommes rendent compte seulement du leur, & ceux cy le doiuent rendre du
leur, & de celuy d'autruy. La sentence fut pro-
noncee, & on leur donna force lettres de change à prendre dans le thresor de Pluton: mais ils
n'y trouuerent point de fons. Cela fait vn Caualier Espagnol se presente si droit, qu'il sembloit se vouloir comparer à la Iustice, qui l'attendoit. Il fut prez d'vn quart d'heure à faire ses
reuerences à l'assemblée. Il portoit vn collet de
passement empezé si haut qu'on ne luy voyoit
point de teste: Le portier estonné de voir vne
si estrange figure, luy vint demander s'il estoit
homme, il respondit, *Si à se de caualleso, yo me llame Dom, &c,* Il fut long temps a dire son nom
& ses qualitez, dequoy vn diable se prit à ri-
re: on luy demãda ce qu'il vouloit, la gloire, dit
il, on fit allusion sur ce mot qu'on prit pour orgueil, & pour ce sujet Il fut renuoye à Lucifer.

mais il fit vne rodomontade à ses guldes, pource
qu'ils gastoient sa rotonde, & pour le consoler,
ils luy donnerent des fers & du feu pour la re-
dresser aussi bien que sa moustache. Apres luy
entra vn homme qui disoit, encore que ie crie,
ie ne pense pas pour cela auoir mauuaise cause,
car i'ay secoüé au vent la poussiere de tous les
Saints qui sont au Ciel & ailleurs, à cette parole
on pensoit que ce fut Diocletian ou vn Neron,
qui se voulut vanter d'auoir ietté au vent les
cendres des Saints, qu'ils auoient fait deuoret
aux flammes, mais on reconnut que c'estoit vn
Officier d'Eglise qui seruoit à secoüer la poussiere des Tableaux & des Images & qui pensoit pour cela auoir merité sa grace, mais son
mauuais Ange l'accusa de derober l'huile des
lampes, & d'accuser les chouëttes & les hy-
boux de la boire la nuit, ce qui estoit cause que
l'Eglise demeuroit souuent sans feu : qu'il s'ac-
commodoit aussi de quelques ornemens pour se
vestir, lesquels il deguisoit en les faisant retein-
dre, qu'il ne faisoit sa soupe que de pain beny,
qu'il deroboit le Dimanche; ie ne sçay quelles
excuses il donna, mais on luy enseigna son departement à main gauche. On fit place à quelques Dames, qui entrerent en faisant les agreables, auec des visages rians, mais dés qu'elles
virent les grimaces des Diables, elles s'écrie-
rent toutes, & portant leurs mains sur les yeux,
témoignerent d'auoir grand peur. Vn Ange parlant pour elles, representa à la Vierge qu'elles
auoient esté fort deuotes à son nom. Et dequoy
sert cela, dit vn diable qui estoit tout contre, si

elles ont esté si ennemies de la chasteté. Il a raison, repartit vn qui auoit esté adulterissime, &
lors le Demon l'accusa d'auoir en vn mary en
sept corps, & s'estre mariée à vn pour auoir la
jouyssance de mille autres. Celle là seule fut
condamnée, & en allant elle detestoit, disant
que si elle eust sçeu sa condemnation, elle n'auroit pas par depit oüy la Messe toutes les Festes: A cette heure là on apperceut Iudas & Mahomet, & Martin Luther, qui auoiét grande enuie d'auoir audience : Vn des Ministres approchant d'eux, leur demãde lequel des trois estoit
Iudas, Luther respõdit que c'estoit luy, Mahomet en dit autãt de soy, dequoy le vray Iudas se
mit fort en cholere, & cria tout haut: Seigneur,
ie suis Iudas vous me connoissez, & sçauez aussi
que ie suis plus hõme de bien que ces marautsr-
là: car si ie vous ay vendu vne fois, ie suis en partie cause du rachapt du monde : mais eux en se
vendant eux mesmes, & vous quant & quãt, ils
ont perdu tout le monde, on leur commanda
d'aller trouuer leurs Disciples. Vn Ange qui tenoit le registre, trouua qu'il y auoit des Sergens
& records à juger; ils furent appellez, & compa-
rurent à l'instant fort desesperez, nous passons
librement condamnation, dirent ils, sans faire
dauantage de de pens ny de formalitez. A peine
acheuoient ils ce dernier mot, quand il entra vn
Astrologue chargé d'Almanachs, & Globes &
d'Astrolabes qui crioit à haute voix qu'on se
trompoit à la suputation des annees, que ce ne
deuoit estre encore le iour du Iugemẽt dernier,
parceque le Ciel de Saturne & celuy de Trepi-

dation n'auoient pas encore acheué leur tour &
leur mouuement. Et vn diable s'approchant, &
le voyant chargé de tant de bois fec, de cartons
& de papiers. Voila vn homme de preuoyance,
dit-il, si noftre feu eftoit efteint, il porte dequoy
le r'alumer. Et s'adreffant à l'Aftrologue, ie m'e-
ftonne bien, dit-il, de ce que parmi tát de cieux
dont vous auez fait demóftration durant voftre
vie, vous ne vous en foyez enfeigné vn pour voftre mort, à faute de cela, ie croy que vous irez
en Enfer: ie n'en feray rien, repart-il, on m'y
pourra bien porter, & en mefme temps on luy
efpargna la fatigue du chemin, à la charge d'eu
payer la peine.

   Là deffus le Iugement finit, le Tribunal fe leua, les ombres s'enfuyrent en leur lieu, l'air fe
remplit de gracieux Zephirs, la terre fe couurit
de fleurs, & le Ciel parut fort clair & ferain,
& moy ie me trouuay dans mon lit, l'efprit plus
gay que melácholie, de ce que ie n'eftois pas encore mort. Alors pour faire mon profit de mon
fonge, ie pris vne ferme refolution de changer
de vie à l'aduenir, & de mettre mes affaires en fi
bon eftat, que mon bon Ange ait dequoy fe defendre contre mes accufateurs, quand il n'y aura de delay à efperer, & qu'il plaira au Souuerain Iuge de m'appeller deuant foy.

   *Fin de la troifiefme Vifion.*

Gg 3

## VISION IV.

# DE LA MAISON

## DES FOVX AMOVREVX.

Né des matinées de Ianuier environ sur les quatre heures, que le froid & la paresse me retenoiét enseuely dans mon lit, vn peu plus à mon aise que dans vne biere, consultât mes oreilles & mon cheuet, sur vne fantaisie amoureuse qui m'entretenoit l'esprit, ie me trouuay fort escarté de mes premiers discours, & apperceu deuant moy le Genie de la Detromperie, qui representoit à mon imagination la folie d'amour. Et en mesme temps, il me sembla d'ouyr ce vers que Virgile prit de Theocrite, comme s'adaptant à mon sujet.

*Helas! Coridon , quelle folie te saifit maintenant.*

Puis sans sçauoir par quels chemins ie fus conduit, ie me vis dans vne prairie plus plaisante & plus delectable milleiois, que celles qui sont si ordinairement descrites dans les mente-

ries des Poëtes de simple consure : Lesquels
faisant leurs cours de iardins en iardins, tirent
pays le plus viste qu'ils peuuent, & passent
iusques aux Indes, où ils prennent tant de thresors qu'il leur plaist, dont, à leurs aduis, ils enri-
chissent leurs pauures œuures. Et regardāt autour de moy, ie vis deux ruisseaux qui atiou-
soiët la cāpagne flestrie : les eaux de l'vn estoiët
ameres, & les autres douces, neantmoins ils se
mesloient ensemble auec vn murmure si doux
& si aggreable, qu'il charmoit les oreilles de
ceux qui se pourmenoient sur les riuages ! Et
comme ie comtemplois les diuerses beautez du
lieu, ie vis que ces eaux-là seruoient à de-
tremper les traits d'amour, & que plusieurs de
ses Ministres & de ses sujets, faisoient cét exercice pour soulager vne partie de la peine. Cela
me fit imaginer que i'estois dans ces rauissans
iardins de Cypre. Et lors ie voulus chercher où
estoit cette memorable ruche, d'où sortit cette
Abeille qui fut si hardie de piquer le Seigneur
Cupidon, & qui donna suiet à Anacreon de
composer cette Ode excellente qui en traite,
mais ie fus destourné de ce dessein par l'objet
d'vn admirable Palais qui estoit au milieu de
cette prairie : les portiques estoient faits d'ouurage Dorië, & taillez auec vn rare artifice. Sur
le pié destal, les bazes, les colomnes, corniches,
chapiteaux, architraues, fraizes, & sur toutes
les autres parties qui formoient la face de cette
maison, on ne voyoit que triomphes imaginai-
res d'amour, & demi relief, lesquels entremeslez
de plusieurs folastres grotesques, representoient

vne infinité d'agreables histoires , auec beaucoup d'embellissement. Au deſſous du chapiteau
il y auoît cette inſcription de lettres d'or taillée
ſur du marbre noir, auec ces vers.

> Voicy le ſeiour heureux,
> Où les foux Amoureux reſident ,
> Et où les lus Amoureux
> Sur tous les autres preſident.

La diuerſité des pierres & des couleurs de-
lectoit admirablemét la veuë. Le portail eſtoit
ſpacieux , & les huys eſtoint perpetuellement
ouuerts pour y laiſſer entrer libremét tous ceux
qui en auoient la curioſité, leſquels eſtoient en
grand nombre. La charge de portier eſtoit exer-
cée par vne femme qui ſembloit eſtre quelque
Nymphe, ſon viſage eſtoit celeſte, ſa taille des
plus auantageuſes qu'on ſçauroit deſirer : ſon
corps parfaitement bien proportionné, habillée
de toile d'or & d'argent, & toute brillante de
pierreries : bref c'eſtoit vn enchantement pour
tous ceux qui la regardoient , & vn appas d'a-
mour pour les ames. Ie m'enquis de ſon nom :
On me dit qu'elle s'apelloit Beauté, Elle ne re-
fuſoit à perſonne l'étrée de cette maiſon, & pour
accorder à chacun cette faueur, elle ne demandoit point d'autre permiſſion que d'eſtre ſeulement regardée. Moy qui n'eſtois pas aueugle ,
curieux de voir vn ſi admirable Palais, ie me ſeruis incontinent de cette aggreable licence, & en
tray dans la premiere court. Là ie trouuay force
gens de deux ſexes, mais ſi changez de ce qu'ils

eſtoient auparauant, qu'à peine ſe pouuoiét ils
recognoiſtre l'vn l'autre. Les habits meſme
eſtoiet de toute autre façon que leur viage ordinaire: les viſages eſtoient mornes, pleins de ſou-
cis, penſifs, & de jaune paſle, qui eſt la liuree
dont Amour habille ſes ſuiuans. Ainſi le dit
Ouide en ſon art d'Aymer.

Il ne ſe parloit point là de garder la foy aux
amis, la loyauté aux Maiſtres, ny le reſpect aux
parentes, les couſines ſe faiſoient mediatrices,
& les mediatrices couſines, les ſeruantes deuenoient maiſtreſſes, & les maiſtreſſes ſeruantes.
Là ie vis des femmes amies de ceux qui eſtoient
amis de leurs maris, comme auſſi des maris
grands amis des amis de leurs femmes.

Ie contemplois ces rencontres d'affections
quand i'apperceus comme vne creature humaine, d'vne forme extrauagante : elle n'eſtoit pas
parfaitement homme, ny parfaictement femme, mais mon aſpect tenoit de l'vn & de l'autre ſexe : Elle alloit & venoit à trauers de cette
multitude ; eſtoit pleine d'yeux & d'oreilles :
elle auoit vne phyſionomie d'vne perſonne
fine & défiante. Et voyant qu'elle auoit tant
d'authorité, ie luy demanday quelle eſtoit, & ce
qu'elle faiſoit. A ces queſtions elle reſpondit
ainſi ie m'appelle: *Ialouſie*, & vous me deuriez
bien cognoiſtre : car autrement vous ne ſeriez
pas icy : toutesfois pour voſtre ſatisfaction, ſçachez qu'encore que ie ſois la cauſe de l'augmentation du nombre de ces malades & de ces furieux que vous voyez, c'eſt moy pourtant, qui
ſuis gagée pour les chaſtier, & non pas pour les

guarir, car ie ne fers qu'à rengreger leur mal :
Mais si vous defirez fçauoir d'autres particula-
ritez de cette maison, ne m'interrogez plus, c'est
vn grand miracle quand ie dis la vérité, parce
que ie diminuë de ce que ie suis en la difant : Ie
ne suis qu'inuentions & qu'artifices, ie vous
conterois mille méteries, Allez vous en trouuer
cé venerable vieillard que voila qui se promene
c'est l'Administrateur de cette maison, il vous
instruira (tardiuement toutefois) de tout ce que
vous voudrez fçauoir. Là deffus ie m'en vais à
ce vieillard, que ie reconnus estre le *Temps*.
D'abord ie le prie de me faire voir les chambres
& les sales de ce Palais, parce que côme estran-
ger, ie defirois visiter quelques fous de mes compagnons que ie fçauois y estre. Il me respondit
qu'il estoit empesché à la guerison des malades, & neantmoins fans bouger de là, il me môt-
tra tous ceux que ie demandois, & me donna libre licence de me pourmener tout feul par tout :
A peine fus je forti de cette premiere court, que
i'entray dans l'apartement où estoient les filles,
d'autant que les femmes en estoient separées,
on les tenoit au quartier le plus fort & dans les
plus gros murs de cette maison estans agitées
de folie plus paffionnée & plus furieuse : Ie pris
garde que l'vne de cés filles pleuroit fans cesse de
ialoufie qu'elle auoit d'vne femme non mariée. Vne autre estoit inquietée d'vne grande
affection pour vn galand, fans l'ofer dire. Vne
autre ne faisoit qu'escrire des lettres pleines
de mille ambiguitez, où il y auoit plus de lignes
effacées que de bons mots. Vne autre estudioit

deuant fon miroir à fouffire de bonne grace, &
aprenoit à gouuerner fes yeux felô les humeurs
qu'elle voudroit feindre à fon Amant. Vne autre mãgeoit du plaftre, du jayet pilé, du charbõ
de la cire d'Efpagne, & quelque autre vilenie
qu'õ n'oferoit nõmer, pour auoir les paflescou-
leurs. Vne autre prioit fon feruiteur de luy donner vne ferenade de mufiqve, demãde qui valoit
autãt que de l'obliger à publier à tout le voifi-
nage qu'il l'aimoit. Vne autre proteftoit au fien
qu'elle eftoit fiene, mais qu'il ne pretendift rien
plus, qu'il n'é aimaft iamais d'autre, & le galãd
refpõdoit qu'il luy obeyroit, & elle le croyoit.
Les vnes fe vouloient marier pour aymer.auec
plus de liberté, les autres defiroient l'eftre auec
des hommes defia mariez: celles.cy eftoient ran-
gées au nombre des incurables. Autres tenoiét
des poulets qu'elle laiffoient voler par des fene-
ftres, & fortir par deffons les portes , & celles
cy n'eftoient pas feulement foles, mais encores
belles. Tout cela confideré , ie n'ofay m'arrefter dauantage, dautant que par experience, ie
fçay qu'vn hõme court grand rifque parmy telles gens, & que celuy qui en fort le plus libre eft
encore fouuent condamné à demeurer efclaue
dans les liens de mariage qui eft s'engager à vne
repétáce qui dure toute la vie, fans efpoir d'aucune redemption que par la mort de l'vn ou de
l'autre : car il n'y a point d'ordre pour retirer
ceux qui fõt captifs dãs les chaifnes du mariag-
ge, comme il y en a pour ceux qui fõt entre les
mains des Turcs. Ie n'ofay nõplus m'approcher
pour parler à quelqu'vne, peur qu'elle prefumat

que ie ne fuſſe amoureux d'elle. Ie paſſey donc
au quartier où eſtoient les femmes mariées : En
meſme inſtant i'apperçeus pluſieurs d'elles que
leurs maris tenoient enfermées & atachées pour
les empeſcher d'executer leurs folies, mais il y
en auoit qui briſoient leurs chaines, & lors elles
deuenoient plus furieuſes qu'auparuant. Les
vnes carreſſoiët leurs maris lors qu'elles auoiët
volonté de les trahir. Autres qui deroboient à
leurs maris pour payer ceux qui trauailloient
pour eux & pour elles, & celles-là ne prenoient
point garde au compte, que quand la cheuance
s'acheuoit. Autres qui faiſoient des pelerinages
de devotion : mais c'eſtoit pour acquerir grace
& la miſericorde de leurs Amans par les ſacrifices de Venus. Autres alloient au Conteſſeur :
mais c'eſtoit pour rencontrer le Martyr. Aucunes vengeoient les penſées de leurs maris, par
les œuures propres : car comme dit vn paſſion-
né · *Nul ne prend tant de plaiſir à ſe ranger, que fait*
*la femme quand elle ſe venge de ſon mary.* Et le payement par aduance, eſt la plus plaiſante & la
plus grande vengeance qu'elles puiſſent prendre. Telle eſtoit fort melancholique pour le delay de certain effet ordinaire, & telle autre trauailloit pour le retardement. Telle alloit à la
comedie pour s'engager à l'intermede. A vne
qui aymoit ſon carroſſe qu'elle n'en ſort preſque
point, ie demanday pourquoy elle lu y portoit
tant d'affection : c'eſt, dit-elle, que ie me plais
à eſtre branlée. Parmy toute cette compagnie
de femmes, on n'y voyoit point celles dont les
marys eſtoient employez aux guerres, aux

ambaſſades, ou autres cōmiſsions qui les obli-
geoient à s'abſenter d'elles parce que ne depen-
dant de perſonne durant ce temps là, elles con-
tentoient leur, inclination ſous la loy du celibat, & comme conjurees n'eſtoient point reputees pour membres de cette republique.

Au pauillon ſuiuant, logerent les venerables
veſues, pourueuës des ſciences & d'experientes.
Elles contrefaiſoient toutes les graues & les
modeſtes, & neantmoins chacune adheroit à
ſes deſirs, mais auec diſſimulation, qui n'eſtoit
pas toutefois ſi grande, que leur freneſie ne ſe
découurift biē toſt. Meſme i'en vis vne qui pleuroit de l'œil droit pour ſon mary deſunct, &
rioit de celuy du cœur pour ſon amy. Vne autre
plus coiſſée de ſa paſſion que de ſon grand dueil
& qui receuoit ioyeuſement les preſens, & ou-
blioit les abſens. Pluſieurs autres ſans voile &
ſans dueil alloient & venoient par ce logis, &
toutefois auec apparence ſi modeſte, que ne les
connoiſſans pas, on les euſt priſes pour des perſonnes naifues & ſans malices, mais on me dit
incontinent, que c'eſtoient des veſues Apoſta-
tes, leſquelles eſtoient retenuës là, comme à
l'inquiſition d'Eſpagne. D'autres de fort differentes humeurs, qui gageoient l'vne contre
l'autre, à quila gaze & le creſpe ſiot le mieux,
& par mille artifices, eſſayoient de conuertir ce
triſte habillement en attours & en parures. Ie
remarquay que les veſuesqui commençoient à
ſe paſſer, imitoient les actions & les geſtes des
ieunes pour animer dauantage leurs Amans, &
d'autre part ſe voyois les plus ieunes d'êtr'elles

car , estant tousiours amusées de certaines espreuues , dont l'effect n'artiuoit iamais , leur mal estoit incurable & insupportable : De là ie passay au logement d'vne autre espece de femmes qu'on appelle Dames du celibat, où i'en vis fort peu de furieuses , pour auoir mille moyens reseruez pour moderer leurs ardeurs. Les vnes, comme des Bandolieres publiques , despoüilloient les plus honnestes gens pour reuestir quelque gueux : c'est bien vn œuure de misericorde de reuestir les nuds : mais c'est aussi œuure de cruauté de despoüiller celuy qui est vestu. Certaines entr'autres esperduëment folles d'amour pour certains Poëtes qui les payoient en sonnets & sornettes , où ils conuertissoient le crin de leurs testes en filets d'or , leurs dents en perles , & tout leur corps en pierres precieuses. I'en vis vne qui parloit à vn Astrologue , pour luy faire vne figure du futur de sa vie,& vne autre qui demãdoit à vne Magicienne des secrets pour se faire aimer, vne autre qui se fardoit pour rajeunir sa face toute mortifiée : mais cette là auoit vne manie bien extrauagante: car elle desabusoit en pensant executer le contraire. O cõbien i'en vis , qui fussent demeurées aussi ridicules à voir que la corneille d'Esope , si l'on eust voulu les affronter en leur ostant du front les cheuelures empruntées dont elle s'ornoient. Ie sortis de là auec vn branlement de teste , & vn souris mocqueur & entray à l'instant dans le quartier des hommes , qui estoit fort proche de celuy des femmes pourtant à l'espesseur d'vne grosse muraille. A mõ arriuée ie remarquay que

la

la plus grande folie de ces hommes procedoit
de ne se vouloit pas separer des femmes quelque
diligence que l'Administrateur y pust apporter
& iugeant que c'estoit le premier medicament
requis contre leur infirmité : Mais ils mespri-
soient & hayssoient le Medecin & la Medecine, & aimoient mieux la maladie que la santé,
& ie me ressouuins de ces vers.

### Le mal d'Amour braue le Medecin.

Tellement qu'obstinez en cét erreur¹, ils se
laissoient mourir en pensât bien faire. Et ce que
ie trouuois de pis en quelques vns , estoit qu'ils
cognoissoient leur faute, & ne s'en vouloient par
cortiger. Ces fous là n'estoient separez les vns
des autres ; pour peu que l'on voulust considerer leurs gestes, on iugeoit bien tost leurs frene-
sies. O que i'en recogneus de galans & de curieux en habits , qui n'auoient pas seulement
vne grosse chemise! Combien de Caualiers qui
n'auoient fait que piaffes & magnificences pour
le seruice de leurs maistresses , qui eussent esté
fort heureux que ie les eusse conuié à disner!
Combien y en auoit-il qui n'auoient point de
pain, qui neantmoins sentoient les tentations de
la chair ! les vns se vouloient rendre aimables
en contrefaisant les beaux , & se picquans d'a-
uoir de grosses perruques frisées , des grandes
moustaches, mains blanches , & les pieds petits , quoy qu'ils fussent des Lucifers par le visage , sans prendre garde que les femmes veulent tousiours qu'on leur cede l'aduantage de la

H h

beauté. Autres voulans passer pour des Mars, &
pour des duelistes, ne disoient que rodomontades, ne parloient que de guerres, de combats, &
ne s'aduisoient pas que les femmes sont crain-
tiues, & qu'on les fait trembler à la veuë d'vne
espée. Autres sortoient à minuict de leur logis,
& alloient faire des rondes autour de ceux de
leurs Dames, puis réuenoient aussi sots qu'auparauant. Autres se rendoient amoureux par la
conuersation d'autres qui l'estoient, tel couroit
par les Eglises les festes, lesquelles il conuertissoit
en iour de trauail, pour se rendre amoureux de
quelque guenonne frizée, tel autre se pourmc-
noit de maison en maison comme vne piece d'é-
chets, sans pouuoir iamais attraper la Dame.
Autres se pleignoient plus qu'ils n'enduroient,
& d'autres enduroient sans ozer ouurir la bouche pour soupirer seulement. Pour moy, i'eus
grand pitié de ces muets là, & leur eusse volontiers conseillé de se rendre amoureux de quelques deuins ou deuinneresses, mais parce que
les fous n'entendent iamais rien, ie m'aduisay
de me taire. Ceux donc la vanité méprisoit les
choses basses, estoient aussi là : mais ils preten-
doient à des suiets si hauts, que iamais ils n'y
pouuoient atteindre. Il y en auoit d'autres qu'õ
appelloit méfians de leurs forces, gens de iugement & de sens, mais pour la pluspart necessi-
teux, qui ne s'addressoient qu'à des femmes de
petite estoffe : aussi ne leur duroient-elles guere,
car ils les quittoient incontinent. Les maris
estoient chargez de gros fers, mais pour cela ils
n'estoient pas moins furieux, les vns abandon-

noient leurs femmes propres, & donnoient sur
celles d'autruy. Autres qui faisoient les coleres
& les mauuais, pour obliger leurs femmes à la
souffrance, mais estoient souuent bien trompez,
car au lieu de lyons, ils se trouuoient conuertis
en moutons. Autres prenoient pour amies les
amies de leurs femmes , & pour commeres les
meres de leurs enfans.

Les hommes veufs, experimentez par les tourmens passez, cherchoient des ports aux portes
de ceux qui les vouloient receuoir , & par ce
moyen ils se marioient si peu & si long temps
qu'ils vouloient. Ceux cy viuoient en celibat ,
alloient & venoient de costé & d'autre: en vn
lieu ils se rendoient amoureux , en l'autre ils
en faisoient de jaloux : icy ils de uenoient eux-
mesmes , & là on les guerissoit , & ce que ie
trouuois admirable en ces gens-là, c'estoit qu'ils
desaduoüoient d'estre fous , & ne laissoient pas
pourtant de l'estre. Là ceux qui se messoient de
Musiques & d'instrumens, en vsoient pour rendre furieuses des filles & des femmes, qui n'e-
stoient que simplement folles. Les Poëtes exer-
çoient leurs veines , le plus discret contoit ses
bonnes fortunes à tel qui publioit ses disgraces.
Ceux qui estoient épris d'affection pour des
filles, alloient rodant les ruës de iour pour con-
templer les fenestres de nuit. Autres cageoloient
des seruantes pour les faire receuoir seruiteurs de leurs maistresses. Autres faisoient leur
possible à suborner les maistresses pour les mai-
strifer & surmonter. Les vns auoient leurs

pochos pleines de petits poulets cachetez de
soye & de filets d'or & parsemez de mille chi-
fres amoureux, quãtité de bracelets du poil des
bestes , de cordons, de nœuds , & de telles faueurs, dont ils faisoient reuenë. Aucuns estoient
amis des maris, & s'employoient libremét pour
les soulager en leurs affaires, leur prestoient la
bourse, cheuaux & carrosses, cependant que
d'autre costé ils pourmenoiét leurs femmes aux
iardins, aux cours, aux comedies, où il se trouuoit tousiours quelque matoise amie, dont le
mary n'auoit point de soupçon , qui seruoit à
lier les parties en toutes façons. Il y auoit plusieurs especes de foux pour des veusues, ou qui
estoient aymez ou qui ne l'estoient pas. Les vns
se portoient volontairement à se captiuer pour
paruenir à leurs desseins, mais les autres estoient
plus heureux & faisoient l'amour en toute liberté, si ce n'estoit quãd il arriuoit quelque parent ou quelque frere: car alors il falloit cacher
le jeu, & changer de mines. Autres faisoient
leurs conquestes auec l'amour & l'argent : &
emportoient bien souuent la victoire , parce
qu'ils combattoient auec armes doubles: à quoi
les doublons & les armes d'Espagne sont fort
propres: mais quelquefois aussi ils se trouuoiét
si desarmez, qu'ils n'auoient pas dequoy resi-
ster contre la pauureté.

    Ayant auec assez de loisir consideré tous les
mouuemens de ce dernier gére de fous, comme
i'allois deuers vn autre logement, ie me trouuai
sans y penser dans la premiere cour ou i'estois
entré, en laquelle ie vis de nouuelles merueilles.

Ie vis qu'à tout moment le nôbre de foux s'aug-
mentoit, ie vis le Temps qui fe mettoit au milieu de quelques Amans, & par ce moyen il les
mettoit dans la voye de guerifon. La ialoufie,
qui chaftioit ceux qui auoient le plus de confiance en la loyauté du fujet qu'ils aymoient, la
memoire qui renouueloit les vieilles playes, &
l'entendement enfermé dans vn cachot obfcur, &
la raifon qui auoit les yeux creués. Ie m'arreftai
quelque temps à confiderer toutes ces varietez
& ces deguifemens: mais ayant la veuë laffe d'v-
ne fi ferme attention, ie me retournay, & apperceus vn petit huis fi eftroit, qu'à peine en pouuoit on fortir, en mefme inftant i'apris que c'e-
ftoit par où l'ingratitude & l'infidelite donnoiët
la liberté à quelques-vns. Alors pour iouyr de
l'occafion qui fe prefentoit à moy, ie doublay le
pas, pour eftre des premiers à fortir, quand mon
valet vint tirer le rideau de mon lict, m'avertif-
fant qu'il eftoit grand iour. Là deffus ie m'ef-
ueillay, & reprenant mes efprits, ie me trouuay
dedans mon lict, auec quelque ennuy pourtant
du long fejour que i'auois fait en cette maifon
des fous, ie me confolay d'auoir reconneu en
autruy, & par experience propre, que l'amour
n'eft que pure & naïfue folie.

*Fin de la quatriefme Vifion.*

## VISION V.

# DV MONDE
## EN SON INTERIEVR.

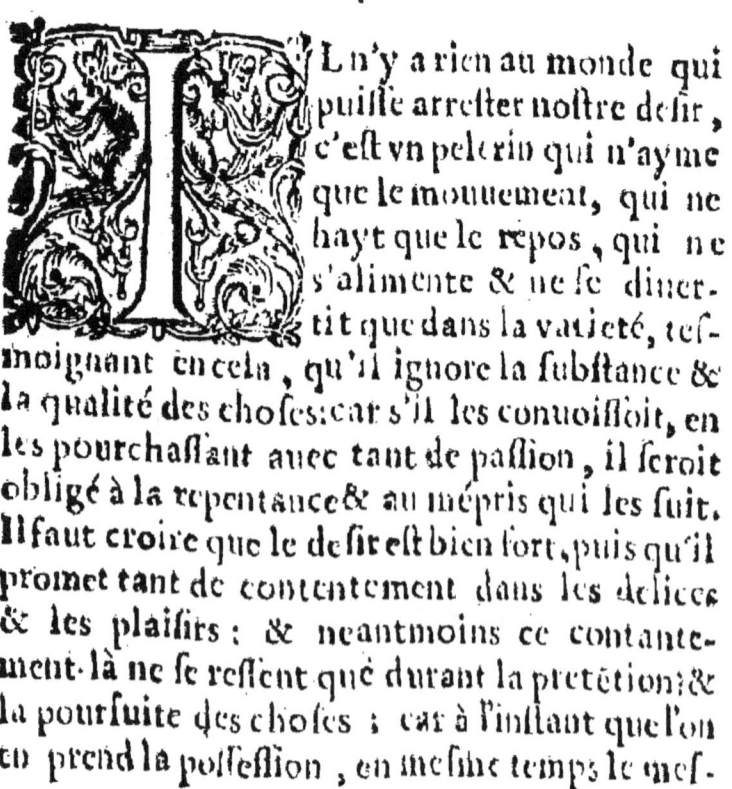

L n'y a rien au monde qui puisse arrester nostre desir, c'est vn pelerin qui n'ayme que le mouuement, qui ne hayt que le repos, qui ne s'alimente & ne se diuertit que dans la varieté, tesmoignant en cela, qu'il ignore la substance & la qualité des choses: car s'il les conuoissoit, en les pourchassant auec tant de passion, il seroit obligé à la repentance & au mépris qui les suit. Il faut croire que le desir est bien fort, puis qu'il promet tant de contentement dans les delices & les plaisirs : & neantmoins ce contentement-là ne se ressent que durant la pretétion; & la poursuite des choses ; car à l'instant que l'on en prend la possession, en mesme temps le mescontentement arriue. Aussi le monde qui cognoit la condition de nostre desir, se presente à luy tout changeant & variable, pour le flatter & l'amadoüer, d'autant que les diuersitez & les nouueautez, sont les vrays charmes qui le rauissent, & par lesquels le monde nous attire apres luy.

Mais alors que ces considerations là me deuoient rendre plus experimenté & plus accort, mon aduenture a voulu que la confusion & la vanité m'ayent si puissamment maistrisé, que pour leur adherer, ie me seis égaré dans la gr̃ad ville du Monde, & que i'aye esté apres l'objet qui m'a semblé le plus agreable. Allant & venant de l'vne & de l'autre ruë, ie m'exposois à la derision de tous ceux qui me voyoient. Et au lieu de chercher à sortir de ce labyrinthe de malice, ie m'efforçay de m'y engager de plus en plus. Tantost i'allois par la ruë de la Colere, & me mettant dedans la troupe des determinez ie suiuois les querelles, & marchois parmy les blesseures & le sang. Tantost ie me trouuois dedans celle de la Gloutonnie, ou ie voyois l'excez des brindes : & à force de visiter vne infinité d'autres ruës, ou il se faisoit plusieurs autres negoces qui ne valoient pas mieux que ceux cy, ie me trouuay si troublé & si estonné, que mon admiration ne permettoit pas à mes sens de iouyr d'vn seul moment de repos.

I'estois dans ces inquietudes, quand i'entendis quelqu'vn qui crioit apres moy, m'apelloit & me tiroit en mesme temps par le manteau : ie me retourne & ie vis vn venerable vieillard

Hh 4

soit mal habillé & dechiré en mille endroits,& le visage aussi defiguré que si on l'eust soulcaux pieds Neantmoins son maintien n'estoit pas pourtant redicule,au contraire,son aspect estoit graue, & digne de respect.Qui estes vous, mon bon homme, luy dis-ie, qui tesmoignez d'estre enuieux de mes contentemens? laissez , laissez-moy aller? vous autres vieillards vous voulez tousiours troubler la gayeté des ieunes gens, & empescher leurs passe-temps, non pas que vous quittiez volontairement les delices de la vie , mais parce que le temps vous les oste de puissan-ce absoluë.Vous vousen allez prendre conge du monde,& ie ne fais que d'y arriuer,laissez moy resiouyr & voir le monde à mon plaisir.Alors ce vieillard dissimulant son ressentiment se mit à sousrire,Mon enfant, me dit-il ,ie ne veux pas empescher ny enuier ce que tu desires , ce n'est que par compassion que j'essaye de te retenir. Sans mentir , continua-il, sçais-tu bien ce que vaut vne heure?Sçais-tubien de quel prix est vn iour ?as tu examiné la valeur du temps?ie pense que non, puis que tu l'employe si mal , que les heures fugitiues se dérobent de toy, & t'empor-rent insensiblement vn si precieux thresor. Que t'a dit le Temps qui s'en est desia allé? t'a-il promis de reuenir encore quand tu en auras be-soin?As tu veu la trace des iours qui se sont es-coulez?non asseurément ? Helas ils s'en vont & ne reuiennent plus! & s'en allant ils retournent la teste comme en se riant, & se mocquant de ceux qui les ont laissez passer si inutilement: sçais-tu bien que la suite des iours composent

vne chaîne, au bout de laquelle la mort eſt atta-
chée, & qu'à meſure qu'ils cheminent & qu'ils
paſſent deuant toy, ils s'approchent de la mort
que tu attends, & qui peut eſtre, eſt deſia arriuée. Car de vray, à voir ta façon de vie, elle ſera
pluſtoſt paſſée que tu ne l'auras apperceuë. Veritablement ie tiés pour ſtupide celuy qui meurt
toute ſa vie, de peur qu'il a de mourir, & pour
meſchant, celuy qui vit ſans redouter la mort,
comme s'il n'y en auoit point: qui ne la craint
que quand il la ſouffre, & que la crainte le trouble tellement, qu'il ne ſçauroit trouuer de remede à ſon corps, ny de conſolation à ſon ame. Et
ne peut on appeller ſage, que celuy qui vit chaque iour auſſi diſſolument, comme s'il ne pouuoit pas mourir à chaque heure.

Vos remonſtrances ſont excellentes, bon
vieillard, luy dis-ie alors, vous m'auez reſueillé
l'ame qui eſtoit enchantée de mille friuoles &
vains deſirs: mais qui eſtes vous, & que faites-
vous icy? Mon habillement deſchiré & ma
pauureté, me dit il, te peuuent aſſez temoi-
gner que ie ſuis homme de bien, amy de la verité, & que ie ſçay la dire. Ie ſuis le *Detrompeur* vni-
uerſel de toutes choſes: ces lambeaux de robbe
que ie traiſne, c'eſt d'auoir eſté tiraillé & mal-
traitté de ceux du Monde, qui font ſemblant de
m'aider. Ces coups & meurtriſſeures de viſage,
ſont les preſens que pluſieurs me ſont lors que
ie les aborde, ſans les offencer autrement,
que parce que ie vay à eux, ſi bié qu'ils me tourmentent côme vous en voyez les marques, afin
que ie les quitte. Quelle extrauagance: la plus

part des gens du monde difent qu'ils me defi-
rent, qu'ils m'ayment, & quand ie les vay trouuer, les vns s'en defefperent, les autres maudif-
fent ceux qui m'ôt amené, enfin ie fuis fi odieux,
que les plus courtois ne veulent pas que ie demeure vn quart d'heure en leur compagnie. Or,
mon fils, fi tu veux voir le monde, viens auec
moy, ie te meneray dans la principale ruë en laquelle toutes les figures fe font voir en public.
Tu y verras tous ceux qui parroiffent icy en de-
tail, fans receuoir aucune incommodité. Ie te
monftreray le monde, comme il eft en effet, &
fon interieur, car tu n'en vois icy que l'écorce &
l'apparence. Et comment s'appelle cette principale ruë du Monde? Elle fe nomme, me dit-il,
Hypocrifie. C'eft la ruë où le Monde commence & ou il finit? Elle eft grande, car il n'y a perfonne qui n'y ait vne maifon, ou bien vne châ-
bre pour le moins. Les vns y demeurent tout
à fait, & les autres n'y font que paffer, parce
qu'il y aura plufieurs efpeces d'hypocrites, mais
tous ceux que tu vois icy en tiennent leur bonne
part. Celuy que tu vois arrefté à ce coin eft vn
hypocrite, vn roturier qui veut contrefaire le
Gentilhomme, mais il deuroit fe mefurer auec
fon bien, aller tout feul, & penfer pluftoft à entretenir ce qu'il promet, qu'à entretenir le laquais qui le fuit, il n'y a rien qu'il ne faffe pour
acquerir le nom de Seigneurie, & pour cette ambition il fe transformeroit volontiers en Venife,
finon que comme il a fondé cette penfée fur du
vent, il faudroit auffi qu'il fe fondaft dãs l'eau;
mais il la craint plus que le vin. Pour paroi-

stre Seigneur, il entretient des fauconniers, & des oiseaux, mais ie croy qu'à la fin, la faim leur fera manger leur maistre, & le Roussin de Dom Quixote quant & quant. En voicy vn autre qui contrefait l'homme de conseil, & neantmoins ce n'est qu'vn sot, lequel pour paroistre suffisant, & estre tenu pour tel, ne marche que par ressorts, c'est vn hypocrite qui veut faire l'entedu, & ce n'est en effet qu'vn idiot.

Tournez la teste, considerez vn peu ces vieillards auec leurs barbes enguainées d'ancre, qui veulent paroistre adolescens en toutes leurs actions, qu'ils s'imaginent fuyr la mort, comme si elle ne sçauoit pas bien le nombre de leurs ans. Et de l'autre costé ces ieunes gens qui veulent faire les bien auisez, & les preud'hommes. Prēderiez-vous cettuy là pour vn Tailleur? c'en est vn pourtant, & neantmoins il s'abille comme vn Cavalier, c'est vn autre hypocrite : Il se defigure tellement les iours des festes auec le satin, la panne & le cordon d'or, que l'aune, les cizeaux & les aiguilles ne les reconnoistroient pas, car la mine ne tiét rien de sa condition. Or sçachez que l'hypocrisie est vne infinité si generale, que mesme elle se trouue aux noms des mestiers. Le Sauetier & Rapetasseur de vieux souliers, s'appelle cóseruateur de la Chaussure. Le Tonnelier s'appelle cousturier de Bachus, parce dit-il, qu'il fait les habillemens du vin. Le Palfrenier Escuyer de Campagne. Le Berlan Academie. Le Bourreau, membre de Iustice. Le Charlatan, habille homme. Le ioüeur de passepasse, adroit. La Tauerne, Banque. Le Tauernier

Banquier & Maistre des Comptes. Les bordels,
maison de commerce : les Garces, Courtisanes,
les Maquerelles, filles denotes : les Conards, pa-
tiens : la paillardise, amitié : l'vsure, œconomie :
la tromperie, galanterie : la menterie, dexterité :
& la malice, gentillesse d'esprit : la poltronie,
pacifique : la temerité, vaillance : le Page, enfant
d'honneur : le Laquais, valet de pied : l'Escorni-
fleur, Courtisan : la noire, brune : & l'asne ,
s'appelle Docteur : mais il n'y a rien de tout cela qui soit ce qu'il paroist, ny qui ayt vn nom
bien propre, ce n'est qu'hypocrisie en nom & en
effect. Outre ceux cy, il y a encore des noms,
qui sont generaux ; toute putain s'appelle Dame
de Cour : tout habit long, s'appelle Monsieur
le Licencié : tout insolent, Monsieur le soldat :
tout hôme bien vestu, Monsieur le Gentilhomme : tout petit Clerc d'Eglise, vostre Reuerence : & tout Clerc du Palais, Secretaire.

   De façon que tout le monde est vne pure menterie, de quelque costé que vous le vouliez examiner. Et si vous y prenez garde, vous verrez
que l'Ire, la Gourmandise, l'Orgueil, l'Auarice,
Luxure, la Parresse, l'Homicide, & mille autres
pechez ne procedent que d'hypocrisie. Ils sortent
tous de cette source là, & y retournent de mesme. Ie ne crois pas, dis-je lors au bon homme,
que vous puissiez prouuer ce que vous dite, puis
que nous voyons qu'ils sont tous distinguez les
vns des autres. Mon amy, me dit-il, ie ne m'éton-
ne pas de ta méfiance : car il y a fort peu de personnes qui ne soient aussi ignorantes que toy en
ce sujet là : ce qui fait que tu trouue de la

contrarieté entre des choses qui ont vne si grã-
da conuenance. Tous les pechez sont mauuais,
& tu m'aduoüeras auec les Philosophes & les
Theologiens, que la volonté desire le mal, sous
l'apparence & la creance que ce soit vn bien, &
qne la simple representation de l'ire ou la cognoissance de la luxure, ne suffit pas pour faire
pecher, si la volonté n'y apporte son consente-
ment, & qu'apres il n'est pas besoin de l'execution, pour commettre vn peché, laquelle l'agraue
dauantage, & neantmoins en cela il y a de grãdes differences. Et partãt il est euident que toutes les fois qu'vn de ces pechez se commet, c'est
que la volonté y consent, parce qu'ils ont pris
la figure de quelque bien. Y a t'il donc vne plus
manifeste hypocrisie, que de se vestir d'vne apparence de bien, pour tuer par la tromperie. *Qu'est-
ce que l'esperance de l'hypocrite,* dit Iob. Co n'est
rien, il n'é peut auoir aucune, à cause de sa qualité d'hypocrite: car il est meschant, ny pour la
chose qu'il essaye de ressembler, parce qu'il ne
l'est pas, si bien que de tous les pecheurs, il n'y
en a point de plus temeraire que l'hypocrite:
d'autant que les autres mal viuans pechent seulement contre Dieu, & non pas auec Dieu, ny
en Dieu: mais l'hypocrite peche contre Dieu &
auec Dieu, puis qu'il le prend pour instrument
de son peché, Et pour cette cause Iesus Christ
voulant monstrer comme entre les autres il luy
estoit odieux, apres auoir donné plusieurs preceptes affirmatifs à ses disciples, il leur donna
seulement vn negatif, leur disant: *Ne soyez point
comme les hypocrites.* De façon qu'auec plusieurs

preceptes & comparaisons, il leur enseignoit, comme ils deuoient estre, tantost comme des lumieres, tantost comme du sel, quelquesfois comme le conuié, quelquefois comme le talent, & pour leur faire entendre tout ce qu'ils ne deuoient point estre, il comprenoit en ce peu de paroles: *N'imitez point les Hypocrites qui contrefont les melancholiques.* Pour leur donner à entendre que n'estans point hypocrites, c'estoit le vray moyen de n'estre point meschans, d'autant que l'hypocrite est meschant en toutes façons.

Sur ces discours nous entrasmes dans la grand' rue, où ie vis tout ce que le vieillard m'auoit promis de me monstrer. Nous prismes vne place eminente pour enregistrer tout ce qui se passoit. Et la premiere chose remarquable qui parut à mes yeux, ce fut vn conuoy de funerailles: composé d'vne longue traisnée de parens, & d'autres conuiez qui accompagnoient la tristesse & le dueil d'vn mary veuf, qui estoit affublé d'vn ample chaperon de drap noir, capable de l'estouffer: il auoit la teste baissée, & marchoit auec fort grande peine, estant chargé de pres de dix aulnes de drap, sans la queuë de sa robe trainante qui en contenoit bien autant. Moy plein de compassion d'vn si triste spectacle. O l'heureuse femme, dy-je lors, d'auoir trouué vn mari dont l'amour & la fidelité alloit encore par delà la vie & le tombeau : Et heureux ce personnage là d'auoir rencontré des amis qui n'accompagnent pas seulement son ressentiment, mai. qui semblent encor l'exceder : Ie vous supplie, mon bon homme, considerez vn peu la

tristesse qu'ils ont. O qu'il y a de vanité, me
respondit le vieillard en branslant la teste, & se
sousriät: tout ce que tu vois là ne se fait que par
contrainte, encor que ces apparences exterieu-
res semblent me dementir: mais tu verras tantost le dedans, & connoistras combien l'effet &
l'estre de la chose est differente des apparences:
vois tu ces cierges, ces Torches, & tout le reste
de ce connoy? qui est ce qui ne diroit qu'ils es-
clairent & accompagnent quelque chose, & que
c'est pour quelque chose que toute cette pompe
funebre se fait: mais sçache que ce qui est dedans cette biere, c'est vn rien, d'autant que la
personne morte n'estoit rien durant sa vie, &
que la mort a encore amoindri ce rien là, & que
tous ces honneurs qu'on luy rend ne luy seruët
de rien, mais c'est parce que les morts ont leurs
vanitez & leurs festes aussi bien que les viuans.
Helas! il n'y a là dedans que la terre, encore
moins capable de rëdre du fruit, & plus odieuse à regarder, que la bouë sur laquelle tu marche, & qui ne merite aucun honneur, ny mesme
d'estre cultiuée du soc ny coustre. Et cette tristesse que tu semble auoir remarquée en ses
amis, ne procede que d'auoir esté conuiez à ce
connoy. Ils donneroient volontiers le corps du
mort au diable auec ceux qui les ont appellez
à cette ceremonie. Au lieu de dire leurs suffra-
ges pour l'ame de la defuncte, ils deuisent de
l'hoirie, du testament, l'vn dit à son compagnon
qu'il n'estoit pas parent trop proche, qu'on se
fust bien passé de le prier à cet enterremët, qu'il
s'est detourné d'vne affaire qu'il auoit ailleurs,

L'autre dit qu'il ne marche pas selõ le rangque sa qualité merite, qu'il ne se plaist point à tels comuis, qui ne sont bons que pour la terre, & pour les vers qui y trouuent dequoy manger. Le veuf n'est pas si affligé de la mort de sa femme comme tu te l'imagine; c'est seulement delà despense qu'il fait en cét enterrement, lequel il eust bien peu faire auec plus de diligence, & moins de frais, sans y fondre tant de cire, & semondre tant de confreries. Il dit en soy-mesme que sa femme a tort, que puis qu'elle deuoit mourir, il falloit que ce fut soudainemẽt, apres auoir mis ordre à sa conscience comme bonne Chrestienne, sans luy faire couster tant d'argẽt en Barbiers, Apothicaires & Medecins, qui disposent de son bien en ordonnances. Cét homme là en a desia enterré deux, auec celle-cy. Il prend tant de plaisir à deuenir veuf, qu'il traicte desia de se marier auec vne amie qu'il a pratiquée pour cét esfect, durant la maladie de sa femme, tu le verras bien tost ressuscité de ces draps mortuaires qui l'enseuelissent.

Ie demeuray fort esmerueillé d'oüir ainsi parler ce bon homme. O que les choses du Monde, dis-le alors, sont differentes de ce que nous les voyons. Ie seray desormais beaucoup plus reteñu à en donner mon iugement, & les choses que ie verray le mieux, serõt celles dont ie douteray le plus. Cét enterrement disparut aussitost de nos yeux, comme si nous n'eussions pas deu estre du voyage, & comme si ceste deffunte ne nous eust pas enseigné le chemin en nous disant d'vn langage muet. *Ie m'en vay deuant vous atten-*
                                         *dre.*

tre, cependant que vous accompagnerez les autres, comme i'ay fait auec autant de negligence & aussi peu de deuotion que vous.

Nous fusmes destournez de cette contemplation par vn bruit que nous ouysmes dans vne maison qui estoit derriere nous, nous y entrâmes pour voir d'où il procedoit. Et en mesme temps que l'on nous vid, on commença vne complainte à six voix, qui accompagnoit les gemissemens & les soupirs d'vne femme nouuellement veufue.

Ces regrets là estoient fort naïfuement representez, mais ils ne seruoient de gueres au deffunct. De moment en moment elles faisoient claquer les paumes de leurs mains, & élançoient des sanglots qui sembloient prouenir du centre de leur cœur. Les salles & chambres de cette maison estoient depouillées de leurs parures ordinaires, côme de tapisseries & de tableaux, & la pauure dolente estoit couchée dans vne chambre tenduë de noir, où l'on ne voyoit presque goute, & cela estoit auantageux à ces femmes, parce qu'on ne voyoit pas les grimaces contraintes qu'elles faisoient pour prouoquer leurs clameurs & leurs larmes feintes. L'vn disoit, Madame, toutes vos larmes ne vous sçauroient apporter aucun remede : pour moy ie suis incapable de vous consoler, car i'ay plus de ressentiment de voltre douleur, que ie n'aurois de la mienne, autre souspirant à chaque mot, vous ne deuriez pas tant vous affliger, disoit elle, puis que feu Monsieur a si bien vescu, que vous deuez croire qu'il est en la presence de Dieu. Vne autre, qu'elle de-

uoir prendre patience & se conformer à la volonté souueraine. Et alors, elle redoubloit la vehemence de ses pleurs & de ses sanglots criãt à haute voix & d'vn ton aigu: Ha Dieu! pour quoy faut-
il que ie suruiue apres la perte d'vne si chere &
agreable compagnie: Q e ie suis mal heureuse
d'estre née, helas? à qui puis ie recourir : qui
est ce qui, voudra prendre en sa protection vne
pauure femme, vne pauure vefue comme ie suis,
& l'assister en ces necessitez? A ceste pause la,
tout le reste du chœur de cette musique r'entroit
auec les Instrumens de leur nez, dont la mou-
cherie & les reniflemens estourdissoient toute la
maison. Et alors ie recognus qu'en telles occa-
sions les femmes se purgent & jettent parles nazeaux, & parles yeux, vne partie des mauuaises
humeurs de leur cerueau. Neantmoins ie ne me
pus tenir d'auoir quelque petit ressentiment de
douleur. Et me tournant deuers mon condu-
cteur: la compassion, luy dis ie, est fort bien employée à l'endroit d'vne vefue, parce qu'elle est
abandonnée de la plufpart du monde. La Sainte
Escriture les appelle muettes & sans langue, le
mot Hebreu, qui exprime celuy de vefue, porte
vne telle signification. Il n'y a personne qui parle pour elle. Et quand elle auroit la hardiesse de
parler, se voyant seule & sans support, si est ce
qu'on ne l'oit pas; de façon qu'il faudroit autant qu'elles fussent muettes. Nous voyons dans
l'ancien Testament que Dieu eut beaucoup de
soin d'elles, Et mesme en la loy nouuelle, il les
recommande grandement par l'organe de Sainct
Paul, qui tesmoigne que Dieu n'abandonne ia-

mais ceux qui sont seuls, & regarde d'en-haut
ceux qui sont abaissez.

*Ie ne veux point de vos sabbats, ny de vos festes.*
*dit il en Esaye, ie destourne ma face de vos encens;*
*vos holocaustes m'importunent: ie hay vos Kalendes & vos*
*solemnitez : Lauez vous, nettoyez vous, & bannissez*
*tous ces mauuais desseins que ie voy dans vos cœurs:*
*laissez le mal & vous addonnez à bien faire: pratiquez*
*la Iustice: secourez les opprimez; soustenez l'innocence de*
*de l'orphelin, & diffendez la vefue.*

Vous voyez donc que toutes les bonnes œuures
contenuës en ces preceptes vont tousiours augmen
tant de merite l'vne par dessus l'autre : Et que
pour conclusions de ces enseignemens, & pour
exercer la charité en vn supréme degré, il ordonne de *Deffendre la vefue.* C'est veritablement vne
information du Sainct Esprit de recommander la
deffence de la vefue, d'autant que de soy elle
n'a aucun pouuoir de se deffendre: Et mesme
qu'elle est le plus souuent opprimée de tous. Aussi
est ce vne œuure si aggreable à Dieu, que
le Prophete adjouste en suite. *Et si vous le faites,*
*venez, & me reprimez, &c.* Conformément à cette
permission que Dieu donne de le reprimer à
ceux qui embrasseront les bonnes œuures, &
qui se separeront des mauuaises, qui secoure-
ront les oppressez, & qui deffendront la vefue,
Iob raisonnant auec Dieu, & luy voulant representer son innocence dans l'excez de sa misere,
& dans les opprobres de ses parens luy disoit,
*Si i'ay refusé la charité aux pauures qui me l'ont de-*
*mandée: Si i'ay fait attendrir les yeux de la vefue, &c.*
Ce qui se rapporte à ce que ie dis de la vefue, con-

I i 2

me pour donner à entendre qu'elle ne peut rien de
foy auec les paroles estant muette: mais auec les
yeux expofant & monstrant fa neceffité. Le texte
Hebrayque dit *Si i'ay confommé les yeux de la vefue.*
C'est ce que fait celuy qui n'a point de pitié
d'elle, & qui ne la fecoure point quand elle le regarde feulement, d'autant qu'elle n'a point de
voix pour demander. Laiffez moy regretter vne
femblable infortune, & mefler mes larmes auec
celles de ces femmes. Et quoy, me dit il, après
auoir fait vne vaine oftentation de tes eftudes
pour paroiftre docte Theologien, tu voudrois
encore pleurer lors qu'il eft plus befoin de tef-
moigner de la prudence: n'auras tu point patience que ie t'aye declaré le fecret d'vn tel myftere
pour voir comme on en doit parler, il eft bien
difficile de reprimer la vanité d'vn homme qui
penfe eftre fçauant. Pour moy, ie crois que fi
l'occafion de parler de cette vefue ne fe fut pre-
fentée, toute fa fcience fe fut eftouffée dans fon
eftomach fans le pouuoir exhaler. On ne tient pas
pour Philofophe celuy qui fçait où gift le threfor,
mais bien celuy qui trauaille & qui le tire au iour,
on dira que celuy là ne l'eft pas encore parfaitement, feulement celuy qui en fçait bien vfer
dãs la poffeffion. Qu'importe il que tu fçaches de
beaux paffages, fi tu n'as du iugemét pour adapter
bien à propos. Efcoute, & tu verras comme cette
vefue qui paroift extérieurement, auoit vn corps
tout formé des *Refpons* de l'Office des Morts, vne
ame d'*Alleluia* à la coiffure noire, & les penfées
veftues. Voy tu l'obfcurité de cette chambre,

& leurs visages tous couuerts de draps & de
crespes funebres, leur dueil n'est que piperie, ce
sont des larmes de loüange dont elles se défont:
Les veux tu consoler, laisse les toutes seules.
Elles danceront dés qu'elles ne verront plus personne qui leur serue de sujet pour exercer leur
hypocrisie. Et en mesme temps les confidentes
viendroient joüer leur jeu. Là là, Madame, dira
l'vne, consolons nous, vous auez vn aduantage
que vous ne cognoissez pas, vostre mary vous
laisse ieune, vous ne sçauez pas faire valoir vostre talent : il se trouuera de braues hommes qui
feront cas de vous : Vous sçauez desia vne partie des intentions de Monsieur vn tel, ie m'asseure que s'il vous possede vne fois: ses mignardises
vous feront bien tost oublier le defunct. Ma foy,
Madame, si i'estois à vostre place, dira l'autre, ie
ne tarderois guerre à me contenter : pour vn perdu dix retrouuez : ie pratiquerois le conseil que
ma commere vous donne : mais il me semble que
vous estes bien obligée à ce galant homme qui
nous vint hier visiter : qu'en dites vous ? Ie ne
sçay si j'oserois declarer ce que le cœur m'en dit,
mais il a bonne mine, il tesmoigne de vous honorer bien fort : & de vray, ce seroit grand dommage de laisser en friche vn si beau jardin que le
vostre sans le cultiuer. Et alors là vefue, auec
vne simagrée de modestie en clignotant les yeux
& faisant la petite bouche : Helas ! dira elle, il
n'est pas encore temps de parler de cela, tout
dépend de la prouindence de Dieu, il l'ordonnera
s'il voit qu'il me soit necessaire : toutefois vos
aduis ne se doiuent pas negliger. Remarquez vn

peu quels profonds ressentimens de douleur, son
mary n'est pas encore enterré, & la voila quasi
remariée. Mais j'oubliois à te dire que le premier
iour du vesuage de telles femmes, est celuy auquel elles mangent le plus : car pas vne  ne les
visite qu'elles ne leur face prendre quelque re-
stauran, ou manger quelque friand morceau
pour leur animer le courage : & en l'aualant où
le maschant la pauure affligée dira, mon Dieu ne
me donnez plus rien,  aussi bien tout mon aliment se conuertit en poison : Quelle douceur y
puis ie trouuer, malheureuse que ie suis, qui
estois accoustumée à partager auec la compagnie
que i'ay perduë : mais il se faut armer de la patience, puis qu'il n'y a point de moyen de le
rappeller du monument, Considere donc maintenant combien les exclamations que tu as faites
sont vaines, injustes & inutiles.

A peine le veillard acheuoit ces paroles, quand
nous ouysmes dans la ruë vn grand tintamarre
de populace, nostre curiosité nous fit sortir pour
sçauoir ce que c'estoit, nous vismes vn Algouazil
ayant le nez sanglant, sans colet, sans chappeau,
& hors d'haleine, qui crioit, *Main forte à la iustice
de par le Roy*, lequel couroit aptès vn larron qui
fuyoit comme s'il eust eu le diable aux fesses.
Apres luy venoit vn Greffier tenant force papiers
& vn escritoire, enuironné d'vn nombre de racaille : Et s'arrestant deuant le logis d'où nous
sortions, se mit à escrire sur le genouil.

En cette action ie consideray qu'il n'y a rien
au môde qui croisse si promptement, ny en si peu
de temps, comme vn delit qui est entre les mains

d'vn Greffier, puis qu'en vn mômement il remplit
vne main de papier. O que la Republique, disie
alors, deuroit bien recompenser le zele de cet Algouazil puis qu'il met sa personne en hazard, pour
nous sauuer à tous tant que nous sommes, & la vie
& le bien. De vray, il merite beaucoup enuers
Dieu & enuers le monde. Voyez comme il est dé-
chiré, & comme son visage est meurtry & sanglant pour employer sa force & son courage pour
le bien & le repos du public.

Tout beau, tout beau, me dit le vieillard, si ie
ne te faisois taire tu parlerois vn iour entier, Sçache, mon fils, que celuy qui s'en est fuy est vndes
amis del'Algouazil, auec lequel il pintoit souuët,
& que pour ne luy auoir fait part d'vn larcin que
l'Algouazil luy imputoit il le vouloit arester &
mettre en prison: mais le compagnon apres luy
auoit rôpu sa gaule, & donné plusieurs gourma-
des, s'est sauué. Il faut qu'il ait les jambes bonnes, puisqu'il est eschappé des griffes & dents de
ces levriers de bourreaux: car ils courent comme
le vent quand ils chassent vnebeste oùils pensent
faire curée. Remarque donc que ce n'est nulle-
ment le profit & l'vtilité publique qui a porté
l'Algouazil à cette action, son profit particulier
& le dépit qu'il a d'auoir esté pris pour dupe. Ie
vous auouë que si l'interest propre n'eust excité
cet Algouazil, & qu'il eust entrepris sur ce larron
pour le faire chastier de son delict, quoy que ce
fust son amy, qu'il seroit digne d'estime, veu que
c'est le gibier de telles gens, c'est viande qui
leur est permise, leurs rentes & reuenus procedent du fouet, de la corde, & de la galere. Et iene

sçay comment il se peut faire que le monde  qui
leur porte vne si grande haine  ne prend vne forte resolution d'essayer de laisser le vice,  d'exercer la vertu pour vn an ou deux seulement, afin
de se venger d'eux, & les faire  mourir de faim.
C'est vn tres malheureux office, puis que ses gages sont assignez auec ceux de Beelzebuth. Et
auriez vous encore autant  de telles louanges
pour le Greffier, dis ie alors à mon guide? Tu n'en
dois point douter, me respond il, puis que ce
sont deux chiens qui sont  tousiours accouplez
ensemble alors qu'ils vont en queste. Le Greffier
sert à faire des procez verbaux, & informations
qui authorisent tousiours l'emprisonnement de
quelque pauure malheureux : & s'il a dequoy
perdre, quand mesme il seroit aussi  innocent
qu'Abel, tant que ces Greffiers  là ont de  plumes d'encre dans leur cornet, ils ne  manquent
iamais de tesmoins Et s'il y a quelque deposant
qui die naïfuement la verité, ces Greffiers n'ont
garde de l'escrire : ils ne prenent autre chose que
ce qui sert à leur dessein, & quand il est question
de faire signer la deposition, ils ont le don de
memoire ; car en la  lisant à peu prés de la rela-
tion du tesmoin ouy, ils luy font signer, & par
ainsi forment le procez comme il leur  plaist.
Mais si le monde se coduisoit comme il deuroit,
il seroit tres iuste & tres  necessaire qu'au  lieu
qu'ils font leuer la main aux tesmoins qu'ils veulent examiner & faire jurer qu'ils diront la verité, que ces témoins là leur fissent leuer & iurer
qu'ils l'escriront comme ils la diront. Il y a des
bons  Greffiers & de bons Archers qui escri-

uent & tirent droit, mais l'office fait des bons
ce que la mer fait des morts, qu'elle ne peut garder plus de trois iours, & les jette sur le riuage.
Il n'y a rien qui m'excite comme de voir vn Greffier aller à cheual auec des Archers, pour honorer
& conduire vn voyageur de gibet, principalement
quand il fait vn echo auec le bourreau, & qu'il
luy dicte la sentence que sa malicieuse industrie à
dressée si iniultement.

 Le bon homme en eust dit dauantage, s'il
n'eust esté interrompu du grand bruit & de l'esclat d'vn carrosse doré qui passa par là, auquel
estit vn Courtisan si bouffi d'orgueil & de vanité,
qu'il sembloit estre aussi pesant que les deux cheuaux qui le traisnoient, tant ils alloient lentement
Ce personnage faisoit tant de vanité de se tenir
droit, qu'on eust dit qu'il estoit empalé d'vn es-
chalas. Au reste fort auare de ses regards, & si
desdaigneux, que chacun luy faisoit mal aux
yeux : son visage & sa teste estoient enfoncez dans
vn grand colet de dentelle empesé, & gourmeté
si court, qu'on eust dit qu'il estoit attaché au
carquan, ou bien que c'estoit vne chandelle enueloppée de papier pour seruir de lanterne : il faisoit vne morgue si superbe, qu'il sembloit auoir
oublié l'vsage des mouuemens de son corps & de
ses bras, car il ne se pouuoit tourner ny d'vn
costé ny d'autre, ny hausser la main pour leuer
le chapeau & saluer quelqu'vn. Apres cette
magnifique statuë, marchoient quantité de
laquais couuerts d'autant de couleurs qu'vn har-
quelin : Et dans le carrosse il n'y auoit qu'vn
bouffon & vn flatteur, qui entretenoient le bon

Seigneur. O que tu es heureux, m'écriay ie dés
que ie l'apperceus, fans doute le monde n'eſt fait
que pour toy, puis que tu vis ſi à ton aiſe, & parmy tant de grandeurs ! O que ta richeſſe eſt bien
employée ! O la belle ſuite de gens que voila !
Tout ce que tu penſes, & tout ce que tu dis, me
repart auſſi toſt mon vieillard, n'eſt que pure
reſuerie & euidente menterie, tu ne rencontres
la verité que quand tu dis que le monde ne ſe
fit que pour ces cet homme là : Aſſeurément tu ne
manques pas de raiſon, d'autant que le monde
n'eſt que trauail, vanité & folie, dont cettuy cy
eſt tout remply ? Ie m'aſſeure que ſi tu prenois
bien garde au train qu'il mene, tu verrois beaucoup plus de creanciers que de valets, leſquels
ſeruent d'eſtayes à toute cette mouuante machine, dont la nourriture & l'entretien ne ſub-
ſiſtent que par l'emprunt & le credit, l'eſperance & les belles promeſſes. Et ie te reſpons que
ſi l'on examinoit exactement le ſecret de la conſcience de ce Courtiſan, que les inuentions & les
artifices qu'il employe pour ſuſtenter ſa vie, luy
donne mille fois plus de peine que s'il la gaignoit
à cauer ou fouïr la terre. Voy tu ce bouffon & ce
flateur qui le cageolent, ils ſont plus fins que
luy, puis qu'ils s'en mocquent en mangeant à ſes
deſpens, & en tirant l'argent de ſa bourſe. Quelle
plus grande miſere y a il que celle de telles gens
qui achettent ſi cher les menteries & les adula-
tions, & qui employent tout leur bien & toutes
leurs forces, s'engageant ſi fort pour recompenſer
des faux témoignages. Le pauure fou qu'il eſt, ſe
rauit de ioye de ce que ces deux diſcoureurs qui

l'accompagnent, luy ont peut estre dit qu'il n'y
a point de Caualier à la Cour, qui le vaille, que
tous les plus galans & de meilleure mine, ne
sentent que leur suiuans au prix de luy ; que les
Dames n'ont point d'objet plus agreable, ny de
plus charmante conuersation que la sienne : tellement que ce sont des asnes qui se grattent, le
Courtisant, le flatteur, & le plaisant, se seruent
de bouffons tour à tour

Comme le vieillard proferoit cette derniere
parole, vne Courtisane vient passer deuant nous,
laquelle auoit vn maintien & port si auantageux, qu'elle attiroit les yeux de tous ceux qui la
regardoient, & leur laissoit les cœurs pleins de
desirs. Elle marchoit auec vne artificieuse negligence, elle cachoit sa face à ceux qui l'auoient
desia enuisagée, & la faisoit voir à ceux qui n'y
auoient pas pris garde : tantost elle eslançoit vn
regard de ses yeux, feignant d'adjuster la coiffe
ou le mimy, qui luy voloit sur le visage en se
descouurant à demy, ne monstroit qu'vn œil &
vne joue, comme vne sorciere, qui vient du
sabbat. Et puis faisant semblant de racommoder
son mouchoir de col, elle decouuroit son sein
dont la blancheur excedoit celle de l'albastre : ses
cheueux annelez & martirisez de mille coups de
fers chauds, pendoient nonchalamment dessus son
front & ses temples : son visage n'estoit que nei-
ges & roses vermeilles, lesquelles contre l'ordre
de nature se maintenoient en parfaite amitié
ensemble, ses léures & ses dents méprisoient le
coral & les perles, & sa main qu'elle faisoit
paroistre de moment en moment sur sa coif-

fure noire pour augmenter sa blancheur , sur-
montoit la couleur du jasmin: Bref, elle rauissoit
toutes les ames de ceux qui s'arrestoient à la regarder. A cette vision, ie me sentis comme transporté & enflammé d'vn desir de la suiure , plustost qu'aucun des autres objets qui m'auoient
passé deuant les yeux, mais à la premiere démar-
che, ie voy mon vieillard deuant moy qui m'arreste tout court , non toutesfois sans que ie luy
tesmoignasse mon ressentiment en ces termes ; Il
faudroit estre barbare & sans yeux, aux merueilles de la nature , si l'on estoit insensible eux attraits d'vne si charmante beauté que celle là. O
que ie tiens heureux celuy qui rencontre vne
telle occasion fauorable , & que ie tiens habile
homme celuy qui peut auoir la jouyssance! quels
plaisirs sont incogneus à celuy qui possede en
toute liberté vne belle femme , puis quellene
fut produite de la nature que pour estre aimée de
l'homme ? pour moy j'abandonnerois tout le reste
du monde pour vne pareille possession, & n'aurois iamais de desirs po'r autre chose qui s'y
puisse trouuer. Quels foudres d'amour eslancent
ces yeux là ? quelles chaisnes pour vne ame libre.
Vid on iamais vne ebeine si noire que ces sourcils: Non , le cristal ne peut auoir tant de blancheur que le lustre de son front. Le sang & le
laict meslez ensemble ne composent point vn
vermeil plus agreable que celuy de son visage.
Les rubis & les perles ne se peuuent comparer à
sa bouche. Certes c'est vn chef d'œuure de la nature , c'est vn objet qui merite des loüanges infi-
nies , & auquel on peut trouuer la fin de tous de-

sirs. Tu ne tairas de long temps si tu veux tant
discourir sur chaque chose que tu verras, me dit
le vieillard. O que tu es peu experimenté, & que
ton admiration fait cognoistre ton ignorance,
iusques à cette heure ie t'auois tenu seulement
pour aueuglé mais ie vois bien que tu es aueugle
& fol tout ensemble. Tu ne sçais pas pourquoy
Dieu t'a donné des yeux, ny pour quel vsage. Ie
t'aduise qu'ils ne te doiuent seruir que pour voir,
& que c'est à l'esprit à faire election des choses.
mais tu procedes au contraire, ou bien tu ne fais
rien du tout, qui est encor pis. Si tu veux croire
tes yeux, ton esprit souffrira mille peines &
mille confusions. Tu prendras les rochers pour
des montagnes d'azur, parce que l'esloignement
& la proximité deçoiuent la veuë : vne riuiere
est capable quelquefois de s'en mocquer : puis
que bien souuent pour voir de quel costé elle
prend son cours, il faut qu'vn rameau ou vne
paille luy en donne la cognoissance. Or apprends
que cette femme là qui te semble si parfaite,
pipe & abuse tes yeux. Hier au soir elle se coucha
fort laide, & ce matin elle s'est ornée de cette
beauté que tu louë tant, aussi ne la tient elle qu'à
louage. Si tu auois examiné cette poupree en de-
tail, tu n'y trouuerois que du plastre & du dra-
peau, & à commencer son anatomie par la teste,
ie t'auertis que les cheueux qu'elle porte viennent de la boutique de la perruquiere, parce que
les siens ont esté soufflez d'vn mauuais vent qui
venoit du costé de Naples, ou bien s'il luy en
reste, elle ne les oseroit monstrer, de peur qu'ils
ne les accusassent du temps passé. Ses yeux n'ont

point d'autres sourcils que ceux que le pinceau leur forme , ny son visage d'autre couleur que celle que le-fard luy donne, c'est vne vieille idole repeinturée : mais pourtant ce n'est pas vne petite merueille de voir vne peinture auoir du mouuement: en fin c'est vne personne qui a quasi trouué le secret de ce fameux Necromancien , qui pretendoit se rajeunir dans vne phiole de verre , puis que tout ce qui te l'a fait paroistre si belle que tu dis , prouient des eaux alambiquées, des essences des phioles de fards, si elle vouloit permettre qu'on luy lauast le visage, tu ne la recognoistrois plus , elle te sembleroit effroyable , & l'abondance des pastilles & des eaux odorantes , & les chaussons des peaux parfumees(dont elle vse , son gousset , & ses pieds te feroient bien boucher le nez. Si tu venois à la baiser tu t'emplirois toutes les lévres d'huile & de graisse: en l'embrassant tu ne trouuerois que du carton , du caneuas & de la bourre , dont tout le corps de sa robbe est farcy pour reparer les defauts de sa taille : quand elle se va coucher , elle laisse au pied de son lict là motié de sa personne , en quittant ses patins. En quoy donc est ce que ton jugement s'est fondé pour la trouuer si accomplie ? tes yeux t'ont ils pas trahy ? Admire dont maintenant ta simplicité & sçache ( sans m'arrester aux imperfections de cette femme cy ) que la pluspart des autres ne sont que des animaux pleins d'orgueil qui triomphent de la simplicité des hommes : & que celles qui s'estiment valoir quelque chose entre les autres , donnent mille peines à ceux qui en pourchassent la possession, & qu'au bout du compte, les depens montent tousiours plus que le principal. Et pource faire mespriser les approches de ceste espece de creature, represente toy cette infirmité secrete, à quoy la nature les a renduë si souuent sujettes; & ie m'asseure que tu en auras vn desdain qui te sera profitable, & que tu te repentiras d'auoir eu de l'amour pour vne chose si odieuse & si sale.

*Fin de la cinquiesme Vision.*

# VISION VI.

# DE L'ENFER.

E passois la saison d'Autône en vne maison de campagne, à peu pres accompagnée de tout ce qui pourroit estre requis à vn diuertissemēt solitaire. Et me pourmenant vn soir au clair de la Lune, dans vne allée d'vn parc, meditant sur mes Visions passées, & prenant vn extréme plaisir à les rappeller en ma memoire, ie me sentis sollicité d'vn desir de m'esclaiter, & d'entrer plus auant dedans le bois : Ie ne sçay si cela procedoit des inspirations de mon bon Ange, ou de quelque autre puissāce superieure: mais en moins de demy quart d'heure de chemin, ie me trouuay fort esloigné de cette maison, & en vn lieu ou il n'estoit plus nuict, le regarday autour de moy, & ie vis vn passage le plus agreable qui se Te representer. Le silence & le temperament l'air composoit là vne beauté innocente & muette

muette qui rauiſſoit la veuë, D'vn coſté les ruiſ-
ſeaux de criſtal liquide cageoloient auec le gra-
uier & les petits cailloux : & d'vn autre, les arbres deuiſoient auec les fueilles. Les oyſeaux y
chantoient auſſi, mais ie ne pus recognoiſtre ſi c'é-
ſtoit par émulation des fontaines & des arbres,
ou ſi c'eſtoit pour leur rendre la pareille, & leur
donner muſique pour muſique. Et d'autant que
nos deſirs ſont ſi vagabonds qu'ils ne trouuent
pas de repos dans la meſme tranquilité, & auſſi
que la ſolitude ne me plaiſt pas touſiours, il me
prit enuie d'aller chercher compagnie. En meſme temps ( choſe merueilleuſe ) ie voy deux ſen-
tiers qui naiſſoient d'vn meſme endroit & qui ſe
ſeparoient peu à peu l'vn de l'autre, comme
s'ils euſſent refuſé de m'accompagner. Celuy de
la main droite eſtoit ſi eſtroit, qu'õ n'en ſçauroit
quaſi faire de comparaiſon, & pour eſtre peu frequenté, il eſtoit ſi plein de ronces & d'eſpines,
ſi pierreux & raboteux qu'on auoit mille peï-
nes pour y entrer. Il y auoit pourtant apparence
que pluſieurs perſonnes y auoient paſſé auec de
grandes incommoditez, les vns y auoient laiſſé
la peau, les autres la mammelle, les bras, la teſte
& les pieds & neantmoins on y voyoit touſiours
quelques paſſagers, mais ils auoient tous des viſages paſles, jaunes, maigres & extenuez, &
marchoient ſans iamais regarder derriere eux.
Dire qu'on y puſt aller à cheual, on ſe mocque
de cela : & de fait, ie demanday à quelqu'vn
des voyageurs s'il y auoit aſſez de place : S. Paul,
me dit il, deſcendit de cheual pour y entrer.
Auſſi n'y auoit il point de trace de beſte, ny

K K

d'orniere de carosse, ny d'emprainte de pieds de mulets de litiere, & n'auoit point memoire d'y en auoir veu passer.

En cet estonnement, ie m'adresse à vn pauure mendiant qui se reposoit, pour reprendre haleine, & luy demanday s'il y auoit point d'hostelleries sur ce chemin là : & de lieux de retraite pour gister. Il faut tousiours aller, me dit il, on ne se doit point arrester : & puis il n'y a ny Hostelier, ny Tauerniers, c'est le chemin de la Vertu, on n'y voit gueres de ces gens là. Ne sçauez vous par bien qu'en la carriere de la vie, le depart c'est naistre, le viure c'est cheminer, l'Hostellerie c'est le Monde, & qu'en sortant de la il n'y a qu'vn petit pas à faire pour entrer dans la peine ou dans la gloire. Disant cela il passe outre, Dieu demeure auec vous, dit il, celuy qui va dans le chemin de la Vertu perd le temps quãd il s'arreste, & d'ailleurs qu'il y a du danger à respondre à ceux qui ne s'informent que par curiosité, & non pas pour estre instruits ! Il poursuiuit son chemin, en heurtant souuent contre les pierres, & souspirant à chaque pas, & sembloit que les larmes qui distiloient de ses yeux voulussent amolir les caillous pour estre pl° doux à ses pieds. Qu'en depit soit fait le chemin, dy ie alors en moy mesme, il est fort rude & penible, & encore pour le rendre plus affreux, les personnes qui y vont, sont farouches, & d'vn mauuais entretien, cela n'est pas encor propre à mon humeur. Discourant ainsi, ie fis vn pas en arriere & sortis de ce sentier là, qui m'estoit si desagreable, ie tourne sur la main gauche, en mesme instãt ie me trouuay

dans l'autre chemin , auquel ie vis tant de monde,
tant de Caualiers & tant de carroſſes pleines de
beautez humaines, dont les yeux ſembloient vouloir diſputer de la clarté contre le Soleil, les vnes
chantoient , les autres rioient, autres ſe chatoüil-
loient pour ſe faire rire, autres mangeoient, bref ie
penſois veritablement eſtre aux Cours. Et lors me
ſouuenant de cette ſentence : *Dy moy qui tu as fre-*
*quenté, & ie deuineray tes mœurs?* afin qu'on me puſt
reprocher d'auoir hanté mauuaiſe côpagnie, ie me
mis en deuoir de ſuiure celle cy qui me ſembloit
tres bonne. A peine eus ie fait la premiere demar-
che que ( comme celuy qui va ſur la glace) ie me
trouuay au milieu de la route parmi les Dames ,
les balets, les Maſcarades, les Comedies, les jeux,
les banquets: paſſe temps propre à mes inclinatiós.

Ce n'eſt pas comme à l'autre chemin , auquel
à faute de Tailleurs on y alloit nuds pieds. Il
y en auoit de reſte en cettuy cy , auſſi bien que de
Marchands de ſoye , de loüailliers , & toute
ſorte de ces meſtiers qui ſeruent à la vanité mondaine, comme Vertugaliers , Perruquiers, Par-
fumeurs , Gantiers , &c. Et pour des Hoſteleries
& Tauerniers , on les y trouuoit à chaque pas.
Ie ne vous ſçaurois repreſenter l'aiſe que i'auois,
de me voir parmy tant d'honneſtes gens, bien
qu'il y euſt touſiours quelque embarras dans le
chemin , principalement entre les Medecins montez ſur leurs mules , & les Iuriſconſultes & Le-
giſtres marchoient en gros eſcadrons deuant des
Iuges: car ils conteſtoient à qui paſſeroient les
premiers ; mais la preeminence demeuroit
aux Medecins , ( la mode nouuelle appelle

venins graduels , parce qu'on estudie dans leurs
Vniuersitez à composer les poisons.) Tandis que
ces honneurs se disputoient , ie consideiois que
quelques vns de l'vn & de l'autree chemin changeoient & passoient de l'vn à l'autre , mais par
des sentiers estroits , Les vns trébuchoient &
tomboient quant & quant , sans se pouuoir tenir,
& ce que ie trouuay de fort plaisant à mon arriuée , ce fut vne glissade que ie vis faire à vne chai-
née de Tauerniers qui tomberent les vns sur les
autres dans vne fosse ; & parce qu'il y a auoit de
l'eau , ils s'en retirent plus viste que du feu. Nous
nous mocquions de ceux qui estoient dans le chemin de la vertu , que nous voyons auoir mille
peines à faire seulement vn pas? nous les railliós,
nous les appellions mangeurs de chappelets, beu-
ueurs d'eau beniste , lie du monde , marmiteux ,
rebut & mespris de la terre : Quelques vns d'eux
se bouchoient les oreilles , & passoient outre: aucuns s'arrestoient pour nous escouter ; les vns
estourdis du grand bruit de nos voix, & les autres
flatez de nos diuertissemens & honteux de nos
gaulleries , quitoient leur premiere roi te , &
s'en venoient dans la nostre. Ie vis vn sentier, par
lequel plusieurs hommes marchoient de la mesme
façon que les gens de bien , & de loin il sembloit
quasi qu'ils allassent ensemble: mais quand ie fus
plus prés d'eux, ie recongnus qu'ils estoient dee no
stres. On me dit qu'ils s'appelloient Hypocrites, &
que c'estoit vne espece de personnes ausquelles la
penitence, le jeusne, & la mortification seruoient
d'exercice de leurnouiciat pour l'Enser, au lieu que

d'autres en faisoient vn negoce pour acquerir le
Ciel. Apres ceux cy alloient plusieurs femmes qui
baisoient les bas des robbes de ces bonnes gens-
là, ie ne sçay si c'estoit par deuotion ou par affection : mais ie sçay bien qu'il y a des baisers de
certaines femmes qui valent pis que celuy de Iudas : car bien que le sien fut le signe de la trahison qu'il couuoit en son ame, si est ce qu'il baisa
la face du Iuste, du Fis de Dieu & du mesme
Dieu : mais celles cy baisoient les habits des hommes qui estoient aussi meschans que Iudas; ce qui
fit que i'en attribuay la cause à la friandise que
quelques vnes auoient des baisers, plustost qu'au
zele. Autres leur tiroient quelques filets de leur
robbe pour les garder comme des reliques sainctes, & d'autres en coupoient, mais de si grandes
pieces, qu'elles faisoint soupçonner que ce n'e-
stoit qu'afin de les voir tout nuds, & non pas pour
adjouster foy à leurs œuures, Autres se recom-
mandoient à leurs oraisons, & cela valoit autant
que se recommander au diable par tierce personne. Aucunes leur demandoient des riches maris
pour leurs filles : Autres leur demandoient des
enfans ; ce qui me fit penser qu'vn mary qui consent que sa femme demande des enfans à d'autres qu'à soy, est assez disposée à les receuoir s'ils
luy en donnent. Enfin i'apperceus que ces gens
là estoient seulement voilez pour nous, mais
qu'ils n'auoient point de masques ny de faux visages pour les yeux Eternels qui sont ouuerts sur
toutes choses, & qui cognoissent les plus secrets
mouuemens des ames. I'aduouë bien qu'il y a
plusieurs deuots, ausquels nous pouuons deman-

der l'assistance de leurs prieres : mais ils sont differents des Hypocrites, ausquels on voit plustost la discipline que le visage, & qui alimentoient leur ambitieuse felicité par l'applaudissement des peuples en disant auec humilité feinte, qu'ils sont indignes des graces de Dieu, comme tres grands pecheurs, & les plus meschans de la terre, quils ne sont que pauures asnes, & par ainsi trompent, en disant la pure verité : car estant Hypocrites, ils sont veritablement asnes, & tres meschans.

Ceux cy alloient à part, & estoient tenus pour estre moins fins que les Maures, & plus brutaux que les Barbares sans Loy, d'autant que ceux cy se contentent de joüir de la felicité de la vie presente, parce qu'ils n'en connoissent point d'autre, mais les Hypocrites qui sçauent que c'est de la vie temporelle & de l'eternelle, sont neantmoins si malheureux, qu'ils ne jouyssent pas de l'vne, & n'esperent rien de l'autre à l'aduenir, si bien que c'est fort à propos que l'on dit qu'ils gagnoient l'Enfer auec beaucoup de merites, c'est à dire auec de grandes peines. Enfin nous allions tous medisans les vns des autres. Les riches suiuoient la richesse, & les pauures demandoient aux riches ce que Dieu leur auoit desnié. Les obstinez alloient par vn chemin escarté, pour ne se vouloir pas laisser gouuerner aux mieux aduisez, & par ainsi couroient de toute leur force, & s'aduançoiét les premiers. Les Magistrats attiroient apres eux tous les negociateurs de procez, la passiö & la cónoitise emportoit les mauuais Iuges, les Roys enflez de vanité enttaisnoiét les Republiques : on ne

mãquoit de voir aussi dans ce chemin là plusieurs
sortes d'Ecclesiastiques. Ie vis aussi des Regimens
de Soldats tous entiers, qui eussent esté fort glorieux s'ils eussent estendu le Nom de Dieu en com-
battant, comme ils auoient fait en iurant : ils
s'estoient trouuez, les mauuais passages dont ils
s'estoient sauuez, ( car iamais ces gens là n'en
tiennent d'autres ) mais de tout ce qu'ils disoient
nous n'en croyions rien, sinon quand ils parloient
d'aualer : comme lors qu'ils vouloient exagerer
leurs beaux exploits, disoient : He bien camarades, quels hazards auons nous passez, combien
en auons nous aualez : on croyoit veritablement
qu'ils en auoient beaucoup aualé, mais que ce n'e-
stoit que des mouches, lesquelles voltigeoient à
monceaux autour de leurs bouches goutmandes,
& gõmeuses du vin de Bacchus. Quelques esprits
genereux, de ceux qui estoient dans le chemin à
main droite, qui voyoient ces miserables, por-
tans encore à leurs ceintures des boëtes de fer
blanc, pleines de passeports & d'autres papiers
inutiles, comme des requestes pour auoir
des recompenses de leurs seruices, leur
crierent, esmeus de charité, & comme s'ils fussent
allez à quelque combat ? A moy, soldats, à moy :
Qu'est ce à dire cela : est ce vne action de valeur
de laisser ce chemin cy, de crainte des difficul-
tez qui s'y rencontrent : Venez hardiment : car
nous sommes asseurez que ceux qui combattront
legitimement seront couronnez : quelles vaines esperances vous traisnent apres les promesses
des Roys ? Voulez vous tousiours auoir les

oreilles battuës de ces paroles, *Tuë*, *ou meurs* ?
Moderez cette faim de recompense apres laquelle vous courez, l'homme de bien ne doit suiure
que la vertu:elle est la recompense de soy mesme,
reposez vous sur elle : Si vous dites que vous ai-
mez la guerre : venez à nous, vous aurez dequoy
l'exercer : la vie de l'homme n'est qu'vne guerre
perpetuelle contre soy, & les ennemis de nostre
ame nous obligent à auoir toute nostre vie les armes à la main. Representez vous que les Princes
disent maintenant que nous leur deuons nostre sãg
& nostre vie, & qu'en le respandant & la perdant
pour eux nous ne leur rendons point de seruice,
nous ne satisfaisons qu'a nostre deuoir. Tournez,
tournez la teste, venez auec nous, & vous serez
heureux. Les soldats escouterent fort attentiuement toutes ces remonstrances, & honteux des
reproches des coüardises qu'on leur faisoit,
quitterent genereusement leur route, & la teste
baissée, hardis comme des Lyons se jetterent dans
vne Tauerne.

Apres cela ie vis vne grande trouppe de femmes qui alloient au chemin d'Enfer, auec l'argent
des hommes ; & autant d'hommes qui les suiuoient, parce qu'elles emportoient leur argent
brouchant & trébuchant les vns sur les autres.
D'autre costé, ie vis quelques vns des bons, lesquels estant sur la fin de leur chemin le quittoient
fort souuent pour se mettre dans celuy de la perdition; car parce qu'ils trouuoient le chemin du
Ciel plus aisé à mesure qu'ils approchoient du
bout, & qu'au contraire celuy d'Enfer alloit

eſtreciſſant , Ils croyoient auoir pris vn chemin
pour l'autre , ſi bien qu'ils ſe venoient mettre librement dans le noſtre. Auſſi pour la meſme raiſon, il y en auoit pluſieurs d'entre nous qui faiſoient vn pareil change , pour ne ſçauoir pas bien
recognoiſtre leur premiere route. Ie vis vne grande Dame qui alloit en Enfer ſans carroſſe, & ſans
litiere , & toute ſeule. Et moy eſtonné de la voir
en ſi piteux arroy, au prix de ce que ie l'auois
veuë au monde, ie cherchay vn Greffier pour en
faire faire vn acte, parce que ie croyois qu'elle ſe
fuſt desguiſée pour faire quelque meſchant coup
en trahiſon, mais ne trouuant ny Greffier ny Notaires, ie creus eſtre dans le vray chemin du Ciel,
& que l'autre eſtoit celuy de l'Enfer dont ie fus
fort content : toutesfois apres auoir vn peu che-
miné , ie me ſouuins d'auoir ouy dire que la voye
de Paradis eſtoit toute pleine de croix, d'au-
ſterirez, de penitences : & conſiderant que ie ne
voyois autour de moy que des gens qui ne parloient que de rire, de jeux, & de voluptez, ie
demeuray ſur la reſuerie & ſur le doute de n'e-
ſtre pas au bon chemin, mais ie fus tiré de cette
incertitude par vne grande troupe de gens mariez que nous atteigniſmes , leſquels menoient
leurs femmes , comme pour marque de leurs
peines & de leurs mortifications, d'autant que
telle femme eſtoit la jeuſne de ſon mary, puis
qu'il faiſoit diette pour luy fournir de perdrix
& de gelinotes : telle autre eſtoit la nudité du
ſien, puis qu'il eſtoit mal habillé, tout deſchiré,
& à pied dans la crotte, pour luy entretenir vn
caroſſe, luy achepter des rabats & des ioyaux

superflus pour augmenter sa superbe: En fin ie recognus qu'vn homme mal marié se peut vanter de
posseder en la personne de sa femme toutes les
qualitez necessaires pour estre mis au catalogue
des martyrs. De sorte qu'en voyant cette penible
vie, ie confirmay la premiere creance que l'on
m'auoit mise en l'esprit d'estre au bõ chemin: mais
cette opinion là ne me dura guere, parce que i'entendis vne voix derriere moy qui crioit, Laissez
passer les Apothicaires, O Dieu? dy ie alors, y a
il des Apoticaires icy: sans doute nous allons en
Enfer: & il estoit vray: car en mesme instant nous
nous trouuasmes dedans par vne porte faite comme celle des souriffieres, aisée & facile à l'entrée,
& impossible à la sortie.

Ie fus grandement estonné de ce que durant
le chemin personne ne s'estoit aduisé de dire que
nous allions en Enfer: & neantmoins quand nous
fusmes là, chacun fort espouuanté commença à se regarder l'vn l'autre, & à dire nous sommes en Enfer, ils n'en faut point douter. A cette parole, ie sentis vn grand saisissement de cœur. Est
il bien possible, dy ie, que nous soyons en Enfer?
En mesme temps, les larmes aux yeux, ie me mis
à regretter les choses que ie laissois au
monde, mes parens, mes amis, mes amours, les
Dames, generalement toutes mes cognoissan-
ces: & faisant vn grand souspir, ie tournay visage
vers le monde, & du mesme chemin que nous
auions tenu, ie vis venir comme en poste la pluspart de ceux que i'auois cognu. Ie fus vn peu
consolé de l'arriuée d'vne si bonne compagnie,
croyant que cela me diuertiroit dans vne si tri-

ſte demeure, ſi d auãture il m'y falloit ſejour-
ner long temps.

Ie ne laiſſay pas de paſſer outre, & peu à peu
ie me trouuay parmy vne bande de Tailleurs qui
ſe ſerroient en vn coin de peur des diables. A la
premiere porte ie trouuay ſept Demons qui
tenoient regiſtre de ceux qui entroient. Ils me
demanderent mon nom & ma qualité, & l'ayant
dit, on me laiſſa paſſer. les Tailleurs auec leſquels ie m'eſtois mis, s'eſtant preſentez, & ayans
dit qu'ils eſtoient Tailleurs, vn des diables dit:
Voilà qui eſt eſtrange, ie croy qu'il ſemble à
tous les Tailleurs du monde que l'Enfer n'eſt fait
que pour eux, à les voir venir par troupes comme
ils font. Combien ſont ils? dit il à vn autre
diable: il y en a vn cent, reſpond l'autre. Ne
vous trompez pas, dit ſon compagnon, il n'eſt
pas poſſible, ſi ce ſont des Tailleurs, qu'ils n'y
en ait qu'vn cent: car ſi peu qu'il nous en vient
tous les iours de telles gens, n'eſt pas moindre
que de mille en douze cents, Nous en auons deſia
tant, que nous ne ſçauons plus où les mettre, ie
ne ſçay ſi nous les deuons receuoir. Les pauures
croque prunes furent effrayez de cette parole,
craignant qu'on les chaſſaſt: mais à la fin on leur
fit grace, car ils entrerent. Il faut bien dire,
penſay ie alors, que ces gens là ſont fort mechans
& peruers, puis que le refus de l'Enfer leur ſert de
rigoureuſe & tres faſcheuſe menace. Là deſſus
voicy vn diable de la grande maille, boſſu & boi-
teux, qui les ietta tous dedans vn creux fort large
& profond, en criant *gaare le bois*. Ie m'approchay
de luy par curioſité, & luy demanday pourquoy il

eſtoit ainſi incommodé de ſa perſonne, il me reſpondit : Ie ſuis la beſte de ſomme des Tailleurs,
ma charge eſt de les aller querir en l'autre monde, & les apporter icy, mais pour en auoir de
gros fardeaux à porter, ie me ſuis gaſté la taille
comme vous voyez: maintenant ie ſuis diſpenſé
de cette fatigue là d'autant qu'ils viennent à cette
heure d'eux meſmes à grande foule, de façon que
ie ne fais plus que les ietter là dedans. Ainſi qu'il
parloit à moy, voicy encore arriuer vn grand vo-
miſſement de Tailleurs que le monde faiſoit, ce
qui m'obligea d'entrer plus auant pour leur faire
place, & laiſſer trauailler ce diable qui rempliſ-
ſoit ſon magazin, & qui me dit que les Tailleurs eſtoient le meilleur bois qui ſe bruſle en Enfer.

Ie m'aduançay donc, & entray dans vne petite
allée fort obſcure, quand on m'appella par mon
nom : ie me tournay auec aſſez de frayeur, & i'a-
perceus vn homme vn peu mal aiſément, tant à
cauſe de l'obſcurité qui eſtoit fort eſpaiſſe, que
des flammes qui l'enuironnoient: Monſieur vn tel,
me dit il, ne me recognoiſſez vous point ? ie ſuis
vn tel Libraire : eſt il poſſible, dy ie, helas ouy
reſpondit il, c'eſt moy, qui l'euſt iamais penſé? il
croioit qu'on ſe deuſt fort eſtonner de cet accident, mais quand ie l'eus enuiſagé, ie me mis à
admirer combien la iuſtice de Dieu eſt grande &
veritable, parce que ſa boutique eſt vn vray bor-
del de liures : c'eſt luy qui imprimoit & ven-
doit tous les plus meſchans & ſcandaleux liures
qui courent aujourd'huy entre les mains des libertins & des débordez. Ie fis pourtant ſem-

blant d'auoir pitié de luy, & me voyant contrefaire l'eſtonné: Que voulez vous, me dit il, c'eſt
le malheur de ceux de noſtre condition, nous
ne ſommes pas ſeulement condamnez pour nos
propres œuures, comme tous les hommes, mais
nous autres Libraires, nous endurons & patiſ-
ſons encore pour les mauuaiſes œuures d'autruy,
& particulierement de ce que nous faiſons ſi bon
marché des liures traduits du Grec & du Latin
en langue vulgaire, par le moyen deſquelles
les ignorans ſçauent aujourd'huy les choſes qui
faiſoient auttefois eſtimer les ſçauans hommes;
car à preſent vn beliſtre de Laquais, ou vn puant
Palfrenier, qui ſçaura vn peu lire, aura la
hardieſſe de manier vn Virgile, vn Homere,
vn Ouide, les trainera dans des cuiſines, ou dans
des eſcuries, comme ſi c'eſtoit des Quatre fils
Emond, des Robert le Diable, ou des Eſpiegles.
Il euſt parlé dauantage, mais vn Diable luy
ſuffoqua l'haleine auec des chaumouflets qu'il
auoit faits des feuilles de ſes liures. Et comme ie
ſentis cette infecte fumée, ie tiray pays, diſant en
moy meſme: Helas! s'il y en a de condamnez pour
les mauuaiſes œuures d'autruy, que feront ceux
qui les compoſent & qui les produiſent au monde?

J'eſtois ſur cette meditation, quand j'entends
vn grand combat d'ames qui gemiſſoient ef-
froyablement, & pluſieurs Diables qui les foüet-
toient auec des grandes & furieuſes eſcourgées.
Ie demanday quelles gens c'eſtoient, & l'on me
reſpondit que ce n'eſtoit que canailles de Cochers, qui vouloient former vn procez contre

les diables comme indignes de manier le foüet ;
en ce qu'ils ne le sçauoient pas faire claquer comme eux. Et ie vous prie, dy ie à vn diable, pourquoy sont ils icy tourmentez? en mesme temps
vn des plus vieux Cochers de la troupe, qui auoit
vn visage d'vn mauuais regard, prit la parole, &
préuint la response du Diable, en medisant ?
Monsieur, c'est parce que nous sommes venus en
Enfer à cheual, chose qu'on pretend que nous ne
deuions pas faire, attendu que nous ne sommes
dit on que des coquins. Et pourquoy, luy repartit
le diable, ne dites vous pas la vraye cause?pour-
quoyne découurez vous icy ce que vous cachés au
monde, qui sont vne infinité de pechez que vous
auez facilitez, & que vous auez recelez par vos
menteries ; tant que vous auez esté de cet infame
mestier?Et lors vn Cocher qui auoit esté à vn President, qui esperoit qu'il le deust tirer de là ?com-
me du Chastelet ou de la Conciergerie : Comment oserez vous, dit il, appeller nostre mestier
infame ? ie vous respons que depuis dix ans, il n'y
en a pas vn plus honorable dans le monde. A on
iamais veu des habits plus beaux que ceux qu'on
nous fait maintenant, le velours & la broderie
y sont ils espargnez ? en effet auec nos manteaux
bille barrez de plusieurs couleurs, on nous pren-
droità cette heure pour des Roys de carte, Et
ce n'est pas raison qu'on nous fait braues, &
que l'on fait cas de nous, puis que la vie de
tous nos Maistres est tous les iours entre nos
mains, & bien souuent celles des Princes &
des Roys despendent de nostre conduitte,

bien plus que de celle de leurs Medecins. Auſſi y
a il pluſieurs perſonnes qui reconnoiſſent leur deuoir & noſtre merite, & qui nous honorent con-
me leurs Peres Confeſſeurs : ie ſouſtiens que nous
ſçauons les pechez & les ſecrets  de conſcience
auſſi bien qu'eux, & peut eſtre encore plus,
Qu'eſt ce a dire cecy, dit vn diable en s'eſtouf-
fans de rire, nous penſions auoir icy vn Cocher,
mais c'eſt vn Retoricien, le compagnon ſe debri-
de, il a rompu le frein, il a bouche libre : ie penſe
qu'on ne le pourra plus faire taire. Pourquoy ſe
taira il, dit vn autre qui auoit ſeruy vne grand'
Dame d'importance, quand vous nous traittez ſi
rudement au lieu de nous feſtoyer ? Vous tirez
mille ſeruices de nous, nous ſommes vos rouliers
ordinaires, nous vous menons touſiours la mar-
chandiſe que nous chargeons bien enueloppée,
bien conditionnée, belle, nette, propre, parfumée,
point moüillée, ny trainée dans les boües, veu
qu'il nous vient tant de Damoiſelles crottées, de
petites Bourgeoiſes, tant de houbreaux de Nobleſſe & de Courtaux de Boutique à qui vous
faites ſi bonne chere. Il y a bien de l'ingratitude
ceans : & de vray, ſi nous auions rendu ce ſeruice
là à d'autres, ils nous en ſçauroient bon gré, &
nous ne demeurerions pas ſans ſalaire. De dire
pour mon regard que ie merite le tourment que
vous me faites, pour auoir mené des malades, des
gouteux, des eſtropiats aux Egliſes, à la Meſſe,
aux Indulgences, ou bien des Religieuſes en leur
Conuent, c'eſt vne impoſture toute notoire, car
ie vous prouueray par de bons teſmoins que ie

n'ay iamais mené mon carrosse qu'à l'Hostel de Bourgongne, au Bal, aux banquets, aux Cours, où l'on alloit prendre les assignations, pour aller puis apres à des rendez vous, où l'on ne traittoit que l'accroissement de vostre empire en plusieurs négoces. Et si l'on m'a veu auec mon carrosse deuant quelques Eglises, chacun sçait bien que ma maistresse n'y alloit iamais que pour voir ses comsidens, & pour prendre l'heure, comme c'est maintenant la mode: En fin il est vray, qu'il n'entra iamais dans mon carrosse personne qui eust vne seule bonne pensée? Il estoit tellement recogneu de tout le monde, que quand on vouloit faire quelque mariage où l'on eust besoin de s'informer si vne fille estoit pucelle, si vne Dame estoit chaste, on ne faisoit que demander si elle auoit point mis le pied dans mon carrosse, parce que c'estoit vn vray tesmoignage de corruption: & apres cela vous me traitez si rudement, quelle cruauté? Hy, hy, dit ce diable, en luy donnant cinq ou six rudes sanglades de fouet, coup sur coup, qui faisoient des cercles de sang autour du pauure Cocher, si bien qu'il me fut force de me retirer autant pour la pitié que i'auois de luy, comme pour fuir de la mauuaise odeur du fumier pourry que ces Cochers sentoient.

Apres cela, ie me trouuay dessous des voûtes comme des caues, où ie commençay à grelotter de froid & trembler à claquedent: ie demanday d'où cela procedoit: vn diable s'aduança qui auoit les mules aux talons, les pieds creuassez d'engeleures, lequel medit: C'est icy que nous logeons les boufsons chercheurs de franches lipées,

pées,

pées, dont les plaisanteries & les discours sont si
froids, que nous sommes contraints de les tenir
icy enchaisnez auec de bons cadenats, autrement
s'ils estoient en liberté, ils tempereroient trop la
douleur du feu que nos criminels doiuent ressentir. Ie luy demanday permission de les voir, il me
la donna, ie vis le plus vilain logement que i'eusse
veu dans l'Enfer, & vne chose d'eux qui est assez
difficile à croire, c'estoit qu'ils se tourmentoient
les vns les autres en redisant les mesmes sornettes & les mesmes niaiseries qu'ils auoient dites
estant au monde, & les recommençoient inces-
semment, Parmy ces bouffons ie vis plusieurs
hommes que i'auois auttrefois tenus pour gens
d'honneur, ce qui me fit demander à vn diable
pourquoy ils estoient là, qui me dit que c'estoiët
des Flateurs, & qu'on les mettoit là, parce qu'ils
estoient Bouffons d'entre cuir & chair, & pourquoy sont ils condamnez, luy dis ie : Les autres
Bouffons, dit il, sont condamnez, parce qu'ils
n'ont pû obtenir de grace, ceux cy le sont pour
n'en auoir eu que trop, & pour en auoir abusé,
comme ceux du monde font journellement. Ce
sont gens qui viennent icy sans en donner aduis,
& neantmoins ils sy trouuent la table dressée, &
le lict fait, comme chez eux, car nous les aimons
vn peu, d'autant qu'ils sont diables pour les autres aussi bien que pour eux, & par ainsi ils nous
espargnent beaucoup de fatigue. Voyez vous cet
autre là, ce fut vn meschant Iuge, lequel pour se
rendre complaisant à autruy, ne rendoit pas la
iustice qu'il deuoit : & le moindre mal qu'il ait
fait en sa vie, c'est qu'il ne rendit pas tout à fait

tortus deux droits qui luy passerent par les mains:
mais il les mit seulement de biais & de trauers.
Cettuy cy fut vn mary negligent , nous le mettons aussi auec les bouffons , parce que pour donner du plaisir à tous, il vendit celuy qu'il auoit
auec sa femme , & en retiroit de l'argent comme
d'vne constitution de rente, chose qui se pratique
fort ordinairement aujourd'huy. Cette Dame
que vous voyez là , bien qu'elle fust de condition
releuée, est aussi parmy les bouffons, parce qu'elle
tenoit de leur naturel en ce que pour donner du
plaisir aux hômes, elle faisoit vn mets de son corps
pour contenter tous les appetits, quelques estran-
ges qu'ils fussent. Enfin si vous preniez bien garde, vous en verriez de tous estats & de toutes
conditiós parmy les bouffons, voila pourquoy la
troupe est si grosse, car a le bien prendre vous autres mondains estes tous des Bouffons, vous ne faites que mesdire , murmurer & vous mocquer les
vns des autres, tellement que le nombre des Bouffons naturels est plus que celuy de ceux qui ac-
quierent le nom par artifice.

Sortant de là , ie vis arriuer vn grand nombre
de Patissiers , & mille Diables qui leur cassoient
la teste auec des pillons de fer, à mesure qu'ils
passoient , encore n'y pouuoient ils pas suffire :
Helas , dit vn de la bande qui n'auoit pas encore
la ceruelle à l'air , nous sommes bien malheureux , d'estre condamnez pour le peché de la
chair, & sans auoir eu affaire aux femmes , &
n'auoit commis que celuy des os! impudent , luy
respond vn diable, qui est ce qui merite mieux
l'Enfer que vous qui auez vendu & fait manger

mille faletez aux hommes , capables de les em-
poifonner ? de la craffe de voftre tefte & de vos
feffes, qui eft demeurée dans vos ongles, des roupies , de la moüelle du nez au lieu de celle de
bœufs, des mouches au lieu de raifins de Corin-
the: Et outre cela combien d'eftomacs auez-vous
conuertis en voirie , de chiens , de chenaux &
d'autre charongne, & vous plaignez apres tant
de mefchancetez, fouffrez fouffrez de par le diable , & vous taifez feulement , car nous auons
beaucoup plus de peine à vous chaftier, que vous
d'endurer. Et vous , me dit il , en me regardant
d'vn œil de menace, puis que vous n'eftes que pelerin en cefte region cy, paffez voftre chemin &
ne nous amufez point , nous auons affaire ces
gens-cy & moy.

Ie paffay outre, & entray dans vne cauerne ou
ie vis des hommes qui brûloient dans vn feu immortel: l'vn d'eux difoit, Ie n'ay iamais furuendu,
ie n'ay iamais vendu que le iufte : helas! pourquoy me fait on tant de mal ? Quand i'entendis
parler d'auoir vendu le Iufte, ie penfay que c'e-
ftoit Iudas qui fe plaignoit, ce qui me fit apro-
cher pour voir s'il eftoit rouffeau comme on dit,
mais ie recognus le malheureux , qui eftoit vn
Marchand decedé depuis peu. Côment fire Fiacre
vous eftes icy ? il ne daigna quafi pas me refpon-
dre, parce que ie ne l'auois pas appellé Monfieur:
ie vis bien fon mécontentement, ie vous trouue
fort fimple, luy dis je, d'aimer encore la vanité,
qui eft la principale caufe de voftre perdition, que
vous en femble, n'euft il pas mieux valu vous
contenter de peu de bien, que d'acquerir de la

L l 2

richesse comme vous auez fait, sans vous emporter dans le luxe, exceder vostre condition &
vous mettre dans l'Enfer pour iamais. Mais ie ne
sçay si ce fut de honte, de douleur ou d'orgueil,
il ne me respondit rien. Et vn de ces bourreaux
prenant la parole, dit : Ces Larronneaux cy pen-
soient ils tousiours tailler à leur fantasie ? Les
compagnons en vouloient faire autant auec l'aune, comme Moyse en fit auec sa verge, ils vouloient tirer de l'eau des pierres, se comparer à
Dieu qui est sans mesure : mais qui doute que
l'obscurité de leurs boutiques ne leur presageast
celle où ils sont maintenant, pour auoir fomenté
& maintenu la folie des hommes, aussi bien que
les louailliers & Orféures : mais si le monde vouloit estre sage, toutes ces sortes de gens là de-
uiendroient gueux : car il recognoistroit que les
estoffes d'or, d'argent, de soye, les diamans, les
perles, où ils mettent le taux, & qu'ils vendent
comme bon leur semble, sont plustost des choses
supeufluës & inutiles que necessaires. Ce sont eux
qui maintiennent & aliment ent tous vos desordres & vos foles despenses, auquelles ils vous
amorcent & vous attirent, auec vn aimant qu'ils
appellent *Credit*, par le moyen duquel ils vous
ruinent insensiblement, car ils vous suruendent
les choses de plus de motié qu'elles ne valent : &
le temps du payement venu, ils vous saisissent vos
biens, emprisonnent vos personnes, decretent vos
maisons, & enfin, comme ils vous ont autrefois
fourny dequoy vous habiller en Princes, ils vous
despouillent maintenant & vous mettent en estat
de gueux.

Le Diable euſt parlé dauantage ſi ie luy euſſe
tenu plaid.mais ie le quittay pour aller voir d'où
procedoit des eſclats de rire à gorge dépliée,
que i'entendois à coſté de moy : car il me ſembloit eſtre vne choſe fort rare, d'ouyr rire en En-
fer:i'apperçoy deux hommes montez ſur quelque
butte qui parloient aſſez haut ils eſtoient veſtus
comme Gentils hommes : & l'vn d'eux tenoit vn
grand parchemin déplié , où pendoient des
grands placarts de ciré en façon de ſeaux,ie penſay d'abord que ce fuſſent des lettres de remiſ-
ſion & d'abolition , pour quelques criminels
qu'on allaſt deliurer, & à chaque parole qu'ils di
ſoient , il y auoit 7. ou 8000. Diables autour
d'eux qui creuoient de rire. Ce qui me fit imaginer que c'eſtoit quelque Tabarin , qui joüoit
queque farce pour amaſſer les nigauds , & preſenter ſes attentions.Mais ie me trompai en toutes
ces penſées : car eſtant approché , ie vis que
plus les Diables rioient , plus ces deux hommes
ſe faſchoient: enfin , à les ouyr parler, i'appris
qu'ils ſe vouloient faire recognoiſtre pour Gentils hommes, & que ce parchemin eſtoit des lettres de nobleſſe obtenuës de la grande Chancellerie. Mon pere s'appelloit tel,, diſoit le porteur
de parchemin, il auoit porté les armes pour ſa
Majeſté en pluſieurs Prouinces, aux conuois des
barques , baſteaux , & autres voitures de ſel
dont on fourniſſoit ſes Gabelles : Mon oncle
eſtoit premier porte-manteau du Regiment des
Gardes; & en vn mot , du coſté de mon pere, il
y a eu cinq braues Capitaines en noſtre race ,
qui ont rendu bon compte de pluſieurs chaines

de forçats, dont on leur auoit donné la conduite
pour les mener aux Galeres du Roy. Et du costé
de ma mere ie viens de personnes de qualité:car
il faloit bien que ma grand mere fust vne Dame
de condition estant certain qu'elle auoit à sa suite ou dans sa maison, plus d'vne douzaine de seruantes & nourrices. Elle estoit peut estre recom-
manderesse, luy dit vn diable:elle estoit ce qu'elle
e.toit, respondit le Caualier dépité, tant y a que
ie dis vray : son mary portoit tousiours l'espée, à
cause de la qualité de Preuost qu'il auoit, par cō
sequent de Iuge. Voila mes lettres signées, scellées
& verifiées en bon Parlement. Comment pouuez
vous douter de ma Noblesse ? pourquoy me voulez vous loger auec ceux du tiers estat ? Mon
Gentilhomme , luy respond ce Diable qui l'ar-
gnoit , ce Preuost & ce Iuste que vous dites n'e-
stoit qu'vn escrimeur, Preuost de salle, qui ne iugeoit que les estocades des fleures:mais quoiqu'il
en soit , vous n'auez fait en vostre vie que des
œuures de marault & d'infame, vous n'auez fait
que plasphemer, vous n'auez hanté que les bordels, vous n'auez frequenté que les cabarets &
souffleurs de tabac , & vous voudriez jouyr du
priuilege de Noblesse ; on se mocque icy de vos
lettres , la Chancellerie de l'Enfer les casse &
annulle. Celuy qui est vertueux au monde, c'est
le vray noble, & quand vn homme viendroit des
plus abjectes personnes du monde comme vous,
ses actions & ses œuures sont bonnes & dignes
d'imitation , nous les respectons , & n'y oseriōs
toucher non plus qu'à vne chose sacrée. Mais
c'est trop dit , vous ne valustes iamais rien,

maintenant vous ne valez pas plein voftre cul
d'eau boüillante ? alors difant cela , il luy donna
vn fi furieux coup d'vne maffuë par les feffes ,
qu'il luy fit faire trois ou quatre piroüettes en
l'air , cul par deffus tefte , il cheut dans vn gouffre plein de racaille , qui femble n'auoir point de
fonds.

Son compagnon qui luy auoit veu faire vne
telle capriole, s'approche. Ce traittement là, dit-
il, eft bon à faire à ce Gentilhomme de parchemin , mais pour moy qui fuis Caualier d'éxtra-
&tion immemorable,& qui n'ay iamais fait autre
profeffion , on me doit quelque courtoifie d'a-
uantage. Caualier, luy dit vn Diable, fi vous n'a-
nez point de meilleur tiltre à produire icy que
celuy de l'ancienne nobleffe de voftre maifon ,
vous ne denez pas efperer beaucoup plus de grati-
fication que celuy qui vous accompagnoit ; car fi
l'on veut bien examiner la Nobleffe , il fe trouuera que les premiers autheurs de cette qualité là,
ne l'ont acquife que par vne infinité de mauuais
moyens , & qu'elle ne s'eft maintenuë & conti-
nuée de fiecle en fiecle iufques à prefent que dans
les mefmes œuures. Combien y a il de ceux qu'on
appelle Gentilshommes, qui ne font dependre
leur gentilleffe que de l'vfurpation du bien d'autruy , contre tout droit & equité , s'ils ont des
fujets , quelles peines ne leur font ils endurer ,
tantoft en tailles qu'ils exigent d'eux : comme fouuerains, & tantoft en dures feruitudes &
coruées, qu'ils en tirent comme des efclaues, s'ils
ont vn bel ante , vn beau fruit , vn beau poulain ,
vne belle vache , & que cela duife au Seigneur

ou à la Dame du village, il faut qu'ils l'ayent gratuitement, ou bien les coups de baston, & les autres mauuais traittemens ne manqueront pas au pauure villageois. Outre cela combien y en a il que la volupté emporte à tel excez que souuent ils rauissent les femmes & les filles de leurs sujets, violant par ainsi tout respect des Loix diuines & humaines : combien de blasphemes execrables proferent ils pour faire croire les fausses promesses qu'ils font : de quel orgueil ne sont ils pas coulpables : orgueil qui leur fait mepriser comme de la bouë tout le reste des hommes qu'ils tiennent n'estre point de leurs condi-tions, quelques dignitez Ecclesiastiques ou Ma-gistratures qu'ils puissent auoir : comme si tout le sang humain n'estoit pas d'vne mesme couleur, ou que la nature les eust fait naistre par quelque endroit moins sale, ou d'vne matiere plus excel-lente, & non pas puante & corrompuë comme le plus indigne faquin du monde. Et de ceux qui sont employez dans les charges militaires, combien y en a il qui ne s'y mettoient pas pour faire des actions heroïques, mais pour piller, pour vio-ler, & faire cent desordres, pour s'enrichir dans le maniment des deniers destinez pour l'entre-tien des gens de guerre, & lesquels, au lieu de payer les pauures soldats, leur desrobent leurs monstres, & les font viure du sang & de la sueur du pauure laboureur, où ils commettent des mé-chancetez execrables, leur donnant cette licence par compensation de larcin qu'ils leur font. De combien de maux sont ils cause quand ils conge-dient ces miserables soldats malades, estropiats,

&c. Ce qui fait ordinairement qu'ils deuien-
nent brigands & assassins sur les grands chemins. Combien de bonnes familles sont elles
maintenant à l'hospital, pour auoir esté amusées & abusées de leur flatterie & de leurs faux
sermens, & pour auoir engagé leur bien & leur
personne, à force de respondre pour eux, de leur
prester des sommes immenses, qu'ils ont depen-
sées en pompes, en festins, en ieux, & en femmes.

Ce Diable d'orateur en eust dit mille fois d'a-
uantage, si ses compagnons ne luy eussent fait vn
signe qu'on auoit affaire d'eux ailleurs. Et le Caualier voyant cela, luy dit: Mon amy, ces remonstrances la seroient bonnes pour ceux qui sont
coulpables de tels delits, tous les hommes ne se
ressemblent pas. Mon Caualier, respond le Diable, il n'est pas à croire que le rameau ne tienne
la seue de son tige: vous estes taché du peché ori-
ginel, & l'on ne vous auroit pas donné vostre
departement icy, si vous eussiez esté meilleur
que les autres. Mais puis que vous vous estimez
si bon & si noble, il vous faut brusler, pour auoir
de vostre cendre. Et afin que vous n'ayez pas
sujet de nous accuser de discourtoisie, on vous
traittera en Caualier: disant cela, deux diables
se presentent à luy, l'vn estoit harnaché comme vn cheual seellé, & l'autre faisant office d'escuyer, luy presente l'estrier de la main gauche, luy
porte l'autre sous le cul, le met en selle, & le diable cheual l'emporta plus vitte que le vent. Ie
demanday en quel pays il alloit: il ne va pas loin,
me respond vn Diable, ce n'est que pour garder

le *decorum* ce qu'on en fait, & rendre l'honneur
que nous deuons à la Noblesse & aux Caualiers
comme luy, regardez à costé de vous ? Ie me retournay, & ie vis le pauure Caualier dans vne
fournaise, auec les premiers inuenteurs de la
Noblesse & de l'vsage des armes, comme Caïn,
Cham, Nebrot, Esau, Cambises, Romulus, Tarquin le superbe, Neron, Caligule, Domitian,
Heliogabale, & plusieurs autres grands personnages signalez par les vsurpations, par les armes
& le sang.

Ie me retiray de là, parce qu'il y faisoit vn peu
trop chaud pour moy, meditant sur le discours
que ie venois d'ouyr ? ô le sçauant diable que
voila, dis ie en moy mesme ? i'auois tousiours
creu que les diables estoient menteurs, mais j'apprens bien qu'ils disent quelquesfois des veritez :
ie ne voudrois pas pour tout le bien que i'ay au
monde ne l'auoir ouy prescher,

La curiosité qui me portoit d'apprendre &
de voir tousiours quelque chose de nouueau, me
fit passer outre : & à peine eus ie fait vingt pas,
que ie trouuay vn lac qui me sembloit beaucoup plus grand que celuy de Geneue, extreme-
ment bourbeux & exhalant de fort puantes vapeurs, il se faisoit vn bruit dedans si estrange, que
i'en estois tout estourdy : ie demanday ce que c'e-
stoit : C'est, me dit-on, le lieu où l'on fait endurer
les femmes du Monde, qui estoient deuennës
Dueignas. Et par ainsi j'appris que les Doüegnas de ce Monde sont les Grenoüilles d'Enfer,
humides & boüeuses, qui ne font que gromme-
ler, & crouassent sans articuler leurs voix. l'admi-

ray la gande conuersion, parce que les Douegnas à force d'estre seiches & maigres, ne sont
ny chair ny poisson, comme les grenouilles, desquelles aussi l'on ne mange que la partie d'en
bas, car la teste est si hideuse, qu'elle feroit peur
comme celles des Douegnas. Ie ne me pûs tenir
de rire les voyant si fort escarquillées, & se plon-
ger dans le lac quand on approchoit d'elles. Les
mauuaises odeurs qu'on sentoit là, ne me permi-
rent pas d'y demeurer plus long temps: ie pris
sur la main gauche, où ie vis vn grand nombre
de vieillards qui se déchiroient le visage auec les
ongles, en pleurant & gemissant amerement. Ils
me firent grand pitié, ie demanday qu'ils estoient.
C'est icy, me dit on le quartier des peres qui se
font damnez pour laisser leurs enfans riches, que
l'on appelle autrement les maladuisez. Malheureux que ie suis, dit à l'instant vn de ces vieillards, ie n'ay pas eu vn seul moment de repos, ie
viuois comme vn penitent, ie ne dormois point,
ie jeusnois, & allois presque tout nud, ie ne
cessois de trauailler, & me tourmentois le corps
& l'esprit pour amasser du bien à mes enfans,
afin de les marier richement, & à grand prix d'argent les instaler dans les grades & les charges.
Cela fait, ie suis mort sans estre malade, afin de
ne rien diminuer des monceaux d'or que i'auois
assemblez: & neantmoins a peine auois ie rendu
le dernier souspir, que mes enfans ne se souuin-
drent plus de moy, point de larmes, point de
dueil, comme s'ils eussent desia eu des nouuelles
de ma damnation, ils ne se sont point souciez de
faire prier Dieu pour moy, ny d'accomplir ce que

ie leur auois recommandé. Et pour rengreget
encor mes tourmens, Dieu permet que ie les voy
d'ici consommer & dissiper dans le passe temps
& les débauches de la vie, le bien duquel i'ay
tant appauury le monde, & qui m'auoit cousté
tant de trauaux & de peines à acquerir, cependant que ie souffre icy de si griefues douleurs: Il
n'est plus temps de se plaindre, luy dit vn Diable, n'auiez vous point ouy dire estant dans le
monde, ce prouerbe qui s'y chante sur sujets,
*Heureux sont les enfans de qui les peres sont damnez.* A
cette parole, ces miserables vieillards redouble-
rent leurs cris, & se déchirerent tous le corps
des dents & des ongles : cet objet m'esmeut à vne
si grande compassion, que ie ne les pûs regarder
dauantage.

    Vn peu plus outtre ie vis vne prison fort ob-
scure, en laquelle s'entendoit vn tintamarre de
chaisnes, de fers, de coups de soüets, & de voix
confuses. Ie demanday quel appartement c'e-
stoit, on me dit que c'estoit celuy des *ô qui auroit!*
Ie n'entends pas cela, dis ie, & qui sont ces *ô qui*
*auroit:* çe sont me dit on, des sots & des buffles
du monde, qui estoient abandonnez aux vices,&
qui se sont damnez insensiblement, & maintenant
se ressouuenants de ce qu'ils ne firent pas, & de
ce qu'il deuoient faire, pour se garantir des peines qu'ils souffroient, disent incessamment : *ô qui*
*auroit* confessé ses pechez ! *ô qui auroit* fait penitence ! *ô qui auroit* frequenté les Sacremens ! *ô qui*
*auroit* obey à Dieu! *ô qui auroit* secouru le pauure!
*ô qui auroit* mis vn frain à sa langue ! & plusieurs
autres sortes d'exclamations.

Ie laiffay là ces tardifs repentans : mais i'en
rencontray encore de pires , qui eſtoient en vne
baſſe court pleine de pluſieurs immondices. Ie
fus eſtonné d'eſtendre le tiltre ſous lequel ils
eſtoient là : car m'eſtant informé qui ils eſtoient,
vn Diable me dit Ce ſont ceux de qui *Dieu eſt*
*miſericordieux. Dieu me pardonne , &c.* Gomment ſe
peut donc faire, luy dis, que la Miſericorde les ait
condamnez , puis la condamnation eſt vn acte
de la Iuſtice , vous parlez comme vn Diable. Et
vous, dit le Diable , vous parlez comme vn
ignorant, puis que vous ne ſçauez pas que la moitié de ceux qui ſont icy ſe condamnent par la miſericorde de Dieu : & pour vous faire entendre ma
ſubtilité, conſiderez combien il y a de pecheurs,
leſquels quand on les reprend de leurs vices , ne
laiſſent pas de les continuer & les augmenter de
plus en plus , en reſpondant à ceux qui leur re-
monſtrent, *Dieu eſt tout miſericord eux , il ne prend*
*pas garde à ſi peu de choſe, ſa Miſericorde eſt ſi grande.*
Et par ainſi tandis qu'ils eſperent en Dieu, en per-
ſeuerant dans leurs mauuaiſes mœurs , nous eſ-
perons auſſi de les auoir pour noſtre partage.
A voſtre conte, dis ie au Diable , il ne faudroit
point eſperer en Dieu ny en ſa miſericorde : vous
ne l'entendez pas, me reſpond il, il faut eſperer en
la Miſericorde de Dieu : elle aide aux bons deſirs , & recompenſe les bonnes œuures , mais
elles eſt deſniee à ceux qui s'obſtinent dans leurs
meſchancetez: c'eſt ſe mocquer de la miſericorde
de Dieu , de croire qu'elle ſerue à couurir
les crimes , & de penſer qu'on en puiſſe receuoir les faueurs au point que l'on en a be-

foin, fans auoir fait les diligences pour effayer
de les meriter. La mifericorde de Dieu eft infinie
pour les Ss. & pour les peccheurs repentans, qui
tafchent de s'en rendre dignes , & ceux qui y
ont le plus de confiance, font ceux qui s'y affeu-
rent le moins. Celuy qui cognoift combien la mi
fericorde de Dieu eft grande , fe rend indigne de
fes effets , quand il la conuertit en licence pour
mal faire, & non pas en profit fpirituel: il eft vray
que Dieu fait mifericorde à ceux qui en fon indignes, d'autant que les hommes ne peuuent rien
meriter d'eux-mefmes: car au bout de tous leurs
efforts, il faut que Dieu fupplée à leurs deffauts
par fes propres merites : mais la plufpart des
hommes font fi negligens, qu'ils attendent à faire au dernier iour ce qu'ils deuroient auoir fait
au premier. Et bien fouuent le dernier moment
de la vie eft paffé, fans qu'ils s'en foient apperceus, ny qu'ils ayent commencé à bien faire.

Eft-il poffible, dis je, tout rauy d'eftonnement
qu'vne fi belle leçõ puiffe fortir de la bouche d'vn
fi mefchant Docteur : Difant cela, i'arriuay
auprés d'vne caue fort noire, fumante & limon-
neufe, en laquelle eftoient les Teinturiers, & à les
voir entremefler auec les Diables, le plus ruzé
Inquifiteur d'Efpagne n'auroit pas eu affez de fi.
neffe pour les diftinguer, d'autant que les Diables
fembloient eftre Teinturiers, & les Teinturiers
fembloient eftre diables, & voyant auprés de
moy vn Mulet engendré d'vn more & d'vn blãc,
qui auoit tant de cornes fur la tefte, qui ie le pre-
uois pour vne herfe:ie luy demanday ou eftoient
les Sodomites, les vieilles, & les cornats. Pour

le regard des cornats, dit il, n'y apoint de lieu
determiné pour eux, ils sont par tout l'Enfer, &
parce que durant leur vie ressembloient aux
Diables on ne leur a point changé la coiffure,
c'est pourquoy il y a de la peine à les distinguer
d'auec les Diables.

Pour ce qui est des Sodomites, nous nous en
reculons tant que nous pouuons, nous ne nous
informons point d'eux, & nous ne voulons pas
qu'ils pensent à nous, le plastron de nos selles
craint trop leurs estocades, aussi portons nous
de grandes queuës pour les parer? & pour nous
seruir de mouchoir quand ils nous veulent approcher. Et les vieilles, elles nous desplaisent aussi
bien icy qu'en l'autre monde. Il y en a qui nous
persecutent de leurs affections, & qui veulent
contrefaire les jeunes, afin de nous donner de l'a-
mour? cela est fort plaisant, car il n'y en a pas vne,
quelque decrepitée qu'elle puisse estre, chassieu-
se, ridée, édentée, qui soit encor lasse de viure, &
mesme nous pourrions dire qu'il n y a pas vne
vieille en Enfer, car alors que nous les examinons
sur leur aage, celle qui n'a plus de crin sur le crane, qui ne peut plus manger de crouste, qui est
a demy aueuglée & toute courbée sous le poids
de ses années qui ne vous vueille faire accroire
que les cheueux luy sont tombez d'vne fiéure
chaude, qu'elle s'est gastée les dents à force de
manger des dragées & des confitures, & que ses
rides & sa foiblesse, procedent d'estre maigre
durant sa maladie, dont elle n'est pas encore re-
mise, & que c'est vne defluxion qui luy a diminué
la veue: de sorte qu'e les n'aduoüent iamais que

ces defaillances là viennent de vieillesse , quand mesme elles penseroient rajeunir en le confessant.

Apres cela , ie me trouuay auprès d'vne troupe de gens lesquels lamentoient leur infortune. Qui sont ceux-cy , demanday ie : & vn d'entr'eux me respondit ce sont les affligez de morts subites. Vous en auez menty impudent , respect de Monsieur qui l'entend , luy repart vn diable , ( ie fus fort estonné de cette ciuilité ) personne ne meurt subitement : la mort n'vse point de surprise, on ne manque iamais d'aduertissement. Comment est ce que vous vous plaignez d'estre mort subitement , si dés que vous nasquistes vous commençastes, la carriere de la vie, ayans tousiours la mort auec vous : Qu'est ce que l'on voit au monde de plus ordinaire que des morts & des enterremens? Dequoy entend on le plus parler dans les chaires des Predicateurs, & que lit on le plus dedans les bons liures que la fragilité de la vie, & la certitude de la mort; Premierement la personne s'auance tousiours deuers son tombeau , les vestemens s'vsent , les maisons se demolissent de vieillesse , les maladies d'autruy & de soy mesme frappent à toute heure aux portes des viuans , & les aduertissent qu'il faut deloger. Le sommeil represente si naïfuement la mort en l'homme viuant , & la vie ne se maintient que par la mort des autres animaux; Et parmi tout cela, vous estes si imposteurs que de dire que vous estes morts subitement : non-non , changez de langage, dites desormais que vous estes des gens incredules, qui estes morts sans penser que vous pussiez mourir

mourir, ainsi, outre que vous n'ignoriez pas, que
la mort marche fort doucement, & qu'elle arra-
que la plus grande jeunesse aussi tost que la decrepitude, & qu'en vne mesme genre, soit à bien
ou à mal faire, elle paroist ou mere ou marastre.

Ie me retournay sur la main gauche, & ie vis
plusieurs ames enfoncées & confites dans des
pois de verre parmy de *l'Assa fœtida*, *du Galba-*
*num*, de l'huile d'ambre jaune, & de l'huile de
jayet, qui leur seruoient de Syrop : Fy, dis ie en
me prenant le nez qu'il pût icy, ie croy que nous
sommes aux priuez communs de l'Enter, qu'est-
ce que cela : & celuy qui les tourmentoit, qui
estoit de couleur jaune & safranée : ce sont, dit-
il, des hommes, qu'entre vous autres on appelle
Apothicaires, gens qui sont differêts des autres,
en ce que la pluspart des hommes cherchent des
lauemens pour se purger & se sauuer quant &
quant, & ceux cy les composent pourse damner.
Ce sont les vrays & vniques Philosophes Alchimistes, & non pas ces Raymonds Lullius ,
Hermes, Geber, Ruspicella, Auicennas, Morie-
nus & Gigilis, parce qu'ils escriuirent de quels
metaux on pouuoit faire l'or, mais ils ne le firêt
pas , ou s'ils sceurent venir à bout, personne depuis n'a pû penetrer dans leurs secrets : mais les
Apothicaires auec de l'eau trouble, auec des bu-
chettes de mouches, de la fiente des viperes &
des crapaux, ils sçauent faire de l'or, & bien plus
parfaitemêt que tous ceux qui se sont meslez de
cet art, parce que le leur est tout monnoye &
prest à employer. De façon qu'il semble que ce
fut pour ces gens là seulement que Dieu donna

M m

tánt de diuerses vertus aux herbes, aux pierres & aux paroles ; car il n'y a point d'herbe, pour venimeuse qu'elle puisse estre, quand ce seroit de la ciguë, ny pierre si seche, quant ce seroit de la ponce qu'ils n'en tirent fort aisément de l'argent. Et quant aux paroles, c'est dequoy ils en sont le plus, en ce qu'ils disent tousiours auoir tout ce qu'on leur demande, quoy qu'ils mentét pourueu qu'ils voyent l'argent à la main, & par ainsi celuy qui achete, n'achete que la parole, laquelle fait le jeu auec eux. Au surplus, on a grand tort de les appeller Apothicaires, leur vray nom seroit Armeuriers, & leurs boutiques Arsenal des Medecins, d'autant qu'ils y prennent les dagues & espées de leurs potions, & les mousquets des maudites medecines, qui purgent sans mesure, & ordonnées hors de temps & de saison. Et si vous voulez voir quelque chose de ridicule, montez ces deux degrez, & vous trouuerez les superbes Barbiers allociez aux Apothicaires, aux conspirations des vices. La curiosité & l'enuie de trouuer quelque objet recreatif, me fit auancer comme il m'auoit dit, & ie vis vne plaisante chose. Plusieurs de ces Barbiers estoiét enchaisnez par le corps de façon qu'ils n'auoiént que les mains libres : sur la teste de chacun pendoit vne quiterne, où ils pouuoient atteindre, & entre leurs jambes y auoit des eschiquiers ( auec les pieces du ieu des Dames ) & quand ils vouloient prendre la quiterne, pour racler quelque chaconne, l'instrumét fuyoit de leurs mains; comme aussi quand ils se bailloient pour prendre le Damier, il se rendoit inuisible, & cela

leur estoit vne peine pareille à celle de Tantale,
parmy les eaux & les fruicts, car c'est la passion
naturelle de l'art que telle sorte de diuertissemēt.
Aucuns lauoient la teste à plusieurs asnes & les
baignoient & sauonnoient des Mores & des
Espagnols bazannez, pour les faire deuenir
blancs.

Et apres auoir bien purgé ma rate, à force de
rire de ces bouffonneries, là j'apperceus vne
grande troupe d'hommes, qui s'ennuyoient &
se plaignoient de ce qu'on ne tenoit conte d'eux,
mesme que l'on negligeoit de les tourmenter, &
vn diable qui leur disoit qu'ils estoient autant
diables que les autres, & qu'ils passassent leur
temps à tourmenter les damnez s'ils vouloient.
Qui sont ils, luy demanday ie ? ce sont ses gauchers, me respond le diable, gens qui ne peuuēt
rien faire à droit, lesquels se plaignent fort de
n'estre pas en la compagnie des autres condamnez: mais parce que nous doutons s'ils sont hommes, ou bien quelqu'autre chose, nous crain-
drions faire tort aux autres en les mettant auec
eux, nous demeurons en doute, sçachant qu'au
monde ils ne seruent que de mauuais augures :
car si quelqu'vn va traitter d'affaire en ville, &
qu'il rencontre vn Gaucher, il s'en retourne autant effrayé que s'il auoit trouué vn Corbeau ou
vne Chouëtte. Et vous deuez sçauoir que quand
Sceuole se brusla le bras droit, lors qu'il fallit
l'effet de la conspiration qu'il auoit fait contre Porsenna, ce ne fut pas seulement pour demeurer manchot, mais encor pour se venger
plus cruellement de soy mesme pour l'erreur

qu'il auoit commise: car il dit ainsi, puis que i'ay
esté si malheureux que de manquer à l'execution
de mon entreprise, ie veux à iamais estre gaucher: & quand la iustice ordonne que le poing
droit soit coupé à quelque malfaicteur, la peine
n'est considerée qu'en l'ignominie de demeurer
gaucher. Dernierement vne maquerelle voulant
donner vne malediction à vn homme qui l'auoit
fachée, *ie souhaite*, dit elle, *pour ta punition, qu'vn*
*coup d'espée d'vn gaucher te perce le cœur*. Et si les
Poëtes ne sont point inuenteurs, on voit dans
leurs escrits, que tout ce qui procede du costé
gauche est malheureux. Ils disent qu'Esculape fit
des cures admirables auec le sang des veines
droites du chef de Gorgonne, qui estoit propre à
guerir toutes sortes de maladies, & que celuy des
veines gauches estoit pernicieux, pestiferé, &
mortel: enfin pour dernier tesmoignage du peu
d'estime qu'on doit faire de telles gens, vous apprenez par vos escritures & par vos Predicateurs, qu'au bout du iugement, les condamnez
seront à la main gauche, qui est nostre costé: &
en effet, les gauchers sont des creatures faites à
rebours de bien, & partant nous ne sçauons s'ils
doiuent estre du nombre des gens ou non.

　　Là dessus vn diable me fit signe que i'approchasse sans dire mot & sans faire de bruit: Ie fis
ce qu'il me dit, puis me faisant mettre contre
vne fenestre treillissee: remarquez, me dit il l'e-
xercice ordinaire des laides femmes: & lors i'en
apperceus vn grand nombre dont les vnes sembloient s'estre fait appliquer des ventouses sur
le visage, ou qu'elles se fussent esgratignées: car

elles auoient vne infinité de petits emplaftres fur
le vifage , de rondes, de longues , bref de toutes
les figures qui fe peuuent trouuer dans Euclide.
Autres fe racloient le vifage auec du verre , autres s'arrachoient les fourcils comme fi elles
euffent efté defefperées: autres qui n'en auoient
point , en cherchoient dans vne boëte au uoir:
autres s'adjuftoient des toupillons de cheueux
qui ne'eftoient pas à celles, qu'elles appelloient fi-
chons: telle t'attachoit des dents d'yuoire dans
la bouche, au lieu de celles d'ebeine qui y eftoiét
auparauant: telle mafchoit du canelas de verdun
pour ofter l'infection de fon haleine : telle montoit fur des patins pour voir de plus loin, & pour
tomber de plus haut: telle fe regardoit dans vn
miroir , fe voyant laide , en accufoit la glace &
la Republique de Venife, qui n'eftoit plus curieu-
fe côme autrefois d'auoir des bons ouuriers : autres qui rembourroient des corps de robbes comme on fait des bafts de mules de litiere, pour remplir les creux de leurs maleboffes. Autres qu'on
ne voyoit qu'à l'obfcurité, ou bien au trauers de
certains voiles à caufe des deffauts de leurs vifages , & celles cy eftoient appellées penitentes
du Cours. Autres tenoient de boëtes qui me
fembloient eftre de graiffes de pourceau, de fain-
doux, qu'elles appelloient pommades, dont elles
fe frottoient le vifage , & par ce moyen fe rendoient extrément teluifantes fans eftre Soleils ny
Eftoilles. Et enfin i'en vis plufieurs autres qui
me penferent faire jetter les tripes par la bouche, du dégouft & du mal de cœur qu'elles me
donnerent , leur voyant faire des mafques d'ar-

riere faiz , & barboüiller des fleurs & menstruës
les vns des autres   , pour oster ces bubes &  rou-
geurs de leurs trongnes. Hà , quelle horreur &
quelle puanteur, dis ie alors ! Et bien, me dit le
diable, eussiez vous creu que l'esprit des femmes
eust esté inuentif & si  ingenieux  pour leur perdition ? Ie ne luy sceus que respondre , tant i'e-
stois transporte. Et apres auoir repris mes es-
pris : si ce n'estoit de peur de vous offenser  , luy
dis ie , vous dirois que ie ne pense pas que toutes
vos legions de diables , pussent trouuer  de plus
diaboliques inuentions que ces femmes là. Mais
laissons les là , ie vous prie  ,  ie ne les sçaurois
plus regarder sans auoir mal au cœur. Tournez
vous donc, me dit , & lors j'apperceus vn homme assis dans vne chaire tout seul sans feu, & sans
glace, ny demon, ny peine auprés de luy : & neantmoins il crioit de la plus espouuentable voix que
j'eusse encore ouye en enfer :  son cœur luy
distilloit goutte à goutte par les yeux :  il se
meurtrissoit  le corps  de mille  furieux coups,
comme s'il eust esté enragé. O   Dieu ! dis ie en
moy mesmes , en quel desespoir ce pauure homme là est il transporté, personne à mon aduis, ne
luy fait de mal. Mon amy, luy dis ie  , mon amy,
quelle fureur vous agite , dequoy vous  plaignez
vous, estant icy tout seul, loin du feu, de la glace,
& tous les autres tourmens ? Helas, dit , il  auec
vn cry effroyable,  ie ressens moy seul toutes les
plus cruelles peines d'Enfer ensemble : vous ne
voyez pas les bourreaux  qui  sont attachez à
mon ame , vous ne les voyez pas , dit il , mais
celuy là les voit bien , dont la Iustice seuere &

impitoyable sçait mesurer les fautes sans mesure
aux peines eternelles. Ha! memoire du bien
que ie pûs faire? Memoire des salutaires conseils que i'ay mesprisez, des grands maux
que i'ay faits, que tu me tourmente: & pour
comble de malheurs, au poinct mesme que tu
cesses de m'affliger, mon entendement commence à me trauailler à son tour, de l'imagination d'vne grãde gloire que ie pouuois posseder,
& que d'autres possedent sans l'auoir en aucune façon acheptée si cherement que i'ay fait les
peines que i'endure! O mon entendement, de
quelle cruauté vses tu en mon endroit, de me
representer le Ciel, le Paradis si remply de beautez, de ioyes, de contentemens & de delices
pour me desesperer de plus en plus? Vn peu de
relasche, ie te prie. Et toy ma volonté, est il possible que tu me refuse de faire trefue auec moy
pour vn petit moment; Vous pelerin de l'autre
monde, qui me demandez ce qui me tourmente,
sçachez que ce sont les trois puissances de mon
ame conuertie en flammes inuisibles, & en trois
bourreaux sans corps qui me bruslent, & qui
me déchirent les entrailles, sans me consommer:
& que si d'auanture, ils se lassent en me tour-
mentât, le ver de la conscience me vient ronger
l'ame comme le perpetuel aliment de sa faim insatiable. Et acheuant ce mot, il iette vn grand
cry, se tournant deuers moy? Mortel, me dit-
il, considere que ceux du monde qui furent illu-
minez de doctrine, & douez de graces cele-
stes, qui ne les ont pas employées à leur salut,
portent leur enfer en eux mesmes, & sont

tourmentez de pareille mifere que moy. Difant
cela , il recommence fon premier exercice;ie me
feparay de luy fort penfif& melancholique,iu-
geant en moy mefme qu'il faloit que cet homme
me là euft de grands crimes fur la confeience ,
& le diable qui me vid en cette refuerie , me dit
à l'oreille que c'eftoit vn homme qui auoit efté
Athée , &qui n'auoit creu ny Dieu ny diable. O
qu'vn homme fçauant eft malheureux , dis ie
alors,quand il ne fçait pas faire profiter le talent
que Dieu luy a donné.

Ie n'eftois gueres loin de luy , quand ie vis
vne quantité de peuple qui couroit apres des cha-
riots bruflans , dans lefquels y auoit des ames
que les diables tenailloient , & ces gens qui alloient deuant , faifant des proclamations. Ie
m'approche pour ouyr la fentence de ces criminels , & i'entendis qu'on difoit: *La Iuftice de Dieu*
*a ordonné que ceux cy foient chaftiez comme fcandaleux.*
*& pour auoir doné mauuais exemple à leurs prochains.*
Et en mefme temps ie vis beaucoup de tourmentez qui les accufoiét du mal qu'ils auoient fait,
& de la peine qu'ils fouffroient.Et pour ce fuiet
on faifoit fentir aux fcandaleux les peines de
ceux qui fe plaignoient d'eux , côme eftans caufe de leur propre perdition. Et à mon aduis , ce
font ceux defquels Dieu dit, *Qu'il vaudroit mieux*
*qu'ils n'euffent iamais efté nez.*

I'auois l'efprit tout remply de trifteffe de tant
de pitoyables objets , mais ie fus contraint de rire voyant des Tauerniers qui faifoient leur enfer , fans efte enchaifnez comme les autres dâ-
nez : car on les laiffoit libres fur leur parole ; &

sur caution juratoire. Ie demanday pourquoy ils
auoient cette licence particuliere. Ne vous
estonnez pas de cela, me respond vn diable, nous
laissons à telles gens la porte ouuerte, sans
craindre qu'il leur prenne enuie de sortir de
l'enfer, puis qu'estans dans le Monde ils prennent tant de peine, & font tant de diligence pour
y venir: tout ce que nous craignons d'eux c'est
qu'ils approchent du feu des autres, & qu'ils n'y
iettent de l'eau, Mais si vous estes curieux, ne
vous amusez pas dauantage à ceux cy suiuez-
moy, & ie vous feray voir Iudas auec ses confre-
res les Depenciers. Ie fis ce qu'il me dit, & ie vis
Iudas accompagné de tels officiers que luy, dont
aucuns n'auoient point de fronts, & les autres
point de visage.

Ie fus fort aise de le voir : car il me releua
du doute où i'estois qu'il fust de couleur oliua-
stre, comme plusieurs estrangers le depeignent,
afin de faire croire qu'il fut Espagnol, il me sē-
bla mesme qu'il n'auoit point de barbe, & qu'il
estoit eunuque, & il est probable qu'il l'estoit; car
il est impossible qu'vne si meschante inclination,
vne ame si auare & si traistresse, se puist trouuer en vn autre qui n'est ny hōme ny femme. Et
quelle autre creature qu'vn chastré auroit eu tāt
d'effronterie, que de baiser le Fils de Dieu, pour
le vendre: Et quelle autre qu'vn chastré, auroit eu si peu de courage que de se pendre de desespoir, sans se souuenir de la grande misericorde
de Dieu ? Ie croy toutesfois ce que l'Eglise dit
de luy, qu'il auoit barbe, & qu'il estoit rous-
seau, mais estant en Enfer ie ne le pûs prendre

que pour vn chastré, ie ne sçay si c'estoit que sa barbe fust bruslée. I'en dis de mesme des diables, & croy qu'ils sont tous chastrez : car ils n'ont ny poil, ny barbe, la pluspart sont tous ridez, & ont les iambes & les pieds tortus.

Iudas paroissoit estre fort aise de se voir courtisé de tant de Depenciers qui le venoient entretenir, en luy contans les tours qu'ils auoient fait en imitant ses œuures. Ie m'auançay prés de luy, & ie vis que la peine des Depenciers estoit pareille à celle de Tyrie, auquel vn Vautour ronge les entrailles, parce qu'il y auoit des ayseaux qu'ils appellent *Sison*, qui leur descharnoient tout le cops, & vn Diable auprés d'eux qui de momēt en momēt crioit fort haut : *Les Sisons sont Depenciers, & les Depenciers Sisons :* & à l'instant ils fremissoient d'horreur. Et Iudas aussi auec sa bourse, & vne boëte auprés de luy en souffroit de griefs tourmens: Il me fut impossible de dompter vne enuie qui me prit de parler à luy : Il fallut à la fin que ie m'approchasse de luy, auec ce compliment ; Perfide, desloyal, traistre, meschant par dessus tous les meschans, comment fus tu si lasche que de vendre ton Maistre, ton Seigneur & ton Dieu pour vn si petit pris : il faloit que tu fusse bien auare: Pourquoy vous autres hommes, me dit il, vous plaignez vous de cela, vous m'en deuriez plustost loüer que blasmer, puis que vous en receuez vn aduantage si excellent, attendu que ie fus le me diateur de vostre Redemption. C'est à moy à me plaindre de voir que ie n'y ay point de part, & que ie suis exclus de la possession d'vn bien que

ie vous ay mis entre les mains: mais ie me con-
fole en ce qu'il y a eu des Heretiques qui m'ont
tenu en grande veneration , pour auoir esté celuy qui vous ay liuré la medecine à vos maux. Ie
ne pense pas que ie fois le seul Iudas , sçachez
que du depuis la mort de Iesus Chtist , il y en a
eu & y en a encore de bien pires que moy , de
plus meschans & de plus ingrats , puis qu'ils ne
se contentent pas de le vendre seulement, mais ils
l'acheptent , le flagellent, & le crucifient encore
plus cruellement & plus ignominieusement, que
ne firent les Iuifs. Mon inclination estoit de
vendre : vn peu après e stre receu au nombre des
Apostres , ie chmmençay à m'en mesler , tesmoin
la boëte de Magdeleine, de laquelle ie voulois
qu'on vendist l'onguent pour remedier aux pauures. Et depuis ie vendis le Seigneur , le precieux
aromate pour remedier aux pauures , mais à mon
dam , i'y ay plus remedié que ie ne voudrois
auoir fait : ie sçay bien que ma repentance ne
me sert rien : tant y a que ie suis le seul Depen-
cier qui est condamné pour sa vendition : car
tous les autres le sont pour l'achapt. Pour con-
clusion , ie vous prie perdre de l'opinion que
vous auez, que ie fois le plus meschant de tous
les hommes qui furent iamais , car vous en verrez icy qui le font mille fois plus que moy : Des-
cendez seulement icy dessous. Retire toy
donc , luy dis ie , c'est assez conuersé auec Iudas.

Ie croy qu'il dit vray , pensay ie en moy mesme. Ie discendis quelques degrez vers le lieu
qu'il me monstroit , & ie rencontray plusieurs

Demons qui tenoient des verges & des estriuieres auec leurs boucles : auec les verges, ils chaf-
soient d'Enfer vn grand troupeau de belles femmes toutes nuës,) ce qui me fit pitié, si i'eusse eu
où les retirer, ie les eusse traittées bien plus hu-
mainement, ( & auec les estriuieres ils en chaf-
soient les Maquereaux: ie m'informay pourquoy
ils bannissoient seulement ceux là de chez eux.
Nous les renuoyons au monde, respond yn diable, comme nos facteurs & associez, parce qu'ils
nous font vn profit inestimable en nous enuoyant
des hostes : ce sont ceux qui peuplent la plus
grande partie des domiciles de l'Enfer : les Dames
auec leurs attraits, leurs artificieuses perfectiōs,
& leurs belles apparances, & leurs Maquereaux
auec leurs mauuaises persuasions & seductiōs: &
ceux cy sont si officieux enuers nous & enuers
ceux qu'ils seruent, que de peur qu'ils ne se laf-
sent dans le chemin de l'Enfer, ils leurs fournif-
sent de montures, & mesme craignant qu'ils ne
manquent à tenir la droite route, ou qu'ils ne
s'en écartent, ils les meinēt tousiours iusques à la
porte.

En faisant chemin pour continuer mes visites,
i'apperçoy de loin vn corps de logis qui me sembloit estre vn chasteau de bissestre, ou quelque
demeure de lutins. Il y auoit plusieurs ruyues,
comme cheminées abattuës, planchers rompus,
plusieurs croisées sans fenestres, & estant auprés, ie vis que les portes estoient toutes boueu-
ses & rapetassées de douues de tonneaux pour
auoir esté effondrées, les vittes cassées à coups
de pierres, & quelques lozanges qui estoient re-

faites auec des placarts de papier escrit. ie
croyois qu'il fust aban-donné, & qu'il n'y tint
personne: mais à mesure que j'approchois, i'entendois vn grand vacarme de voix confuses, &
estant vis à vis de la porte, on la vint ouurir, &
lors ie vis des diables, des Larrons, & vne Garce
des plus rusées se mit sur le sueil de la porte, &
s'adressant à mon guide & à moy:Messieurs, dit-
elle, apprenez nous vn peu comment on entend
cela, de condamner les gens, & pour prendre & 
pour donner. On condamne le Larron, parce
qu'il prend la chose d'autruy, & la Garce parce
qu'elle donne la sienne, mais pour moy, ie main-
tiens qu'il n'y a point d'injustice à estre Garce,
car si c'est Iustice de donner à chacun le sien, &
que nous en vsions ainsi, pourquoy nous condamne on? Nous trouuasmes sa question trop
difficile à resoudre, c'est pourquoy nous la en-
noyasmes aux Aduocats. Mais me ressouuenant
de luy auoir ouy nommer les larrons, ie demanday où estoient les Grefsiers. Est il possible qu'il
n'y en ait point en Enfer, dis alors, car ie m'admire qu'en venant icy ie n'en ay trouué pas vn par
le chemin, en ayant cherché pour faire vn certain acte dont i'auois besoin. Ie pense bien, me
dit vn diable, que vous n'en auez poi it reconce-
tré, pourquoy donc sont ils tous icy? non, non,
dit il, ils ne marchent pas pour venir en Enfer,
partant ils n'ont que faire de cheminer, ils y volent auec des plumes, & par troupes comme vous
voyez quelquefois des oyes sauuages, aussi en
auons nous à milliers, & la diligence qu'ils font
pour se rendre icy est grande, que volet, arriuer

& entrer, se fait en mesme instant, & cela procede la force & legereté de leurs plumes. Et s'il y en a tant icy , pourquoy n'en vois je point ? c'est, dit il, qu'en entrant ceans, nous leur ostons le nom de Greffiers , & ne les appellons plus que Chats. Et pour vous faire cognoistre comme le nombre en est grand , vous n'auez qu'à remarquer qu'il ne se trouue pas vn rat ny vne souris en Enfer , combien que la maison soit d'estenduë fort spacieuse, fort vieille , infecte , & pleine de toute autre vermine. Et n'y a il point d'Algoüazil en Enfer, luy dis je ? pas vn ..... dit il : Comment cela se peut il faire, res..... ? si pour vn bon de chaque espece il y en ... .de meschans; c'est qu'encore qu'ils soient dans le monde , chacun d'eux contient vn Enfer en soy. Ie fis le signe de la Croix à cette parole: voila vne chose estrange, luy dis ie', que voulez tant de mal à ces pauures gens là: Pourquoy non? respond il , puis qu'ils sõt si endiablez que nous craignons qu'à force d'estre stilez à tourmenter les ames , ils n'en sçachent mieux l'vsage que nous , & que par consequent nostre Prince Lucifer ne nous chasse pour les receuoir à son service.

Ie ne m'en voulus pas informer dauantage, ie passay chemin, &non beaucoup loin de là ie me trouuay auprés d'vn grand clos, dans lequel plusieurs ames estoient enfermées, les vns gardoient vn profond silence , & les autres pleuroient & lamentoient sans cesse. On me dit que c'estoit l'appartement des Amoureux. Ie me sentis touché de quelque tristesse , voyant que la mort ne fait point mourir les soupirs des Amans: Au-

cuns denifoient de leurs paffions, & enduroient
quant & quant vn tourment de douteufes con-
fiances. O qu'il y en auoit qui attribuoient la
caufe de leur perte à leurs defirs & à leurs ima-
ginations, dont les forces de l'vn & les couleurs
de l'autre, leur reprefentoient des portraicts
mille fois plus beaux que n'eftoient les perfonnes. La plufpart d'eux eftoient trauaillez d'vn
fupplice qu'ils appelloient ; *Ie crois que* ( felon
que le Diable me le nomma ) quelle forte de tourment eft ce là, luy difie: Le Demon fe prit à rire, & me dit, ●●● vn ●●●●● conuenable à leur
delit; car quand ils ●●●●●●● voyent deceus de
leurs efperances ●●●●●●● recherche ou dans la
poffeffion de leurs ●●●●●●●●, ils difent toufiours
*Ie croyois que* elle m'a●●naft : *Ie croyois que* elle ne
me deuft pas preffer de l'efpoufer : *Ie croyois que*
elle feroit caufe de ma fortune: *Ie croyois que* elle
me donneroit : *Ie croyois que* elle ne me demande-
roit iamais rien ; *Ie croyois que* elle fe deuft contenter de moy feul: *Ie croyois que* elle me feroit fidelle ? *Ie croyois que* elle n'eut iamais fait l'amour.
De façon que la caufe de leur damnation & de
leur peine, ne procede d'autre chofe que de *Ie*
*croyois que.*

   Cupidon eftoit au milieu d'eux tout nud comme vn coquin, & toutes fois le corps couuert
d'vne certaine broderie, dont ie ne pûs difcer-
ner qui en eftoit l'ouurier, ou la galle, ou la la-
drerie, ou la verole : cette infcription eftoit auprès de luy,

*A force de hanter les impudiques femmes,*
*Et de trop s'adonner aux voluptez infames,*
*Les plus sains deviennent rongneux.*
*Et les plus riches se font gueux.*

Ho, ho dis ie, les Poëtes ne sont pas loin d'icy, puis qu'il y a de la rime. Ie n'eus pas ache-vé ce dernier mot, que j'apperçoy vn parc treil-lissé, auquel il y en auoit des milliös. On les ap-pelloit les Fous d'Enfer. Ie m'arreste à les consi-derer; & vn d'eux me me monstrant le quartier ou estoient les femmes, n'estoit assez pres de là? Que vous en semble, n'est-il pas vray que ces Dames là ne sont que les femmes des chã-bre des hommes, puis qu'elles les despoüillent seulement & ne les reuestent iamais : comment, les subtiles conceptions d'esprit vous accompa-gnent encore en Enfer: Et quoy, ne sont elles pas encor esmoussées? ma foy vous estes fort plai-sant. Et lors vn de la troupe estant chargé de fers, & qui enduroit beaucoup plus que les au-tres, me dit : plust à Dieu, mon frere, que celuy qui inuenta la Poësie, les consonances & les ri-mes, fust en ma place! Et en mesme temps il com-mença à faire cette triste complainte.

# COMPLAINTE

## des Poetes, eſtans aux Enfers.

Que nous auons fait de crimes
Par la neceſſité des rhimes !
Et que l'alluſion des mots
Nous a fait commettre d'offences !
Que nous ſouffrons de rudes maux
Pour la douceur des conſonances.

Sans deſſein d'offenſer perſonne,
Les reigles que la Rime ordonne
M'ont fait ſouuent nommer putain,
Vne fille dont la pratique,
M'auoit aſſez rendu certain,
Qu'elle n'eſtoit pas impudique.

Et quelquefois la Poëſie
A diſpenſe ma fantaſie ;
Acheuant vn vers par eſcu,
Ne pouuant fournir mon ouurage
D'appeller vn homme cocu,

N

De qui la femme estoit si sage.

Vn iour parlant d'vne chandelle:
Suiuant le feu de ma cruelle,
A cause qu'vn vers rhimoit suif,
Faute d'vn mot plus connenable;
Ie dis qu'vn Chrestien estoit Iuif,
Et que le tort est equitable.

Selon que le mot s'accommode,
Appeller innocent Herode,
Qualifier le doux amer,
Nommer l'humilité cruelle,
Et loüer ce qu'il faut blasmer,
Cause nostre peine eternelle.

La consonance & la censure,
Nous causent des maux sans mesure:
Et comme nostre liberté
Voulut tout permettre à nos rhimes,
On permet à l'eternité.
De chastier icy nos crimes.

Ainsi les mots de nostre vsage,
Causent le mal qui nous outrage
Dans les tenebres des Enfers:
Où pendant que Cerbere gronde,
Nous chantons, accablez de fers,
Les maux que nous fismes au monde.


Ie ne sçache point de plus ridicule folie que la
ostre, luy dis ie en acheuant ces vers. Vous estes

en Enfer & vous poëtisez encore. Il faut bien dire que la craffe ou la tigne de la Poëfie eft fort
attachee fur vous, puis que le feu ne vous en peut
purger. Ce font des humeurs fort bouffonnes
que celles de ces gens là, me dit vn diable , tandis que les autres pleurent leurs pechez ceux cy
chantent les leurs & les publient par tout : car
s'ils paillardent auec quelque Cloris , Siluie ou
Melite , par le moyen d'vne chanfon ils vous la
pourmenët par tout vn Royaume: parce que, comme vne Deeffe chimerique , ils luy font des cheueux d'or, vn front de criftal, des yeux d'emerau-
des ou diamant , des dents de perles, des lévres
de pourpre & rubis , des paroles d'ambre & de
mufe, & neantmoins, fur toute cette richeffe dont
ils font fi prodigues il ne trouueroient pas credit
d'vn mefchant habillement au petit Pont, ny d'v-
ne chemife fous le Chaftelet , ou d'vne pair: de
fouliers à fauaterie. Au refte on ne fçauroit dire
quelle nation ils font , ny de quelle religion.
Ils portent bien le nom de Chreftiens , mais ils
ont des ames d'Heretiques, les penfees d'Arabes,
& les paroles de Gentils, quoy qu'ils ne tiennent
rien des Payens. Si ie m'arrefte icy dauantage ,
ie dis en moy mefme ce diable médifant me fera
oüir quelque chofe qui ne me plaira pas : ie croy
qu'il fe doute que ie fuis taché de la lepre de
Poëfie.

Craignant donc d'eftre recognu , ie paffay outre, & allay voir les deuots impertinens qui font
des prieres & demandes à Dieu plaines de mille extrauagances. O qu'ils tefmoignent reffentir de grandes douleurs ! que de foufpirs

& de sanglots, ils exhaloient de leurs poictrines
ils auoient leur langues enchaisnées dans vn perpetuel silence, leurs ames estoient courbees & en-
clinees en terre, & condamnées à oüir incessamment à leurs oreilles les cris espouuentables d'vn
diable enroüé, qui leur faisoit ces reproches:im-
pudens, abuseurs de l'oraison & de la patience de
Dieu, effrontez qui voliez traicter auec sa diuine Majesté auec moins de respect que vous
n'eussiez faict auec quelque marchand, auec lequel vous voulussiez traffiquer: combien de fois
vous estes vous cachez en quelque coin d'Eglise,
pour luy faire ces execrables requestes: Seigneur
faite que mon pere s'en aille bien tost de ce monde, afin que ie succede à son office & à son bien.
Que mon oncle meure dans peu de iours, & que
ie me voye honoré de la Mitre, pourueu de
l'Abbaye, ou possesseur du Prieuré, faites que ie
trouue vne mine d'or à mes piez que ie sois heureux au jeu, que ma fille & mon fils soient richement mariez; que le Roy porte ses inclinations à
me vouloir du bien, que ie sois son fauory: & encore adioustez à cela ces temeraires paroles:
faites cela Seigneur: & si vous le faites, ie vous
promets de marier deux filles orphelines, vestir
six pauures, & de vous offrir vn cierge & vn chapeau de fleurs: Quel aueuglement de promettre
des dons à celuy, à qui vous demandez des richesses, & à celuy a qui toutes choses appartiennent,
Quelle outrecuidance de demander à Dieu en
qualité de faueurs, les choses qu'il donne ordinairement pour punitions & pour chastimens,
Et si vous en obtenez la possession en faisant des

vœux, iamais pourtant vous ne les accompliſſez
Combien d'offrandes & de promeſſes auez vous
faites à Dieu & à ſes Autels eſtant en pleine mer
au milieu des orages des tempeſtes eſtroyables,
eſtans accablez de maladies & d'aduerſitez dont
vous n'auez tenu conte quand vous vous eſtes
veus arriuez à bon port ? mais vous ne fuſtes iamais que des pipeurs, vos vœux & vos promeſſes
ne ſe taiſoient que par neceſſité & non par deuotion. Demãdaſtes vous iamais à Dieu le repos
de voſtre ame, l'augmentation de ſa grace, ſes faueurs ou ſes inſpirations ? non aſſeurément, &
meſme ie croy que vous ignoriez le merite de
ces richeſſes ſpirituelles pour trop penſer aux
temporelles, & que vous ne ſçauiez pas que les
ſacrifices & les oblations les plus agreables à
Dieu, ne ſont qu'vne pureté de conſcience, vn eſprit humble & vne charité ardante, ie prend plaiſir que les hommes ſe ſouuiennent de luy afin de
leur eſlargir ſes liberalitez, mais ils n'en ont iamais de memoire que quand ils ſentent quelque
affliction, & c'eſt pourquoy Dieu veut bien ſouuent que ils en ſoient viſitez, afin de maintenir
leur zele, iniuſtes demandeurs, conſiderez maintenant combien ces choſes meſme que vous demãdaſtes à Dieu, & dõt il vous gratifia vous ont
pû durer, combien elle vous ont eſté ingrates,
quoy que vous les euſſiez tant cheries puis qu'elles ne vous ont pas accompagnées au dernier
pas ! Conſiderez que vos enfans & vos neueux
ont peu de memoire des biens que vous leur
auez laiſſez, qu'ils n'employeroient pas vn de-
nier en œuures pieuſes, ils ſont fort excuſa-

Nn 3

bles , car ayant remarqué que vous n'en fistes
point durant vostre vie, Ils croyent que nous n'y
prendriez pas plaisir apres vostre mort. Et d'ailleurs, que vous estes en lieu où elles n'auroient
point de merite. Quelques vns de ces pauures
mal heureux voulurent respondre ,mais des mo-
railles qui leur serroient les leures les empes-
choient.

De là , ie m'en allay voir ces Enchanteurs,qui
guerissent les blesseures & autres maladies d'hômes & d'animaux par ligatures, billets , & car-
racteres, lesquels brusloient tous vifs. Voicy,
me dit vn diable , ceux qui pipent & abusent
les superstitieux qui se fient en eux : ce sont les
plus maudites personnes du monde: car s'il es-
chet quils ostent le mal à quelques corps, ce
n'est qu'en le donnant à quelque autre qui sera
meilleur, & neantmoins il ne se trouue pourtant
guere qu'on se plaigne d'eux car s'il guerissent
la maladie, celuy qui la souffroit les louë & les
recompense plustost que les blasmer , & s'ils
tuént le patient, ils luy ostent le moyen de se
plaindre, & obligent quant & quant l'heritier à
leur faire du bien, de façon qu'on agree tousiours
ce qu'ils font.Quand on les interoge de leursre-
medes, ils disent que ce sont des paroles vertueu-
ses qui leur ont esté aprises de certain Iuif , considerez,ie vous prie , l'origine de ces vertueux se-
crets.D'ailleurs,il ny'a rien de si boufson comme
de leur entendre reciter des menteries de leurs
cures:ils vous parlent d'vn tel & en tel lieu, qui
auoit vn grand coup d'espée au trauers du corps,
& de tel autre qui auoit ses tripes & ses boudins

dans ses deux mains, ils les ont gúetis, & ou il
n'est pas seulemét demeuré de cicatrice, mais allez les chercher pour verifier la verité, vous trouuerez tousiours que c'està cent ou deux cens
lieuës du lieu où ils vous content ces fourbes là,
& qu'alors ils demeuroient auec certain Seigneur, qui est mort depuis dix ou 12. ans, & le
tout afin d'ôter le moyen d'auerer ce qu'ils disér.

Acheuez vos visites, me dit vn demon, &vous
verrez ceux que Iudas vous a dit qui font pires
que luy, il me fallut obeyr, & ie me vis à l'entree
d'vne grand'salle, ou l'on sentoit fort le soufre,
ie pensois d abord que ce fussent des faiseurs
d'allumettes, mais ie treuuay que c'estoit des
Alchimistes que les diables examinoient auec
beaucoup de peine car ils ne pouuoient entendre
leur iargon, ils ne parloiét que de substance me-
talique qu'ils appelloient du nom des sept Pla-
nettes comme l'or, Soleil:l'argent, Lune:l'estain
Iupiter:le cuiure, Venus: &c. Ils estoient tous
chargés de fourneaux, de creusets, & de charbon
de soufflets, d'argile, de mineraux, de fientes de
sang humain, de poudres & d'alambics. Les
vns calcinoient, les autres lauoient, icy ils puri-
fioient, là ils separoient, affermissoient ce qui
estoit volage, ratifioient & conuertissoienten su-
mée ce qui estoit ferme en vn autre endroit ils
transmuoient les formes, & fixoient le Mercure
sur vn enclume à grand coups de marteaux, puis
ayant resolu la matiere viqueuse, exilé la
partie subtile & le corruptible du feu, quand
ils venoient à la coupelle, tout s'exhaloit en vapeur. Aucuns disputoient s'ils deuoient faire

vn feu de roüe ou de mefche, fi le feu ou non fen
de Raymond Lulle fe deuoit entendre de la
chaux ou bien de la lumiere effectiue de la chaleur, & non pas de la chaleur effectiue du feu.
Autres auec le figne d'Hermes, donnoient le
principe au grand œuure, autres confideroient le
noir deuenu blanc, en efperant de le voir rouge,
& affemblant la proportion de la nature, auec la
nature, fe contentoit d'elle mefme, cependant
que le refte des oracles auergles attendoient la
reduction de la matiere premiere, & par ainfi
reduifoient à la fin leur propre fang à la derniere
poudre, & au lieu de conuertir la fiente en cheueux & en fang humain, cornes & efcumes d'or,
ils conuertiffoient l'or en fine merde, deuenoïet
foux, gueux, ou faux monneyeurs. Combien de
fois leur oys-je dire, *Le pere mort eft reffufcité, tue
le encore vne fois.* Combien en vis-je empefchez à
expliquer ces paroles fi fouuent repetées de tous
les Autheurs Chimiftes, *graces à Dieu, qui permet que de la chofe la plus vile du monde, on en faffe
vne qui eft fi excellente & fi riche.* Et d'autres qui
difoient n'auoir trouué le fens, & que fi la pierre
Philofophale fe deuoit faire de la chofe la plus
vile du monde, il falloit que ce fuft auec des Garces publiques, parce qu'il n'y a rien de fi enfame
en toute la nature, que de proftituer fon corps à
tous venans, fur la parole & l'explicatiõ de ceux
la, ils en alloient mettre cuire & diftiller, il y en
eut vn autre qui dit, qu'ils tenoient trop de la
pourriture pour eftre conuertis en vne effence fi
excellente: mais apres auoir bien confulté, ils
conclurent que les Mathematiciens eftoient

la chose la plus vile du monde , puis qu'ils se
condamnent à chaque poinct , & aussi qu'ils
estoient tousiours fort secs. Et de fait , ils en demanderent pour ietter dans leurs fourneaux ;
mais vn diable vint à eux, leur disant: Messieurs
les Philosophes, voulez vous sçauoir quelle est
la chose la plus vile du monde: ce sont les Alchy-
mistes , c'est pourquoy desirans faire la pierre
Philosophale , suiuant la methode dont nous
vous auons ouy parler, nous voulons vous mettre dans le feu, pour faire vne espreuue curieuse.
Ainsi qu'il fut dit, il fut fait ,, & les pauures in-
sensez d'Alchimistes brusloient quasi de leur bon
gré , tant ils auoient enuie de voir la pierre philosophale.

D'vn autre costé ie vis vne multitude d'Astrologues & ce superstitieux, & entr'eux vn Astrologue Chiromancien: lequel prenoit la main à
tous les condamnez, disant : il est fort aisé de cognoistre par le Mont de Saturne que vous deuiez
estre condamnez , ie vois bien aussi par celuy
de Venus & par la ceinture que vous estiez bien
paillard, Vn autre qui estoit enuironné de Sphe-
res & de Globes , marchoit à quatre pates , tenant vn compas, mesurant les hauteurs, considé-
rant les Estoilles, puis s'esleuant debout , s'escriuit. Hà Dieu quel malheur, si ma mere m'eust
enfanté demie heure plustost i'estois sauué: car
à ce poinct là Saturne changeoit d'aspect , &
Mars se logeoit en la maison de la vie. Vn autre
alloit apres cettuy-cy , disant aux diables qui le
tourmentoient, qu'ils prissent bien garde , s'il
estoit vray qu'il fust mort , pour son regard il ne

Ie pouuoit croire, a cause qu'il auoit Iupiter pour
ascendant, Venus en la maison de la vie, sans
estre enuisagee d'aucun aspect malin, ce qui de-
notoit qu'il deuoit viure cent & vn an, deux mois
six iours, quatre heureux, & trois minutes.
Aptes eux suiuoit vne autre sorte d'Astrologue
qu'on appelloit Geomantin, qui reduisoit toute
sa science en certain petits poincts, pour deuiner
les choses futures & sçauoit les passées, lesquels
il disposoit casuellement & par lignes les vnes
plus longues que les autres, representant les
figures des doigts de la main en proferant des paroles superstitieuses, puis ayant nombré les pairs,
il en tiroit ses Iuges & tesmoins, pour prouuer
qu'il estoit le plus certain de tous les Astrologues.

Il y auoit là plusieurs Maistres de ceste science qui alloient apres, entre lesquels on me monstra Haly Gerard de Cremone, Barthelemi de
Parme, & vn certain Tondin, qui accōpagnoient
Cornelius Agripa fameux Magicien & Sorcier,
lequel encore qu'il n'eust qu'vne ame, ne laissoit
pas pourtant de bruster en quatre corps, qui e-
stoient ses maudites & damnables œuures. L'Ab-
bé Trithemius estoit aussi là, auec sa Poligra-
phie, & Stenographie fort rassasié de Demons,
cōbien que durant sa vie il sembloit qu'il en fut
tousiours affamé, Cardan estoit visa vis de luy,
auec lequel il estoit en querelle, parce qu'il n'a-
uoit mesdit que de luy seul, quoy qu'il eust pu-
blié des plus impudentes menteries que luy en ces
liures de sorcelerie de vieillesse, Misade s'ar-
rachoit la barbe, depitié de ce qu'apres auoir es-

crit tant la fource de fes fortes inuentions. Theo-
phrafte qui fe plaignoit du temps qu'il auoit
perdu à fouffler le feu Alchymifte. Le fecret Autheur de la clanicule de Salomon & defcent Rois
des Efprits, L'Heretique compofiteur du liure
*Aduerfus omnia pericula mundi.* Tayfnerius auec
fon liure de Phyfionomie & Chiromantie endurant pour ceux qu'il auoit tendu fous par fes
folies: fe mocquant de fes propres piperies, n'i-
gnorant pas quoy qu'il fut mefchant, que les
phyfionomies ne fe peuuent tirer des vifages de
perfonnes particuliers, mais feulement des vifages des Roys & des Princes, à caufe qu'il n'y a
perfonne qui les en puiffe empefcher, Il y en a-
uoit encore vne grande infinité d'autres Magi-
ciens, Necromanciens, Sorciers & Enchanteurs.
& beaucoup de places d'attentes, qu'on difoit,
eftre referuées pour certains Grands & Grandes,
qui adjouftoient foy à ces difciples des Demons.

Non loin d'eux eftoient les belles femmes,
que l'on tourmentoit en qualité d'Enchanterelles
le vne fentis le cœur ferré de pitié, mais vn diable me vint confoler. Ne vous fouuenez vous
plus du mal qu'elles vous ont faict? N'auez vous
pas experimenté affez fouuent qu'elles vfent d'v-
ne certaine forte de Magie qui empoifonne :
qu'elles font le venin de la vie qui corrompt les
organes de la veue, qui trouble les puiffances
de l'ame, & qu'elles font caufe que la volonté
reçoit comme chofes bonnes, les efpeces que
les yeux offenfez luy reprefentent ? Vous
auez raifon, luy dy je vous me ramenteuez

tous les maux qu'elles m'ont fait, ie m'apperçoy
à cette heure, que ie suis au quartier de ceux qui
valent pis que Iudas, comme il me l'auoit dit,
Mais voyons le reste: ie m'aduançay plus auant,
& ie me trouuay dans vn lieu si obscur, que sans
vne particuliere faueur du Ciel, il eust esté fort
difficile de dire ce qui y estoit. Premierement on
y voyoit à l'entree la Iustice de Dieu, qui paroissoit espouuentable. Apres on y voyoit le Vice a-
uec vn regard plein d'effronterie & de superbe;
la Malice ingrate & ignorante, l'Incredulité obstinée & confirmée en son aueuglement, la De-
sobeysance brutale & effrenée, & le Blaspheme
temeraire & tyrannique, tout conuert de sang,
abayant auec cent gueules qui vomissoient du
venin, & ses yeux eslançoient des flammes ar-
dantes. I'entray là dedans accompagné de la plus
grande frayeur que l'on puisse imaginer. Et ie
vis toutes les sectes d'idolâtres, d'Heresiarques
& d'Heretiques qui furent auant & depuis la
venuë de nostre Seigneur Iesus Christ. A leur
pieds en tres bel arroy, estoit la lascine Barbe,
seconde femme de l'Empereur Sigismond, (&
l'Imperatrice des Garces laquelle se moquoit des
vierges & les appelloit foles, & qui durant sa
vie ne fut ny saoule ny lasse des delits ( en quoy
elle surpassoit les desbordemens de Messaline )
disant en outre que les ames estoient mortelles
auec les corps, & tout cela brusloit comme des
allumettes.

Ie passay outre : & à vn coin ie vis vn homme
tout seul, au milieu d'vn feu, qui blasphemoit &
grinçoit les dents de rage & de desespoir. Qui

és tu? luy dif-je : Ie fuis Mahommet, refpond il.
Tu es donc le plus mefchant homme qui fut iamais, & celuy qui a le plus amené d'ames en ces
lieux d'horreur, ie ne m'eftonne plus de l'honneur, que l'on te fait de te feparer du commun.
Et parce que chacun parle toufiours de ce qu'il
aime le plus : Impofteur, luy dis-je, pourquoy eft-
ce que tu deffendis le vin à ceux de ta fecte : Ie les
auois, dit il, affez eftourdis, des abus de mon Al-
coran, fans leur permettre encore le vin pour les
enyurer d'auantage. Et le porc, pourquoy leur
deffendis tu auffi : ce fut pour ne point offencer
le jambon, car d'en manger & ne boire que de
l'eau, ce n'eft pas luy rendre l'honneur qui luy
eft deu : & d'ailleurs, c'eft que ie voulois tant de
mal aux miens, que ie leur ay ofté en ce monde la
friandife du vin & des coftelettes, & pour les ex-
clurre tout à fait de la cognoiffance de leur falut
ie leur ay ordonné de ne point difputer de mes
Loi : par le difcours de la raifon (attendu qu'il
n'y a point en mes preceptes, non plus qu'en l'o-
beyffance d'iceux) mais de les eftablir & intro-
duire par la force des armes : & par ainfi, ie les ay
abandonnez à vne perpetuelle confufion. Et combien qu'il fe voye tant de peuples qui fuiuent ma
fecte, ce n'eft pas pour les miracles qui s'y facent, mais parce que ie donne la Loy à la mefure
des appétits de chacun, & la liberté d'auoir tant
de femmes qu'il voudra, & de commettre toute
autre forte de deshonneftetez, felon fes inclinations. Neantmoins tout le mal de monde n'a pas
efté produit par moy, regardez à vous.

Ie me retourne, & ie voy tous les Heretiques

du siecle present, & entre autres, Manichée auec tous ses adherens. Caluin que ses sectateurs des-chiroient à beaux ongles, re cognoissant qu'il les auoit abusez & trompez, comme son nom en Latin l'accuse *Calno*, ie trompe. Aupres de luy estoit le Saxon Luther, renegat de S. Augustin, ayant deux diables à costé de luy, qui tenoiēt chácun vn soufflet, duquel sortoit des flames au lieu du vent qui luy entroiēt dans les oreilles, & luy brusloiētla ceruelle sans la consommer, parce qu'il auoit aduoué en son Kure, que le diable luy auoit soufflé les argumens qu'on faisoit contre la Messe. Melancthon son Disciple estoit aupres de luy qu'vn diable trauailloit d'vn tourment qui faisoit rire; il ne faisoit autre chose que le retourner, tantost à l'enuers, tantost à l'endroit, comme on feroit vn bas de chause. Ie luy demanday pourquoy il le traçtoit ainsi, il me dit que c'estoit à cause de ce qu'estant au monde, il chaussoit indifferemment'toutesReligions, & que pour ce sujet, on l'appelloit *Broquin d'Al-lemagne*.

Le Symoniaque Beze Legislateur & Ministre de Geneue estoit assis, lisant dedans la chaire de pestilence, qui enduroit le nouueau tourment de la tigne quiluy estoit reuenue, laquelle luy ostoit vn supplice si rigoureux, que s'il se fust trouué alors sur le Pont aux Meusniers de Paris, il n'eut pas tant marchandé à se ietter dedans la Seine, comme il le pensa faire auec son cousin, en allāt chez le Chirurgien qui le pensoit.

Ie commençois fort à m'ennuyer en Enfer & regardois par tout autour de moy si ie trouuerois quelque iſſuë pour me retirer , & en ce deſſein i'entray ſans y penſer dans vne galerie, en laquelle ie vis Luciſer Prince des diables enuironné de toute ſa Cour compoſée de diables & diableſ-ſes: car il y a des ſemelles auſſi bien que des maſ-les. Alors craignant de faillir au reſpect & à la ciuilité, & auſſi que ſon aſpect eſpouuentable me faiſoit peur , ie demeuray à l'entrée de la gale-rie, mais voici venir vn Huiſſier qui me dit que ayant eſté recognu pour eſtranger, ſon Prince lui auoit commandé de me faire entrer , & de me monſtrer toutes les raretez , ie le remerciay de l'honneur que ſon Maiſtre me faiſoit , & de la peine qu'il prenoit en ſon particulier, & ainſi fai ſant nos complimens, ie me mis à conſiderer côbien , elle eſtoit mieux parce que celles de nos grâds Seigneurs, meſme des plus curieux du mô-de : car ils n'ont que des ſtatuës ou des plattes peintures, qui ſont muettes, inſenſibles & im-mobiles . mais en celle là tous les perſonnages y eſtoient animez , reſpirans & viuans: & ce qui y eſtoit de beau entre autre choſe , c'eſt qu'il n'y a-uoit point de gens de baſſe condition. On n'y voyoit que des Empereurs & des Roys : Toute la maiſon Othomane y tenoit des premiers râgs La pluſpart des Empereurs Romains ſelon leur ordre, & les Roys de Rome iuſques à Tarquin le Superbe: Et vne infinité d'autres Princes & Princeſſes qui m'obligeroient à vne trop longue deſcription , s'il les falloit nommer. Et d'eu-tant que ie ne pouuois plus ſupporter l'air de ce climat.là , qui eſtoit vn peu plus chaud qu'il ne m'appartenoit , quand meſme i'euſſe eſté

Gentil-homme Verrier, ie priay mon guide de
m'enseigner par où ie pourrois sortir: Ouy da,
dit-il suiuez-moy seulement : en mesme instant
il me mena par vn passage desrobé, dans la gar-
detobe de Lucifer, ie dis celle de sa chaire percée
aupres de laquelle ie vis des tonnes toutes pleines de Medecins, & vne infinité de bales d'Hi-
storiographes adulateurs en impression & par
permission. Et alors mon guide voyant que ie
me soufriois. Vous deuinez bien à quoy sert cela, me dit-il. allon, luy respondis ie, ie voy bien
que vous estes vn tailleur, faites moy vn peu
changer d'air: Enfin il me montra vn passage qui
estoit fait comme vn souspirail de caue, par lequel ie grimpay aussi diligemment que si le diable m'eust tenu au cul & aux chausses, & à l'instant ie me trouuay dans le parc, que i'ay dit à
l'entrée de ce discours, émerueillé, effrayé, &
resioúy tout ensemble, en meditant sur les diuers
supplices, desquels plusieurs estoient tourmentez pour les auoir peut estre moins meritez que
moy, ce qui me fit prendre vne forte resolution
de viure à l'auenir en telle sorte, que ie puisse
esuiter de ressentir la realité & la verité des tourmens dont ie n'auois eu que les visions. Ie supplie le Lecteur d'en faire son profit à mon imitation, afin de n'en rien experimenter dauantage,
& de croire que ie ne pretends scandaliser personne, que mon intention ne tend qu'à reprimer
les vices qui font damner les hommes, & qu'en
parlant seulement de ceux qui sont en Enfer, on
ne peut en aucune façon intéresser les gens de
bien.          *Fin de la sixiesme Vision.*

AV.

# AV LECTEVR·

Preſtres, Noblee, Marchands, Artiſans,
    Gens de plume,
Venez voir vos deſfautes de ſſeins en ce Vo-
    lume,
    Que la Geneſſe a ſceu diuinemene po-
lir,
Non pour les fomenter, mais pour les abolir,
Vous ne trouuerez point dans vos liures moins am-
    ple,
Le recreation auec le bon exemple:
Car la vertu ſe plaint, quoy que il ſoit enuier,
Que l'Autheur trop ſuccint eſpargna le papier,
Neantmoins l'abregé que ſa faueur nous donne,
Sans effencer aucun, n'eſpargne auſſi perſonne,
Et le vice eſt par luy tellement combattu,
Qu'on diroit qu'il eſt fait des mains de la vertù.
Par luy, la mort, l'enfer, la rigueur & l'ennuie
N'ont plus, ſi vous voulez, pour vous de tyrannie,
Et l'Amour, n'y deſcrit la voye des maudits,
Que pour vous enſeigner celle de Paradis.
Liſez donc vos defautes pour corriger vos crimes,
Et ſuiuant ſes effets iuſtes & legitimes:

O o

Lecteurs ne suiuez pas l'ordinaire defaut.
De lire ce qu'on doit, & faire ce qu'il faut,
Et quoy que tu fois, enfant de l'ignorance.
Qui blafmeroit cecy faute d'experience·
Qui fans entendement, feroit de l'entendu.
Et par qui la vertu cognoift le temps perdu:
Apprens que des Enfers, la demeure maudite,
N'eft peinte en ces difcours afin que tu l'euite.

FIN.

# LE LIBRAIRE

## AVX LECTEVRS.

**M**ESSIEVRS,

Puis que les Agreables Visions de Monsieur de la Geneste, vous ont donné suite d'admirer les gentillesses d'esprit du Cheualier Queuedo il n'est pas necessaire d'vser icy de belles paroles, pour semondre voftre bienueillance, & exciter voftre curiofité à voir cette huitiéme. C'eft affez de vous aduertir qu'elle vient de luy, comme il sera facilement reconnu, de ceux qui sont capables de iuger de tels ouurages. Cela vous suffife, Messieurs. Et Dieu vous garde d'vn long Prologue : car il eft toufiours plus ennuyeux que bon, de quelque lieu qu'il puiffe venir.

# DEL'ENFER

## REFORME'

### DE

## DOM FRANCISCO
### DE QVEVEDO VILLEGAS
Cheualier Espagnol de l'Ordre
de saint Iacques , Autheur
des Visions.

 OM BIEN que l'Enfer soit la de-
meure eternelle du desespoir &
de la confusion, si est ce que dernierement il s'y esleua vn tintamarre si furieux , & vn desordre si
extraordinaire & espouuentable,
que les plus anciens habitans de ce lieu là , ad-
üouent qu'ils n'en auoient iamais veu de sem-
blable, &pésoient que leur Republique s'en al-
last bouleuerser de fonds en cōble. Ils ne se con-
noissoient plus l'vn l'autre:les demons croyoient

Oo 3

eſtre les damnez: & les dammez les demons:les vns vſurpoient les tourmens qui appartenoient aux autres , & couroient deçà & dela , pelle meſle comme des enragez : bref c'eſtoit vne reuolte generale, tout y eſtoit en diuorce & en querelle, On fut quelque temps ſans pouuoir deuiner qui auoit agité ceſte tempeſte , mais en fin on aprit qu'elle auoit eſté cauſee par vn Flagorneur , vn Entremeteur , & vne Doüegna qui auoient trouué inuention de ſe deſtacher de leurs fers. Conſiderez vn peu , Lecteur , de quel genre d'eſprits pouuoient eſtre ces trois là , puis qu'ils etoient cabables d'adjouſter de la confuſion & du trouble dans l'Enfer. Lucifer glapiſſant comme vn demoniaque , crioit qu'on luy apportaſt des chaiſnes , des manotes , & des entraues , & couroit par tout pour remettre chacun en ſa chacuniere , quand il heurta contre le Flagorneur : & apres s'eſtre arreſtez tous deux quelque moment de temps pour s'enuiſager , le Flagorneur prit la parole : Mon Prince, dit-il , ie vous donne aduis qu'il y a des diables faineans en voſtre Empire, qui demeurent auſſi les bras & les genoux croiſez comme laſches & parreſſeux , ſans vouloir rien faire , meſme que pluſieurs de ceux que vous auez enuoyez au monde , ne reuiennent point rendre compte de leurs commiſſions, quoy que le temps en ſoit expiré. Et la Doüegna qui alloit ſoufflant la diſcorde d'oreille en oreille, venant d'auenture à paſſer par là , s'arreſta tout court. Prenez garde à vous , dit-elle à Lucifer, il y a vne grande conſpiration faite pour vous epoſſeder de voſtre Sceptre diaboli-

que : Voici deux Tyrans qui viennent, trois adulateurs, force Medecins, & quantité de gens de
lettres, comme Iurisconsultes A duocats : & ie
vous aduerti encore, luy dit elle à l'oreille, que
parmy tous ces gens là il y a vn certain personnage qui est demi Hermite, qui ne vous promet pas
poires molles.

A ce nom de demy Hermite, Lucifer perdit
la couleur, & demeurant comme immobile, tes-
moigna d'auoir vne grande apprehension de perdre son sceptre, & aprés auoir esté quelque espa-
ce de temps sans parler, côme s'il eust esté transporté. Vn demy Hermite, dites vous, des Medecins, des Aduocats & des Tyrans, Voila vne
confection si venimeuse & si empoisonnee, qu'v-
ne once seulement seroit capable de faire creuer
le ventre, & jetter dehors toutes les tripes de
l'Enfer, & comme il alloit faire sa visite par les
aduenuës de son Royaume, il vid venir l'Entremeteur, qui faisoit fort l'empressé : il ne me falloit plus que ce rencontre cy, dit il, pour acheuer de me predire malheur. Et bien, qu'y a il ? Et
lors l'Entremeteur auec vn torrent de bourdes, de
tricheries & de piperies, luy dit qu'il y auoit
plusieurs gens qui machinoient de s'enfuir de l'Enfer : & d'autres aussi qui y vouloient faire entrer
quelques vsuriers & hypocrites, par le moyen
desquels le Monde prenoit familier accez auec
les demons : & luy dit encor beaucoup d'autres
choses si pleines de fourbes, & charlatanes,
qu'il en fut demeuré estourdy s'il luy eust voulu
tenir plaid. Lucifer voyant le tumulte de son Empire, & aduerty des dangers dont il estoit me-

nacé poursuit le dessein de faire reueuë par tout, & auec sa garde & sa compagnie ordinaire, composee de force Allemans & Anglois? car depuis que les Heresiarques ont infecté ces Prouinces là il n'en a eu que trop à son seruice.

Il commence donc la visite de ses cachots & basses fosses ; de ses prisonniers & de ses geol-liers. Le Flagorneur, soufleur de dissétions, alloit deuant éuentant vn air qui enflamoit seulement, sans produire aucune clarté. La Douëgna mat-choit apres, semant la zizanie par tout. L'Entre-meteur matois le suiuoit guignant du coin de l'œil de costé & d'autre sans tourner la teste, ne passoit pas deuant aucune ame, qu'il ne luy fit les doux yeux, ou quelque autre geste feigna it de la bienueillance. A l'vne il faisoit la reuerence: à l'autre il baisoit les mains, à cette cy il disoit, ie suis vostre seruiteur; à cette là, employez moy. Mais à chaque parole de ces complimens, les pauures ames crioient, Helas, bien plus fort qu'aux eslancemens des flammes qui les tor-mentoient. O traistre! disoit l'vne : O que le feu est bien plus doux : disoit l'autre. Voila le redou-blement de nos maux, disoit cette cy. Voila l'ex-cez de nos tourmens, disoit cette là.

Parmy vne troupe de canaille, & en vn lieu éminent, il y auoit vn insigne Faux-tesmoin, le-quel comme tres expert à ce mestier là faisoit des leçons de menterie à cette venerable com-pagnie, qui estoit auteur de luy: il leur faisoit iu-rer d'auoir veu ce qui leur estoit inconnu, Et comme ce Docteur là apperçeut l'Entremetteur:

en ce pays cy?Et quoy?i'auois mieux aimé venir
en Enfer que d'estre en lieu ou ie le puisse voir,
asseurément, si i'eusse cru qu'il y eust deu venir
c'eust esté assez,non pas seulement pour me sauuer, mais encore pour me faire aller où ie n'aurois iamais pû entrer.

Là dessus , nous ovysmes vn grand bruit de
voix ,d'armes ,de coups & de cris meslez d'iniu-
res & de complaintes. Les vns se jettoient sur les
autres , & fulminoient auec leurs propres personnes,mais auec vne telle cruauté,qu'il est impossible de representer vne si furieuse bataille,
Entre ces personnes là, il y en auoit vne qui sembloit estre vn Empereur:car Il auoit vne couronne de laurier sur la teste,& il estoit ennironné de
Conseillers,lesquels auec des langues afilées sur
le texte des loix & des ordonnances,taschoient à
se deffendre de la fureur & de la colere enragée,
dont cét Empereur les tourmentoit.Lucifer s'approchoit de lui& auec vn tonnerre qui fit trembler tout l'Enfer  Qui es tu Ame,qui faisicy tant
de la superbe ? Ie suis le grand Iule Cesar,qui
dans la sedition generale de vostre Royaume,
me suis ietté sur Brutus & Cassius , pour me
vanger du sanglant outrage qu'ils me firent en
m'ostant la vie , sous pretexte de la liberté de
la patrie , combien que ce ne fust que pour
assouuir leur enuie& leur conuoitise particuliere. Ces infames ne hayssoient pas l'Empire , mais
l'Empereur,ils me massacrerent , parce que i'a-
uois estably la Monarchie:mais ilsne l'abolirent
pas pourtant , au contraire , ils en affermirent
plus facilement la conseruation ; ils firent plus

de mal en m'oſtant la vie que ie n'en fis en o-
ſtant le gouuernemẽt de la Republique aux Senateurs, puis que ie mourus Empereur, & mes
homicides ne remporterent que le nom de trai-
ſtes durant leur vie : ie fus adoré du peuple , &
eux furent chaſtiez en me tuant. Sanguinaires
maudits ! dit cette grande ame de Iule Ceſar, en
ſe tournant deuers eux : le gouuernement de la
Republique eſtoit-il mieux entre les mains des
Senateurs qui ne le ſçeurent pas bien garder, que
ſous la conduite d'vn Guerrier qui l'acquit par
ſon merite. Celuy qui eſt expert dans la calom-
nie , & qui eſt ſçauant pour faire vne accuſation
eſt il plus digne d'vne couronne que vn grand
Capitaine qui remplit de gloire ſa patrie , & qui
donne terreur à ſes ennemis. Celuy qui ſçait les
loix , eſt il plus capable d'vn Empire que celuy
qui les maintient. Non , non , c'eſt à cettuy cy à
les eſtablir , & aux autres à les eſtudier. Pauure
Republique Romaine ! appelle tu la liberté d'e-
beyr à la diſcorde de pluſieurs , & ſeruitude de
reſpecter la puiſance d'vn ſeul ; Pluſieurs hommes pleins de conuoitiſe & d'ambition doiuent-
ils eſtre appellez *Pere de la Patrie* , & la genero-
ſité d'vn ſeul tenuë pour tyrannie ? O que c'euſt
eſté bien plus de gloire au peuple Romain de ſe
conſeruer vn fils , qui rendoit Rome Maiſtre du
Monde , que des Peres qui par vne infinité de
guerres ciuiles la ſirent la maraſtre de ſes propres enfans , Barbares & cruels que vous eſtes,
conſiderez vn peu quel eſtoit le gouuernement
des Senateurs , puis que le peuple ayant gouſté
de la Monarchie , aymerent mieux eſtre com-

mandez par des Nerons, des Tiberes, Caligules,
& Heliogobales, que par des loix & des Senateurs.

Alors Brutus, auec vne voix tremblante, &
vn visage court de honte, commença à dire en
criant ! O Senateurs, n'entendez vous point Cesar ? adjouistez vous vn crime nouueau à celuy
que vous auez cy deuant taict ? & ayans esté les
autheurs du parricide laissez vous ainsi accuser
celuy qui vous crust ? Parlez, respondez, Conseillers, Cesar parle à vous aussi bien qu'à moy;
vous fustes si adroits en vos persualions que nous
en fusmes les traistres executeurs Cassius & moy,
sans prendre garde à voltre insatiable ambition,
ny remarquer que vostre grauité, vos barbes
& vos robes longues se veulent touljours emparer
du commandement, attirer l'obeissance à soy,
& rejetter le danger sur le Prince. En effect, vous
faites tant, valoir vos enarges, & autaurisez
si puissamment vostre vanité, qu'il est plus
dangereux au Monarque de ne vous obeyr pas,
qu'au vassal de desobeir au Monarque. A quoy
tendoit l'execution de vostre perfidie & trahison?
Respondez à Cesar : car pour nostre regard nous
sommes chastiez par nostre infamie à nostre confusion.

A ces mots là vn des Senateurs qui estoit tout
couuert de barbe, se leua, & auec vn sourcil seuere, vne morgue renfrognée, & vne voix foible:
Prince, dit il à Cesar, dequoy te plains tu ? si à
ton occasion Ptolomée, qui estoit Roy traistlas-
chement le grand Pompée, duquel il tenoit le
Royaume qu'il possedoit, quel outrage & quelde

lict commirent les Conseillers de te tuer , pour recouurer les Royaumes que tu nous auois rauis? Est ce vne action d'impieté de t'acquitter enuers Pompée ? que les diables en soient les iuges, Achillas qui fut l'vn des homicides de ce belliqueux guerrier & qui en conduisit l'execution par le commandement de Ptolomee , n'estoit qu'vn Brigand qui ne viuoit que de ses delicts : mais tu fus bien plus infame que luy , en voyant la teste de Pompee , tu pleuras mais tes larmes estoient plus traistresses que le fer de son homicide , ce fut vne compassion accompagnee de cruauté , ta pieté te seruit de vengeance , & tu fus plus fier en le regardant mort que tu ne fus en le combatant durant sa vie. Comment est il possible, que des yeux hypocrites peussent trouuer vn domicile dedans la premiere teste du monde? On ne vous peut pas desnier que nous n'ayons redonné la vie à nostre Republique en te donnant la mort. Ce ne fut pas nous , ny le peuble qui appellerent Neron au gouuernement , mais il nasquit de ton sang? ta teste couppee fut l'Hydre de l'Empire , d'où il en sortit douze autres,

Ils eussent recommencé leur premiere' escarmouche là dessus , si Luciter n'eust commandé absolument à Cesar de r'entrer dans la peine & les chastiemens de la presomption , qui luy fit mespriser les aduis qu'on luy donna de son desastre , & à Brutus & Cassius d'estre à iamais le reproche & le scandale des ames Politiques. Les Senateurs furent enuoyez auec Minos & Rhadamante , pour estre assesseurs des Demons.

Cela fait , on ouyt vne grande rumeur de voix
qui estoient vn peu esloignez , comme si plusieurs
personnes en colere eussent disputé ensemble?
on entendoit des repliques moderees , & d'autres
meslées d'injures & d'outrages : il y en auoit
tel si fort transporté de fureur , que les coups &
les paroles alloient en mesme temps : & tant plus
la visite s'approchoit , plus le tintamarre redoubloit : cela fut cause qu'on doubla le pas : mais
quelque diligence qu'on sceut faire , quand la visite fut à eux , on les trouua desia tous engagez
dans vne sanglante meslee. Les personnes étoient
de differentes conditions , mais toutesfois des plus
releuées : car il y auoit des Empereurs , des Magistrats , & des Generaux d'armée. La voix im-
perieuse du Prince des tenebres fit faire tresue à
leurs debats , & tous se tournerent deuers luy ,
tesmoignant de souffrir vne cruelle gesne dans le
retardement de l'execution de leur haine & de
leur vengeance : Le premier qui prit la parole ,
ce fut vn homme signalé de plusieurs grandes
playes lequel haussant la voix : Ie suis , dit il ,
Clitus , Tais toy : luy dit alors vn autre qui estoit
à costé de luy , oze tu parler deuant moy. Prince
des demons , poursuiuit il , escoutez. Alexandre ,
fils de Iupiter , Seigneur des Mondes , la terreur
des peuples , le tres grand Empereur : Il alloit
enfiler vne illiade de tiltres , de qualitez & de
Seigneuries , à l'imitation des Espagnols , si le
Procureur Fiscal ne luy eust imposé silence : Parlez , dit il Clitus , & luy , qui en auoit fort grand
enuie , dit ainsi

Lucifer , ie fus le premier des fauoris de cet Em-

pereur, qui fus Seigneur de toute la terre con-
nuë, qui porta le tiltre de Roy des Roys, qui se
disoit fils de Iupiter Ammon, & neátmoins, combien qu'il commandast à tant de mondes, les paffions naturelles ( qui peuuent seruir d'experience
pour desabuser la presomption humaine ) eurent
vn grand empire sur luy: la cruauté le rendit ex-
cessiuement temeraire , & incapable de receuoir
les bons conseils de ses fideles seruiteurs. Ie fus
durant ma vie des plus zelez de ceux là, mais ce
ne fut pas tant ma diligente obeissance qui m'acquit aupres de luy le nom de fauory cōme ce fut
l'opinion qu'il eut que ie deusse augmenter le nō-
bre de ces flatteurs, mais i auois trop de sincerité
dans l'ame , pour citre complice de ses folies ,
le regret que i auois de ses defauts , me donnoit
la hardiesse d'essayer à les reprimer doucement ,
Vn iour le voyant mesprifer les glorieux ex-
ploi  de Phillippe son pere , & terair l'esclat &
la       osité d'vn Prince qui luy auoit donné
l'e    , & qui auoit apporté tant de soin à son e-
ducation, ie luy remonstray son ingratutude, ie le
desabuzay de cette diuinité imaginaire dont ses
adulateurs le pipoient , & parlant en toute fran-
chise , ie luy representois qu'il ne deuoit pas ainsi
flestrir & arracher les palmes des mains de son
pere. Mais voyez vn peu à quel excex de felon-
nie ce Prince se laissa transporter , puis que
dans les loüanges de son pere , & de ses actes ma-
gnanimes que ie tancontois, il se leua de colere &
me tua de sa propre main. Apres cela , monstrez-
moy où estoit sa diuinité. Quand il donna le
Royaume de Sidonie à Abdolomines qui faisoit

l'exercice de cureur de puits, ce ne fut pas comme l'on crût pour honorer la vertu de ce Capitaine là, mais pour mortifier honteusement, & affronter la superbe des Grands de Perse, apres la mort de Darius. Or l'ayant rencontré icy, ie luy demandé en quel lieu son pere Iupiter l'auoit delaissé, quelle offence il luy auoit fait pour determiner dans les enfers, & s'il estoit desabusé de ses flateurs qui l'adoroient & luy offroient de l'encens, en luy faisant à croire qu'il estoit le fils du plus grand des Dieux, & qu'en ligne directe il estoit l'vnique heritier de la foudre, & du trosne celeste de Iupiter: voila pourquoy nous estions venus aux mains quand vous estes arriué, mais laissant à part ces inuectiues là, iugez si ce ne fut pas vne action de Tyran, de former vn delict digne de mort, du recit des vertus & magnanimitez de son pere? De quelle barbarie n'vsa il aussi enuers Parmenion, Philoras son fils, & Calisthene qui estoint aussi ses fauoris; mesme à l'endroit d'Aminte sa cousine, de sa belle mere & de son frere? O Lucifer, vous voyez comme il ne faut estre ny bon, ni meschant pour estre criminel: mais seulement sauory d'vn Tyran & que; c'est comme le cours de la vie humaine où chacun meurt à cause qu'il est mortel, & non pas à chacun de la maladie: car elle ne sert que de pretexte à la mort.

Tu cognois donc maintenant, dit Satan, que les tyrans sçauent donner le tour de Breton, pour tresbucher & faire tomber ceux qu'ils veulent? car ils hayssent tout le bon, parce qu'il n'est pas meschant, & le meschant de depit qu'il n'est encor

pire. Quels fauoris ont ils faits, qu'ils n'ayent
precipitez? Ne te souuient il point de l'embleme
de l'esponge ! or apprends que tous les fauoris sont des esponges des Princes , ils les laif-
sent imbiber, & sucer tout leur saoul, & puis a-
pres ils expriment , & en tirent la substance
pour leur profit.

Comme il acheuoit ceste derniere parole , on
ouyt vn cry lamentable de plusieurs personnes,
& en mesme temps vn venerable vieillard de couleur aussi pasle que s'il n'eust point eu de sang
dans les veines, s'approcha de Lucifer ? Il semble, luy dit il , que ceste similitude d'esponge
dequoy vous parlez , est faite pour moy à cause
des grands tresors que i'ay possedez. Ie suis ce
renommé Seneque, Espagnol de nation, Precepteur & fauory de Neron. Les excez de ses liberalitez, s'exercerent sur moy : il me donna sans
le requerir, ie ne fus iamais connoiteux mais seulement obeissant. C'est ordinairement le plaisir
d'vn Prince , de se monstrer liberal enuers vn Fauory, & le combler d'honneurs & de biens , &
quiconque en seroit le refusant , & ne les voudroit accepter qu'apres les auoir meritez, il of-
fenceroit le Prince , & sembleroit que le suiet
voulust plutost faire admirer sa modestie & sa
temperence que la magnanimité du maistre qui
luy donne: tellement, que le plus deuot homma-
ge qu'vn vassal puisse rendre à son Seigneur, c'est
de contribuer tout ce qu'il peut à l'esclat & à la
splendeur de sa vertu. Neron me donna tout ce
qui se pouuoit donner par vn tel Prince qu'il
estoit , mais quelque modestie & bonne conduite que

te que ie puisse apporter en la iouyssance de telles
gratifications, les partisans de l'enuie ne laisse-
rent pas de murmurer, & d'inuenter des calom-
nies contre moy, publiät que ie persuadois le mépris des richesses aux autres, afin que la soif de
mon auarice insatiable eust moins de competi-
teurs. Et voyant peu à peu diminuer la vigueur
de ma bonne reputation & de mes prosperitez,
ie me deliberay de mettre mon esprit hors d'in-
quietude, & n'estre plus l'obiet de la haine de
tant de personnes. Ie m'en allay trouuer Neron,
& luy rendis tout ce qu'il m'auoit donné auec
toute la reuerence & le respect que ie pouuois té-
moigner. I'auois vne si grande passion à l'aymer
& le seruir, que les menaces de son humeur redoutable, dont on me vouloit donner de la terreur, ne m'osterent iamais la hardiesse de l'exhor-
ter à la vertu, ny ses actions dereglées m'empescher de luy faire les remonstrances à quoy ma
loyauté m'obligeoit: & quand il faisoit faire des
homicides, c'estoit alors qu'auec plus de vehemence, ie luy representois les playes qu'il faisoit
à sa conscience : Il fit donner la mort à sa mere,
il mit le feu dans Rome & la reduisit en cendre,
il depeupla tout l'Empire de gens de bien, d'où
s'ensuiuit la conspiration de Pison : laquelle
fut fort bien proposée : mais fort mal execu-
tée : car ayant esté decelée, ceux mesme qui en
deuoient faire l'execution, en perdirent la vie. Ce
sont des coups de la Prouidence diuine, de garantir ainsi la vie d'vn Prince de ces funestes accidens,
afin qu'il se puisse reconnoistre & changer de vie.
Mais quoy, Neron preuint bien cette conspira-

P p

tion, & toutefois il n'en amenda pas ses defauts
ny ne quitta ses vices; en mesme temps il fit mourir Lucanus, parce qu'il étoit meilleur Poëte que
luy. Et s'il me donna le choix de la mort, ce ne
fut pas vn sentiment de pieté, mais plustost de
cruauté, il tendoit à me donner plusieurs morts
au lieu d'vne: car le mal de la mort estoit reïteré
durant le temps du choix que i'en deuois faire,
outre qu'il se proposoit qu'en souffrant effecti-
uement celle dont ie ferois election, ie sortirois
aussi toutes les autres dans la terreur & l'apprehension qui me les faisoit refuser: Ie me mis dans
vn bain, & me faisant couper les veines, ie
m'expediay mes depesches moy mesme, pour
venir ici, où pour augmenter mon malheur i'y
trouuay cet infame Prince exerçant encor ses
cruautez, & enseignant de nouueaux tourmens
aux demons contre les pauures ames.

Alors Neron s'aduance, & auec vn visage re-
frongné & vne voix gresle; Il est besoin, dit il,
que le Fauory & le Precepteur soit plus sçauant
que le Prince, mais il est aussi necessaire, qu'il
s'y gouuerne auec respect; car de deuenir presomptueux pour auoir quelque aduantage de doctrine par dessus luy, c'est vn crime, & partant le sujet
qui voudra faire paroistre, qu'il est plus habile
homme que son Seigneur, & qu'il sçait plus que
luy, doit estre puny comme vn temeraire & vn
insolent, Seneque, lors que tu m'enseignois ie te
preferay à tous ceux qui estoiet aupres de moy,
& l'estime que ie fis de ta prudence fut vne des
principales louanges de mon regne, dés que tu
voulois faire congnoistre à tous, que tu estois plus

adroit & mieux aduisé que moy , chose que tu
denois diffimuler plus iudicieusement, tu me sis
vn scandale general par tout le monde, & dés cet
heure là , ma haine & mon courroux s'allume-
rent contre toy : Cela me déplent tellement , que
i'aime mille fois mieux endurer les tourmens qu'-
on me fait icy , que de voir vn Fauory à cofté de
moy qui fift gloire de ma honte , & tirast de l'ho-
neur de mon mespris. I'en appelle à témoins tous
ces Princes qui font icy, Parlez, Roys , aprochez
vous : Dites, auez vous souffert que vos fauoris
foient deuenus si presomptueux , que de vouloir
faire voir que la capacité de leur entendement
excedoit le voftre, fans les chaftier de leur temerité : Non , non , respondirent ils tous d'vne
voix, on ne l'endurera iamais tant que le monde fera monde : nous auons tiré parole de nos
fuccesseurs de remedier à ce desordre : Il est vray
tandis que le fauory prudent , & adroit sçaura
perfuader aux peuples , que le Prince possede le
talent de bien gouuerner , & qu'il agit de foy
mefme , il doit estre maintenu, honoré & estimé
de fon Maiftre : Mais dés l'instant que la vanité
l'emportera à faire cognoiftre le contraire , a-
dieu toute priuauté , il merite d'en estre degra-
dé.

Ce decret là ne me regarde point : dit alors
Sejan , combien que i'eusse meilleur entendement que Tybere , car ie me conduisis auec tant
d'industrie que tout se publiot comme faict
& ordonné par fon propre iugement : Aussi re-
cognut il d'estre si obligé à mes feruices , qu'il
me fit pair & compagnon de fon Empire , &

eriger des statuës, ausquelles il conceda des pri-
uileges sacrez. Mon nom fut l'acclamation du peuple Romain, ma felicité l'allegresse & la ioye de
l'Empire, & toutes les nations faisoient des vœux
& des prieres communes pour la conseruation
de ma santé. Mais lors que ie croyois estre le
fauory qui auoit le plus de part aux affections de
son Seigneur, Tibere me fit prendre & mettre en
pieces : & m'abandonna à la fureur & à la rage
du peuple mutiné, qui tenoit à honneur d'emporter quelque piece de ma chair à la pointe de
leurs iauelots, me trainerent par les ruës. Encor leur incomparable cruauté passa elle outre,
les bornes de ma sepulture, elle se prit à mes enfans qu'elle fit mourir tres ignominieusement, &
& vne fille que i'auois, laquelle à cause du priuilege de la virginité ne pouuoit mourir par Iustice,
fit barbarement condamnée, premierement
d'estre violée par le bourreau, ô prodige! & puis
decapitée, comme il fut executé. Il est vray que
ma ruine commença dés le iour que ie voulus
preuenir les destinées, m'opposer au pouuoir de
la fortune, & mépriser la Prouidence celeste.
Alors plus sacrilege que prudent, i'essayay de
me fortifier contre la ruze des hommes, faisant
mourir les vns & bannir les autres, iusqu'à prouoquer le ciel à se declarer mon ennemy. Non
content de cela, ie pris accez auec les mechans, ie
me seruis du Medecin pour les poisons, des sanguinaires pour la vangeance, de faux témoins,
des Magistrats iniustes & corrompus, mais toutesfois ie peus bien dire que ces élections là ne
se faisoient pas de ma propre volonté : mais par

la necessité de la condition où i'estois esleué. Et
comme ie me proposois que dans ma cheute & ma
deffaicte ie serois abandonné des gens de bien,
& des méchans aussi, i'vserois de ceux cy comme de complices, & fuyrois des iniustes comme
de mes accusateurs : neantmoins tel que i'estois,
si Tybere a exercé de la tyrannie, ce n'a pas esté
par mes conseils, ie ne l'y ay iamais induit, tant
s'en faut) ne l'approuuant, comme flateur ( i'en
ay ressenti des effects, beaucoup plus cruels que
les condamnez n'ont esté tourmentez des prisons
ny des supplices : & si l'on m'accuse de l'auoir
excité la cruauté, pour luy oster les affections
du peuple & esleuer ma fortune qui nommera
on pour autheur de celle qu'il a vsee en mon
endroit ? O Lucifer, il faut que vous sçachiez
que les Tyrans se deschargent de ce qu'ils font
mal à propos sur la ruine de ceux mesmes qu'ils
ont employez à telles actions : car ils nous expo-
sent & nous sacrifient librement à la mort, pour
satisfaire à l'outrage du peuple quand il murmure
contr'eux, & par ainsi nous portons la peine
de leurs fautes, Les Histoires qui racontent nos
disgraces, viennent tousiours de ces termes Voila la fin ordinaire de ceux qui s'approchent trop
pres des faueurs des Princes, si bien qu'en chaque Chronique, nostre infortune sert d'auer-
tissement pour vn mauuais passage. L'agrandis-
sement d'vn sauory tesmoigne aussi la grandeur
d'vn Prince qui le fait : le maintenir aupres de soy,
& dans ses honneurs, c'est d'autant plus faire
paroistre son bon iugement aux choix qu'il en
fait : au contraire quand il le destruit, c'est mon-

ſtrer la legereté & l'inconſtance de ſon eſprit, &
ſe rengèr du parti de ſes aduerſaires.

En meſme temps s'approcha Plantian fauory
de Seuere, qu'il fit jetter par vne feneſtre pour
eſtre le ſpectacle du peuple. De mon viuant, dit-
il, ie pûs eſtre comparé à vne fuſée, qui fut en vn
inſtant eſleuée en l'air, belle, flambante & bruſla-
te : Cependant que ie tenois le haut ie brillois
comme vn aſtre aux yeux du monde : mais cel a
dura fort peu, ie tombay incontinent à terre, &
fus conuerty en fumée & en cendre.

Apres celtuy cy, on vit pareſtre pluſieurs autres fauoris en vne bande, à ſçauoir Fauſtus,
fauory de Pyrrhus Roy des Epirotes, Pyrene &
Cleandre fauoris de Commode : Cintinat, celuy
de Britilus, Empereur, Rufus celuy de Domitian,
& Anproniſius, celui d'Adrian, qui eſtoient tous
attentifs à la voix tremblante & plaintiue du
grand Beliſaire fauory de Iuſtinian, lequel comme aueugle qu'il eſtoit auoit deſia frappé deux
fois de ſon baſton, & branſlé la teſte, teſmoi-
gnant qu'il demandoit audiance, & quand on eut
fait ſilence, il dit ainſi.

Il y a bien plus de honte à vous autres Princes,
d'eſtre les bourreaux de ceux que vous auez eſ-
leués, qu'à nous autres fauoris de ſouſtenir les
cruels effets de voſtre inconſtance. Pour mon regard ie ſeruis vn Prince Chreſtien & iuſte, qui
enſeigna les moyens d'adminiſtrer la Iuſtice : &
combien qu'il tint de ma valeur la grandeur de
ſon Empire, ſes victoires, & ſes triomphes, il me
fit arracher les yeux, me lai　ſandonné dans
vne extrême miſere, iuſques à eſtre reduit à men-

dier mō pâl, au coin des rües. Et ce nom de Be-
lisaire, que l'on souloit proferer pour animer les
esquadrons & espouuanter les ennemis, ce nom,
dis-ie, dont le son & la puissance valoit vne ar-
mee, s'est veu camper sur le carreau, & aux portes, demandant l'aumosne sans sçauoir à qui.

La faueur des Princes est comme le vif argent,
il ne se peut arrester, il est en perpetuel mouuement, il s'enfuit entre les doigts en le voulant
forcer, il se conuertit en vapeur quand on le veut
rendre plus sublime, il en deuint plus veneneux,
& de faueur il passe en sublimé: quand on les
manie, il penettre iusques aux os: celuy qui com-
munique souuent auec luy, & qui trauaille pour
l'auoir, demeure toute sa vie tremblotant iufques à la mort.

Comme il acheuoit ces paroles, on ouy't vn
grand cry de gemissemens effroyables & d'Helas
prononcez de tous ceux qui se sentoient du vif
argent de la faueur, lesquels commencerent tous
à trembler comme les fueilles de tremble: & en
mesme temps, vn Esprit profera ces paroles du
Prophete Habacuc, parlant aux Princes negligens de leur deuoir.

Pourquoy ne regardez vous point les mefchancetez qui se commettent? & pourquoy demeurez vous sans langues & sans mains, là où
les meschans oppriment les gens de bien? Vous
voulez donc que les hommes soient comme les
poissons de la mer, ou comme les reptiles de la
terre qui n'ont point de Prince. C'est ce qui a fait
que la loy a esté d'eschiree, & que le iugement
n'a pas esté prononcé selon l'equité, mais la pierre

P P 4

de la muraille criera contre vous , & le bois qui
est entre les jointures des edifices vous en fera des
reproches.

Ie vous ay recité les menaces du Prophete
( respondit l'esprit ) pour vous faire considerer
que Dieu ne fait pas tant de cas de vous autres
Grands , qu'ils remettent tousiours le chasti-
ment de vos erreurs aux autres Princes & Poten-
tats de la terre , ou à des succez prodigieux,
ou à des forces superieures aux vostres . mais à
des choses qui sont abjectes , viles & mesprisables, Admirez vn peu de quels Ministres Dieu se
sert pour vanger vos outrages , vos vanitez &
vostre orgueil , de faire parler des pierres insen-
sibles , des murailles & du bois pourry d'entre
les jointures des edifices. Quand Dieu veut le
bois vermoulu , les plus petits insectes , les ver-
misseaux , les mouches & les poux sont les Officiers de sa Iustice redoutable.

A peine acheuoit il ce dernier mot , quand il
fallut vistement courir pour sçauoir d'où procedoit vn autre tintamarre de cris & de voix confuses qui estourdissoit tous les auditeurs : & comme
on s'en fust approché , on veit que c'estoient les
Armes & les Lettres qui se battoient ensemble.
Il y auoit des personnes releuées en condition,
& toutefois de differentes qualitez & de diuers
aages. Les vns frappoient auec des espées , les
autres se deffendoient auec de gros liures dont ils
se seruoient tantost d'armes deffensiues & tantost d'offensiues , c'est à dire , en le mettant
deuant eux comme des rondaches ou des pla-
strons, puis s'en seruant à donner de furieux ho-

rions fur les oreilles de leurs aduerfaires. Tout
beau, tout beau ( dit vn fuiuant de Lucifer ) por-
tez refpect au Prince des Tenebres. Auffi toft, les
coups demeurerent en fufpens de part & d'autre:
& lors vn des combattans, commença à dire
Si vous fçauiez qui nous fomnies , & la raifon
que nous auons de nous vanger , peut eftre fe-
riez vous de noftre party. En mefme inftant
on vit paroiftre Domitian , Commode, Ca-
racalla, Phalaris, Heliogaballe, Alcete, An-
dronic, Bufiris, & plufieurs autres grands per-
fonnages. Lucifer voyant vne fi maieftueufe compagnie, fe difpofoit à leur donner toute la fatis-
faction qu'ils pouuoient defirer , quand vn venerable vieillard s'auança fuiuy de plufieurs autres , lefquels ayans efté mal traittez & excedez
par ces Princes là , auoient les vifages tous fan-
glans.

Ie fuis Solon, dit ce vieillard, & ceux là font
les fept Sages de la Grece , tant renommez par
l'vnivers. Celuy là que le Tyrã Nicocreon broye
comme vous voyez dans vn mortier , eft le
Philofophe Anaxarque. Ce petit boffu que voila
c'eft cét efprit excellent , que le monde connut
autrefois fous le nom d'Ariftote : ce camus, eft
le fage Socrate : cét autre vieillard , c'eft le diuin Platon : & ces autres gens qui font acculez
dans ce coin, ce font plufieurs autres hommes de
noftre profeffion, qui ont fait les mefmes œuures
defquelles ces Princes fe fentans offencez, tirent
vn cruelle vengeance de nous. Et pour vous
informer du faict , vous fçaurez ( Prince Lucifer ) que nous fommes les compofiteurs des

liures Politiques & des loix de bon gouuernement d'Eltats & Empires, par où nous auons enfeigné aux Princes la methode qu'ils doiuent ob-
feruer pour regir leurs peuples & fe faire aymer
d'eux, comme il falloit reuerer & adminiltrer la
Iuſtice, recompenſer les Guerriers genereux, ſe
feruir des hommes doctes, bannir les adulateurs
auoir des Magiltrats prudens, pleins d'integrité,
chaltier & falarier felon les occurrences, qu'ils
eltoient Vicaires de Dieu en terre repreſentans
ſa diuine Maieſté, Voila le feul object des outrages qu'ils nous font, combien que nous ne les
nommions point, & que nous n'ayons eu aucun
deſſein de les offencer, mais pluſtoſt de leur ſer-
uir de guide au chemin de la Vertu & du Ciel. O
Princes iniques ! dit il, en ſe tournant vers eux,
ces glorieux Roys & Empereurs, ſur leſquels nous
priſmes le modelle pour former nos loix & nos
inſtructions, ont bien maintenant vn meilleur
domicile que nous. Numa eſt vn aſtre brillant
dans le Ciel, & Tarquin eſt vn tizon fumant
dedans l'Enfer, Augulte a laiſſé vne memoire bien
plus glorieuſe que n'a pas fait Sardanapale, &
Trajan que Neron.

Alors Denys le Tyran accompagné de pluſieurs
auttes de ſes ſemblables commença à crier : Tu
as bien menty, infame Philoſophe, tant s'enfaut
que vous auttes Legiſlateurs vous ayez rendu
aucuns ſeruices, au coutraire vous eſtes canſe de
nos reproches, de noſtre deshonneur, & des
morts cruelles dont nous auons eſté exterminez:
car pour auoir menty dans vos eſcrits, auoir parlé des choſes dont vous n'auiez nulle coguoiſ-

sance, & donné des preceptes de celles que vous
ignoriez, nous auons esté persecutez durant nostre vie, diffamez après la mort.

Comment, mon Prince (dit en suite Iulianl'A-
postat, en regardant Satan) il y a biende l'apparence que ces pedans cy de basse extraction
qui sont méprisez & moquez du monde à cause
de leur sale & maussade façon de viure & d'habillement, de leur miné refrongnée, qui sont merite d'vne vie mendiante, & vne constance du
mespris d'autruy, qui n'ont ni pratique, ni theo-
rique des sciences dont ils traittent sans sçauoir
que c'est de Seigneurie ny de Regne, se meslent
de prescrire des preceptes aux Roys, & des
moyens de gouuerner les Royaumes selon leurs
caprices & leurs bizarres opinions qu'ils
croyent estre l'appuy, & le maintien des Couronnes.

A vostre aduis, tout l'Enfer pourroit il donner vn plus grand tourment & vne plus odieuse
mortification à la grandeur mondaine, que de
l'obliger à souffrir qu'vn de ces marauts là en se
galant la teste, & auec vn visage couuert d'vn
buisson de barbe, & des yeux enfoncez iusques
au derriere du crane auec vne parole mal agreable, dit que le Prince qui n'a soin que de soy, est
vn Tyran, & que celui qui pense seulement à la
conseruation de son peuple, est vn vrai Roy. Hé!
ignorant temeraire que tu es, vien çà, vn Roy qui
ne regarde qu'au bien d'autruy, qui est ce qui
aura soin du sien. Quoy ? tu voudrois que nous
nous destruisissions nous mesmes, & que nous
fissions sur nostre personne tout le mal que

nous pourrions receuoir de nos ennemis ? Canailles, escriuez nuict & iour tant qu'il vous plaira, mais ne vous ingerez pas de parler d'vn mestier que vous n'entendez point. Comment pourrions nous estre Seigneurs souuerains, sans estre maistres & possesseurs du bien d'autruy & estre absolus en nous soumettant à vos aduis & conseils, vous qui n'estes que nos vassaux ? Pouuons nous auoir vne puissance suprême, & ne pouuoir vanger nos offences, satisfaire à nos conuoitises : ny contenter nos appetits deprauez, & adherer à nos passions, seroit il à propos de faire eslection des gens de bien pour reprouuer les meschans, Non, non nous auons plus besoin de ceux qui sont complaisans à nos volontez, que des autres: & de vray vous estes fort despourueus de sens commun de penser que nous puissions recompenser le merite & la vertu des gens de bien, veu que ce sont nos propres accusateurs. Il nous est beaucoup plus vtile d'attirer à nous les trompeurs, les perfides & meschans par le moyen des dignitez & Consulats : car nostre asyle est dans leurs outrages, nostre qualité en leur imitation, & nostre excuse dans leurs excez. Et pourquoy donc, vieux Bocus, Barbus, pourquoy n'escriuez-vous par la verité: apprenez, apprenez que le boucher ne fait pas engraisser ses moutons qu'afin de les tuer, & que le Chirurgien ne ferme pas les veines quand il veut saigner.

Demeurez donc desormais dans vn perpetuel silence, & laissez parler cét Orateur cy, qui nous enseigne vne maniere de gouuerner beaucoup

plus fauorable que la voftre : aduancez - vous,
Photinus , & vous faites entendre. Là deffus il
parut vn certain impudent de mauuaife mine, qui
fembloit n'eftre propre qu'à perfuader des mefchancetez, lequel ouurant fa gueule infecte , &
auec vn abayement effroyable , ietta le venin de
fes paroles.

---

## Iniques perfuafions d'vn Courtifan de Ptolo-
### mée, pour l'induire à faire tuer Pom-
### pée, tirée de Lucanus, au 8. liu.
### de fa Pharfalie.

Lufieurs grands Princes comme toy, Ptolomée, fe font bié
fouuent repentis d'auoir efté
trop religieux à l'obferuance
de la Iuftice & de l'équité. Les
affligez qu'ils ont affiftez, &
le fcrupule qu'ils ont fait de
violer la foy les a fouuent em-
pefchez d'eftendre les limites de leur Empire, &
d'accroiftre l'efclat de leurs Couronnes. Non,
non, Ptolomée, il n'en faut plus confulter : C'eft
à ce coup qu'il faut ceder a la deftinée, & adherer à la volonté des Dieux, en abandonnant hardiment ceux qui leur plaift de perfecuter , & te

ranger du party de ceux qu'ils fauorifent. Autant
qu'il y a de diftance entre le Ciel & la terre, &
de difference du feu à l'eau, autant y en a il entre
l'vtile & l'équitable. Ainfi quand vn Prince fe veut
garder d'exceder les chofes honneftes & ciuiles,
il confpire contre foy mefme, il deftruict la
grandeur de fon Empire & diffippe fes armes.
Au contraire, la liberté de mal faire, & la licence
des delicts, appuye & maintient le Regne le plus
odieux. Et quand il y auroit de l'impieté en cette
action qui t'en peut rechercher ? Vn autre, au
deffous de toy, en pourroit bien craindre quelque chaftiment, : mais tu es par deffus les loix &
tu peux tout abfolument. Ne differe donc plus,
ou bien, *Celuy qui voudra exercer la pieté, forte de la*
*Cour.*

Comme ces déteftables paroles s'acheuoient,
Domitian parut, lequel venoit en colere, & traif-
nant apres foy le pauure Suetone Tranquile, difant : Entre tous ces Hiftoriens & Chroniqueurs
il n'y en a point de pires ny de plus dangereux
que ceux qui apres la mort des Empereurs desh
noroiét leur reputation felon les caprices de leur
efprit Ces maudits Efcriuains cy ne peuuent laiffer les Princes en repos durant leur vie, ny encore apres leur mort, car ils les font reuiure dans
leurs Hiftoires pour les inquieter de nouueau,
côme fait en mon endroit ce temeraire que voicy, lequel parle de moy en ces termes. Son threfor
( dit il ) ayant efté efpuifé, à caufe de fes exceffi-
ues defpenfes qu'il auoit faites en baftimens, à
fairè reprefenter des jeux, & augmenter la paye
des foldats.

Mais ie vous prie, en quoy est ce qu'vn Prince peut mieux employer ses finances, qu'à faire de edifices, à se recreer, & à recompenser les Guerriers?

Il essaya ) dit il ) pour se relever des despenses qui se faisoient pour l'entretien des gens de guerre, d'en amoindrir le nombre : mais considerant que c'estoit donner sujet aux estrangers de luy faire quelque affront, il ne fit point de scrupule de rançonner & piller en toutes les façons, les biens des vivans & des morts qui estoient confisquez sur le rapport du moindre accusateur : & pour ruiner vn homme, il ne falloit qu'aller dire qu'il avoit mesdit du Prince.

Est ce la comme il faut parler à des Princes? & que diroit on pis des voleurs, des brigands? Est ce pas vne impudente estronterie d'vser des mesmes termes pour les sceptres des Roys, que pour les crochets des larrons, & les mettre en mesme comparaison?

Il s'emparoit, dit il ) encore des heritages où il n'avoit ny droict, ny pretexte de succession, dés l'heure mesme qu'il se trouvoit vn faux tesmoin, qui dit avoir ouy dire au deffunt auquel Domitian avoit-tyranniquement ravy le bien, que Cesar estoit son heritier avant sa mort. Au reste il avoit imposé vn tribut excessif sur les Iuifs, & y en avoit qui feignoient de ne l'estre pas pour s'en exempter : de fait, il me souvient qu'estant encore ieune adolescent ie me trouvay present, quand vn vieillard de quatre vingts dix ans, qu'on soupçonnoit Iuif fut visité par le commis de l'Empereur.

mefme deuant vne grande affemblée de Confeil-
lers, pour voir s'il eftoit circoncis ou non.

A voftre aduis Meffieurs les infernaux , voila-
il pas vne iniure infupportable? Que puis-je mais
des fautes & des excez de mes Officiers inferieurs?
Pour moy ie m'eftonne de ce que les Princes mes
fucceffeurs permettent que ces écrits fe publient
encore à mon deshonneur, moy qui ay employé
tant d'argent à reftablir les Bibliotheques qui
auoient efté bruflées.

Comme il proferoit cette parole, Suetone refpondit d'vne voix mourante. Il eft vray que cefte action là fut recommandable , auffi n'ay je
pas oublié d'en faire mention. Mais que me re-
pliqueras tu? fi ie t'accufe d'auoir efcrit dans vne
lettre, qui contenoit vn certain mandement, ces
termes icy , tefmoins de ton orgueil & de ton
impieté : voftre Seigneur & voftre Dieu le commande ainfi. Et fi i'ay dit la verité dans mes ef-
crits, dequoy te plains-tu? Comment ay-ie parlé du diuin Augufte, du grand Iules Cefar , & de
Trajan ; quelles actions heroïques ont ils faites
que ie n'aye publiées ? Mais pour toy , & pour
tes femblables qui font des peftes couronnées,
quelle faute ay-ie commife de vous remettre deuant les yeux vos tyrannies , qui font horreur
aux hommes & à la terre ?

Ce difcours de Suetone fut interrompu par le
Flagorneur & Souffleur de diffentions , lequel
s'addreffant à Lucifer, en luy monftrant vn demon
auec le doigt : Ce diable là , dit il, qui marche
comme s'il auoit des cloches aux pieds à force
de

de cheminer, ne fait que de venir du monde & il y
y a 20. ans que vous l'y auiez enuoïé. Auſſi toſt
Lucifer commanda qu'on le fiſt approcher: il vint ,
tout rechigné & ſe preſente à ſon Prince. Comment , lui demanda il , as tu eſté ſi hardi de demeurer ſi long temps ſans me venir rendre compte de tes actions: Hé bien te voila , mais tu
n'apporte pas ſeulement quant & toy vne pauure meſchante ame, ni aucune ſorte de nouuelles
de l'autre monde? Mon Prince, lui reſpond le
diable, ne me reprimandez pas , s'il vous plaiſt,
ſans m'entendre: quiconque condamne ſans oüir
la partie, pourroit bien faire iuſtice, mais il ne ſeroit pas iuſte. Voſtre Demoniancé ſe ſouuiendra
qu'elle me donna la garde d'vn Marchand , aupres duquel i'ay emploïé le temps dont vous me
demandez compte , c'eſt à ſçauoir que i'ay paſſé
dix ans à lui faire commettre le larcin , & dix
autres ans à l'empeſcher de reſtituer. Voïez vn
peu la diabolique excuſe qu'il a trouuée, dit Lucifer ! l'Enfer ne vaut plus rien, tout y eſt corró-
pu, ce n'eſt plus ce qu'il ſouloit eſtre, les demons
ne valent pas maintenant plein leur cul d'eau
chaude, Puis ſe tournant deuers ſon vaſſal, Hé
pauure idiot , eſtoit il beſoin d'arreſter ſi long-
temps aupres d'vn Marchand pour le faire deto-
ber, & l'empeſcher apres de reſtituer, tu es ignorant, tu n'entends pas bien encore la pratique de
la diablerie. Et alors appellant vn de ſes Officiers, Emporte, dit il, ce demon ci , & le mets
dans ſon Nouiciat pour apprendre ſon meſtier ,
ie vey bien que c'eſt vn frippon, & qu'il m'en
donne à garder , ſans doute il ſera loüé aux

& pour vne excufe en faueur de ma femme, mais
ie me fuis bien apperceu depuis, que c'eſtoit vne
pure confeſſion de leur commun delict , car il
eſtoit vray qu'il engageoit ſon ame auec elle, &
engendroient des pies enfemble, parce qu'il eſtoit
noir, & qu'elle eſtoit blanche.

Certes cela feroit plaifant, difoient apres luy
tous les peres adoptez : qu'vn homme paflaſt la
vie tantoſt en fouffrant les incommoditès que
donne vne femme groſſe à tous ceux qui ſont aupres d'elle, tantoſt en la feruant eſtant accouchee
tantoſt endurant les cris d'vn enfant, les badi-
neries d'vne nourrice qu'il faut flatter , ama-
douër, bien traicter, bien coucher & bien payer:
Et combien que nous voyons aſſez que ſes enfans
ne nous reſſemblent point, nous ne laiſſons pas
de les aduouër à nous , d'obeir à leurs garces de
meres. Vrayement il ne faut pas demander qui en
eſt le pere, il en a tous les traits de viſage, il rit
comme luy, il pleure comme luy; & outre toutes
ces peines fupportees patiemment, nous voit aujourd'huy dans les Enfers damnez & cocus tout
enfemble: c'eſt trop, il n'en doit pas aller ainſi.

Alors vne grande rumeur fut ouye dans vne
baſſe foſſe fort profonde, entre des Ames & des
diables. La Viſite s'arreſta tout court, pour ſçauoir d'ou venoit cela. On vid que c'eſtoient des
Prefomptueux , des Vindicatifs, & des Enuieux
qui fe tuoient de crier. Les vns difoient : ô ſi ie
pouuois renaiſtre ! Les autres ô s'il m'eſtoit per-
mis de retourner au monde ! ô ſi l'on mouroit
deux fois. Et d'vn autre coſté, les demons eſtour-
dis & ennuyez de ces importunes exclamations,

leur difoient; Infames trompeurs que vous eftes,
ne ceſſerez vous iamais de nous rompre la teſte
de ces impertinens & inutiles ſouhaits; Vous
eſtes des pipeurs: car encore que vous puiſſiez
renaiſtre & reuiure, non pas vne fois ſeulement,
mais mille, il eſt certain que vous mourriez encore plus meſchans, & il nous feroit impoſſible
de vous chaſſer d'icy à coups de baſtons: Toutesfois anfin que vous eſprouuiez la verité de nos
paroles, & que vous recognoiſſiez quant & quant
qui vous eſtes, on nous vient de permettre de
vous laiſſer reuiure & retourner au monde: Sus
donc marauts, allez renaiſſez retournez, retournez. Les demons diſans cela fangloient ces pauures ames à grands coups de foüets, & les pouſ-
foient pour les faire fortir, mais au lieu de con-
fentir à leur deliurance, dés qu'elles ouyrent ces
paroles: *Sus renaiſſez, reuiuez* vne ſi grande peur
les ſaiſit, qu'elles demeurerent coy, & s'enſeueli-
rent dans vn ſilence.

Il y en eut vn de la compagnie, qui paroiſſoit
eſtre plus entendu & plus reſolu que les autres,
qui commença à dire fort grauement comme en
conſultant s'il fortiroit de l'Enfer, ou non: Si ie
dois eſtre engendré baſtard, ie ſeray meſpriſé du
chacun, à cauſe du peché de mes pere & mere;
ſi ie dois naiſtre legitime, il y entrera ſans doute
du courtier de mariage, de la menterie, de la
fourbe, & de l'imperfection ſecrette de l'vne des
deux parties, ie ſeray logé dans les roignons d'vne
femme neuf mois durant, où ie ſeray nourry &
alimenté de l'infection de leurs purgations & la
fleur, qui eſt la foüillonne des femmes, parce que

Q 4 ;

elle vuide leurs immondices, sera ma cuisiniere,
& quãd il faudra que ie naisse, ie seray plus infect
& plus sale qu'vn gadoüart dans son estelier, ou
qu'vn affligé du mal de Naples. Dés ma naissance ie commenceray à pleurer les miseres de la
vie humaine: ie viuray sans sçauoir que c'est
que viure, ie commenceray à mourir sans auoir
apris que c'est que la mort, ie seray enueloppé
de la couche & de langes qui representent le
suaire, & le berc... e tombeau: ie succeray les
mammelles d'vne nourriture mal saine, qui m'e-
stouffera peut e... n dormant, qui me laissera
peut estre long:t... dans mon ordure, qui atta-
chera mal vne ... ngle qui me piquera vn iour
tout entier ... dents me perceront, i'auray des
trenchees de vētre, du mauuais laict & de la mauuaise substāce dōt la vie déreglee de ma nourrice
alimentera la mienne: tellement que pour éuiter
toutes ces miseres? i'ayme mieux demeurer à iamais aux enfers. Et s'il aduient que ie passe cét â-
ge d'enfáce, & que ie me sauue de la verole & de
la rougeole, & qu'on vienne à m'enuoyer à l'éco.
le, ie seray sujet à gagner la gale, peut estre la
tigne & les mules aux talons, si c'est en hyuer, ie
me verrai auec vn nez d'alambic, tantost la roupie, il me faudra apprendre vne leçon sur peine
du foüet, si ie vais tard à l'escole, le cul payera la
paresse des pieds. Maudit soit donc celui qui aura enuie de renaistre. De plus si ie viens iusqu'à
l'adolescence, ie seray attrapé dans les appas de
la luxure des femmes, elles me tendront des pie-
ges par tout, & par mille diuerses affeteries de
parole & de lasciuetez d'habits, m'obligeront à

satisfaire à leurs appetits defordónés. Pour mon
regard, ie ne fuis plus d'humeur à faire l'Adonis
courtois, ny le mignon : ie ne veux plus fouffrir
la gehne de la chauffetie eftroite qui fait venir les
cors aux pieds, ny vfer de ces talons de bilbo-
quet, ie ne me veux plus tenailler les cheueux ny
la barbe, ny changer la couleur de ciguë en celle
de corbeau, ie ne me veux plus mirer à mon ombre, ny aller iouër de la prunelle dans les affem-
blees, en prophanant fouuent des lieux facrez, à
regarder lequel a le plus beau nez : ie ne veux pas
aller échauffer l'air de la nuiêt auec mes foufpirs
enflammez, ny eftre oifeau de mauuais augu-
ne, compagnon des chauue fouris & des hiboux,
ie n'ay plus cette paffion d'aller faire le zani au
coin d'vne ruë, & la ronde autour du logis d'v-
ne maiftreffe, d'adorer fes imperfeêtiós, faire des
chaifnes d'vn filet de fes cheueux, ou donner
tout mon bien pour vn cordon de fes fouliers. O
maudit & plus que maudit, celuy qui voudroit
recommencer à faire vne fi malheureufe vie. Puis
eftant homme fait, me voir accablé d'ennuis &
de foucis diuers, de procez & de querelles : fi
i'ay du bien, ie fuis pauure, de regrets de mon
infortune, entre la repentance & l'experience
commençant à reffentir les atteintes de maladies que la ieuneffe auroit acquifes peu à peu par
fes débauches, en faifât le Nouiciat pour arriuer
à la vieilleffe. Et y eftant arriué, deuenir melan-
colique & chagrin, fans trouuer d objeêt qui
puiffe plaire, detefter côtre les ans & chercher la
fontaine de iouence dans la boutique, les rafoirs
& les peintures d'vn barbier, dire que les rides

fons des fignes & marques apportées de la naiffance, ou bien attribuer aux trauaux de la vie,
defauoüant fon aage deuant tant de tefmoins
qui depofent contre nous comme font les aftoi-
bliffemens de la vigueur, les manques de veuë
& de dents, les goutes, les migraines, les ca-
tharres & les grauelles. Et d'ailleurs, quelle peine eft ce qui fe puiffe comparer à vne hypocrifie
de membres, me voyant tôber en pieces, dire que
ie foufriray mieux la fatigue, que i'ay meilleu-
res iambes, & mille autres fottifes qui couftent
fort cher à ces vieux fôux remplis de vanité, qui
les difent.

Mais cela n'eft rien au prix du mal que fait
l'Amour, quand il fe prend à vn homme auancé
dans l'aage, principalement lors qu'il fe voit em-
barquer à courtifer vne femme en concurrêce de
quelques adolefcens, ou bien à exciter vne femme au combat, & puis la laiffer plus affamée que
faoule ayant employé la nuiét en pretextes en excufes, & en raifôs creufes & vuides. Tantoft eftre
contraint de rougir, quand elles m'appelleront
leur vieil amy, qu'elles me diront, il y a long
temps que nous nous connoiffons, cen'eft plus le
temps qui foulot, & plûfieurs autres chofes auffi
fafcheufes à fupporter, et fi d'auenture la vie fe
maintient iufques à mener vn homme dans la
vieilleffe, & qu'elle luy façonne la tefte comme
celles qu'ô met ordinaire ́et aux piedsdes croix,
que fa chair foit découlee en eau, & qu'il ne luy
refte plus qu'vne peau lafche & ridee de couleur
de noix feiches: qu'il aille auec vn baftô, à la main

heurtant aux sepulchres pour se faire faire place,
qu'il soit comme vn songe ou vn fantosme mou-
uant, que ses reins & sa vessie soient conuertis
en catriere, qu'il deuienne Astrologue de pissat,
qu'il soit espié de ses heritiers, qu'il soit la rente
des Medecins, l'occupation des Chirurgiens,
l'aualeur & payeur des vieilles drogues des A-
pothicaires, qu'on l'appelle mon pere, & tantost
mon grand pere? Non, non, vn enfer vaut beaucoup mieux que deux matrices.

Quand ie viens encore à considerer les felici-
tez de la vie, les vertus & les mœurs, qu'il faille pour estre riche estre larron, pour estre homme d'honneur, estre flateur, inuenteur de subtilitez, & inquisiteur des affaires d'autruy : que
pour se marier il faille estre en danger du cocua-
ge, tantost en herbe & tantost en gerbe : pour
estre vaillant estre mutin, quereleur, blasphema-
teur & auec cela si vous estes pauure, personne
ne vous cognoistra, si vous estes riche, vous ne
cognoistrez personne : si vous mourez ieune, on
dira que vous aurez esté malheureux, si vieux
vous ne vous ressentiez plus de rien, & qu'il n'y
a pas grand dommage, Si vous estes deuot, &
que vous frequentiez les Sacremens, on dira que
vous estes hypocrite : si vous n'en faites rien on
vous croira heretique: si vous estes d'humeur io-
uiale, on vous tiendra pour bouffon : si triste,
pour desplaisant & ennuyeux: si vous estes courtois, on vous appellera attrapeur de minois : si
discourtois, superbe. Ie donne donc au diable la
vie mõdaine & celuy qui la veut recommencer.
Ie n'y rentrerois pas d'où ie suis sorty pour tout

ceque le monde estime bien. Or sus Camarades
dit il, à ses compagnons, apres m'auoit oüy, y a-
il quelqu'vnde vous autres qui vueille retourner
au monde, & reculer sa vie iusques dans le ventre de sa mere? Non, non, non respondirent ils
tous. enfer, enfer, plustost que ma main:des diables plustost que des sages femmes.

Apres cela, fut entendu vn Testateur, c'est à
dire vn homme qui auoit fait testament, qui disoit: Suy ie pas vn maudit homme, d'estre l'homicide de moy mesme, si ie n'eusse point testé ie
serois encore en pleine santé? Le mal le plus
perilleux apres le Medecin, c'est le testamment, il
en est mort beaucoup plus pour auoit fait leur
testament, que par aucune autre maladie. Viuās,
Viuans (crioit il à pleine teste) gardez vous de
faire testament, & vous viurez autant que des
corbeaux. Malheureux, ie me suis iette moymê-
me dans le peril en me mettant entre les mains
des Medecins, & i'ay signé ma sentence de mort
en signant mon testament. Le Medecin m'abandonne, en m'ordonnant de mettre ordre à mes
affaires. Et moy porté de prudence & de deuotion, ie commençay des l'heure mesme le prologue de mon testament en ces paroles. *In nomine,
Domini, &c.* puis venant à partager mon bien, ie
prononçay ces mots? Hà, que ne deuins ie muet
alors. Item ie fais mon fils mon heritier vniuer-
sel. Ie donne à ma femme telle & telle chose de
mes meubles, &c. Item, à vn tel mon seruiteur,
ie donne la somme de, &c. A vne telle ma seruan-
té, telle autre somme. Item, à Monsieur tel
mon amy intime, afin qu'il se souuiene de mi

donne ma vaiſſelle d'argent. Item, ſi ie meurs, ie
veux que la liberté ſoit dõnee à Mouſtafa mon eſ
claue. Ité à Monſieur le Doƈeur Medecin apel-
lé tel, ie donne mon grand diamant, en conſideration de la diligence qu'il a aportée à ma maladie.
Et dès l'inſtant que i'eus appliqué mon paraphe
au bas de ces articles, la terre à qui i'auois donné
mõ corps, eut falm de ma chair, & la demãda pour
la manger: & chacun de mes heritiers & lega-
taires étoient en peine ſi ie deuois mourir ou non,
& ſi la maladie ſeroit longue. Apres cela ſi ie de-
mãdois la potion ou l'apozeme, mon heritier demandoit en meſme tẽps mon biẽ, ma femme la ta-
piſſerie & les autres meubles que ie luy auois dõ
nez: mon valet, ſon legs: mon amy, ſa memoire lo-
cale, & le Medecin, pour ſe recreer la veuë ſur
mon diamant, me demandoit le poulx. Si ie luy
demandois dequoy ie mangerois, De tout me diſoit il. Si ie faiſois quelque gemiſſement, mon,
fils croyoit que i'expiraſſe, ma femme crioit que
on detendiſt les meubles, mon valet importunoit
pour ſon legs: mon amy demandoit enquoy con-
ſiſtoit la vaiſſelle d'argent que ie luy auois donnée, L'Eſclaue ſe vouloit faire ouurir la potte: &
que tout cela ne ſe pouuoit executer que ie ne
fuſſe mort, il ſe trouuoit qu'à meſure que ie leur
diſperçois & donnois mon bien, i'ordonnois
quant & quant qu'ils ſouhaitaſſent tous ma mort.
Et partant ie vous proteſte, que ſi ie retourne en
vie ie ferois vn teſtament tout different du premier. Ie dirois i'ordonne que tout ce que mon
fils mangera de mon bien apres ma mort, ſe con-
uertiſſe en poiſon, que malediƈion luy tombe

sur la teste & que tout ce que ie laisse contre mon
gré, tant à luy qu'à tous les autres, pour ne le
pouuoir emporter, que le diable en prenne possession, & l'emporte, s'il peut. Que la male peste
estouffe ma femme, la rage, ou le desespoir. Item,
si ie meurs, i'ordonne que mon esclaue aye les
estriuieres trois fois par iour : que ma femme se
rende partie contre mon Medecin, en l'accusant
de ma mort: car il faut auoüer que i'ai encor ici
vne dent de laict contre ce meschant là: d'autant
qu'il ne s'est pas seulement contenté de m'auoir
tourmenté estant sain, & de m'auoir acheué de
tuer estant malade, il m'a encor persecuté &
poursuiui par delà le tombeau, comme luy & tous
ceux de sa profession, ce sont des pauures idiots
qui s'abandonnent à eux pour aller bien tost en
l'autre monde. Car lors qu'ils nous ont depeschez, & que nous sommes partis, ils nous ac-
cusent de mille imperfections : Dieu luy fasse
paix, disent ils, son excez de boire l'a tué. Comment le pourrions nous guerir, s'il estoit si dere-
glé en son viure ? C'estoit vn insensé, c'estoit vn
fous, il n'obeyssoit pas au Medecin comme Dieu
le commande : c'estoit vn corps pourry, cacochy-
me, vn cloaque, il viuoit si mal, qu'il luy valoit
beaucoup mieux mourir, son heure estoit venuë.
O larrons meurtriers! c'est vous qui estes l'heure:
car dés l'instant que vous entrez dans la chambre d'vn malade, on peut bien dire qu'il
mourra & que son heure est venuë. Cruels, ne
vous suffit il pas d'oster la vie à vn homme, &
de vous faire payer sa mort comme font les bourreaux, sans encor excuser vostre ignorance sur le

deshonneur & infamie des pauures deffunts!
O vous viuans qui rampez sur la terre, apprenez
de moy comment il faut faire les testamens, car si
vous voulez pratiquer la methode que ie vous
viens d'enseigner, les ieunes gens paruiendront à
la vieillesse, & les vieillards iront iusques à la
decrepitude: Vous mourrez tous contens & sa-
tisfaits de la durée de vostre vie, & vous ne serez point coupez en la fleur de vostre aage, par
les faux Doctorales de la faculté foüille - merde.

Ce trepassé parla auec tant de vehemence, que
Lucifer iugea qu'il auoit dit la verité & parce
que les veritez ne sont pas toutes bonnes à dire
principalement parmy les diables, qui la hais-
sent mortellement :& craignant qu'il n'arriuast
vn plus grand desordre, si les Medecins venoient
à entendre les propos que ce Trespassé tenoit à
leur prejudice, Lucifer ordonna qu'on luy met-
troit vn baillon.

Il falut alors faire silence pour ceder au bruit
d'vn damné, lequel courant comme vn furieux
insensé vint passer au trauers de la compagnie,
en criant:Où suis ie ? où suis ie ?qu'est ce à dire
ceci? on m'a trompé il y a des diables qui tentent, d'autres qui damnent, & d'autres qui tourmentent : l'ey couru & visité tout l'Enfer, &
neantmoins ie ne voy pas vn des demons qui
m'ont amené icy : où sont mes demons ?qui m'a
rauy mes demons? qu'on me rende mes demons.

On ne vit iamais rien de si estrange, de chercher des demons en Enfer, ou tout en grouille

& comme il couroit ainſi qu'vn forcené, la Douëgna le prit par le bras, & l'arreſta tout court: O
mal heureux, luy dit elle, ſi les demons te manquent icy, où penſe tu les aller chercher ? il ou-
urit les yeux, & reconnoiſſant celle qui l'arre-
ſtoit: O etiquette de Belzebuth! figure de Satha-
nas, mediatrice de damnation, aſſembleuſe de
ſexes diuers, encheuilleuſe de membres, amon-
celeuſe de vices, guide des pecheurs, aſſaiſon-
neuſe de voluptez, ſourriere de paillardiſe,
auant propos des debordez, prologue des trouſ-
ſemens, truchement des luxurieux, où as tu laiſſé
les diables & les diableſſes qui m'ont amené icy?
car ie ne ſuis pas ſi ſot ni ſi diot, que de me laiſſer
tromper: ny emporter de ces demons, qui ont
des queuës & des cornes comme des bœufs, qui
ſont enfumez comme des cramailleres, qui ont
des tetaſſes de truye, & des aiſles de chauueſouris
Ceux que ie cherche ſont beaucoup plus meſchans, ce ſont ces meres qui naurent les hommes
auec leurs filles, qu'elles décochent comme des
traicts envenimez, ces tantes qui ſont voltiger
leurs niepces comme des eſtincelles de feu, ces
filles affettees qui percent auec des yeux qu'elles
tiennent en l'arreſt comme la lance d'vn Caualier, ces adulateurs qui ſont l'ouy perpetuel de
tout ce qu'on deſire d'eux: ces ſemeurs de noiſes
& de diſſentions, qui ſont les vers qui rongent le
repos d'autruy: ces trafiqueurs de menteries,
qui rapportent ce qu'ils n'ont pas ony, qui
eſtiment ce qu'ils ne ſçauant pas, & iurent ce
qu'ils ne croyent pas. Ces mediſans, qui ſont des
corneilles de l'honneur, qui ne ſe jettent que ſur

la chair morte. Ces Hypocrites qui tirent interest
de la mortification, comme d'vne rente, qui font
les extaziez quand ils sont trop saouls, qui publient leurs menteries pour reuelations, qui font
des oratoires, des tables, & des banquets, des
deslerts, des compagnies, des miracles des choses
ordinaires, qui deuinent tout ce qu'on leur dit;
qui ressuscitent les viuans, qui contrefont les
infirmes quand il faut trauailler, & qui donnent
les gens au diable, auec vn *Deo gratias*. Voila les
diables qui furent cause de ma damnation, & tu
me les rendras, & tu me les trouueras maudite
vieille, car ils sont tous cachez dessous ta
cappe.

Là dessus, il se iette sur elle: on eut beaucoup
de peine à les decharpir l'vn d'auec l'autre. Ce
desesperé tiroit & tirailloit la pauure Douegna,
iusques à luy dechirer la cape dont elle estoit af-
fublee; mais Lucifer les fit taire de puissance ab-
soluë.

Cela fait, on ouyt vn grand bruit de gonds,
& de portes mal graissees, auec vn bourdonne-
ment estrange d'vne grand multitude de gens.
Les premieres personnes qui parurent ce fut des
vieilles fardees presomptueuses & babillardes,
lesquelles contrefaisoient les mignardes & delicates; elles rioient & folastroient ensemble, tesmoignant de n'estre point mécontentes. Le Flagorneur, se formalisant de leurs deportemens, ne
manqua pas de les accuser incontinent, sur ce que
leur allegresse les accompagnoit iusques dans
l'enfer, ce qui fut reputé pour vn delict fort criminel. En mesme temps, on les interrogea

pourquoy elles estoient gaillardes veu qu'elles
estoient du nombre des damnées, qui n'ont pour
leur partage que pleurs & grincemens de dents.
Et lors vne de la troupe qui ressembloit à  vne
mort, montée sur des patins de demie aulne  de
haut , selon l'vsage  des petites Madames de ce
temps , laquelle parlant pour toutes les autres,
s'auança disant: Seigneur Lucifer, en venant icy
nous estions fors tristes & melancoliques  autant  que des vieilles damnées le peuuent estre,
& si vieilles & vsées qu'il ne  nous reste plus que
les marques & l'excrement des années par des-
sur les os : mais comme nous vismes cette inscri-
ption , qui est  sur la potte de ceans , *Voicy le se-*
*jour où il n'y a que pleurs & grincements de dents :*
nous auons esté  toutes consolees , estimant que
s'il n'y auoit  point d'autres tourmens à souffrir,
nous en serions quittes à bon matché , attendu
que nous sommes si seiches , qu'il n'y a nulle hu-
midité en nous, qui nous puisse produire des larmes , & d'ailleurs , que nous n'auons plus aucune dent en la bouche.  Il y a bien encore quelque
humeur dans vos prunelles, & quelque racines
de grosses dents en vostre bouche, dit l'Entremeteur, c'est pourquoy vostre allegresse pouroit
bien estre vaine , & ne gueres durer. Elles furent
visitées, & les ayant trouuees si seiches , on les
mit dans les fusils d'enfer pour seruir de mesche
& d'allumettes.

Apres elles , voicy arriuer quantité de  personnes de toutes qualitez & offices, qui comen-
cerent à crier: Messieurs , Messieurs , dire ils
aux premiers qu'ils apperceurent , qui est ce de
vous

vous autres qui tient le compte des recompenses enseignez les nous, auparauant que nous en-
trions plus auant. Comment, dit alors vn de la
mesme troupe, ie pensois que nous fussions en
Enfer, mais puis qu'on espere ici des recompenses, ie voy bien que nous ne sommes qu'en Purgatoire. Bon, bon, bon, repond toute la multitude. Courte ioyé, courte ioye, repart l'Entremeteur, bon Enfer, bon Enfer, & neant pour le Purgatoire, vous en auez joüé vostre part, vous estes
descendu trop bas, vous l'auez laissé en chemin
vn peu plus haut sur la main droicte, & partant
il est inutile d'esperer icy de registres de recompenses, où il n'y a pour liberalité que peines. Si
est ce que nous nous y sommes bien attendus, dit
celuy qui auoit parlé le premier. Et comment cela: dit l'Entremeteur. Ie vous le vay dire, respond
l'autre : Certaines, personnes informées de nos
larcins, portés de charité, se sont souuent inge-
rees de nous en destourner par de sainctes remonstrances, mais comme nons y estions natura-
lisez, nous leur respondions ces raisons ; Que
pourrions nous moins faire : Attendrions nous
que l'on nous vint apporter chez nous ce qu'on
garde si soigneusement : Et comment voudriez-
vous qu'vn vagabond vesquist, qui n'a ny maistre ny office, qui aime a passer son temps auec
les dedorbees, dans les Academies de ieu, dans
les cabarets, s'il n'vsoit de quelque subtile industrie ; Et lors celuy qui nous reprimandoit,
voyant nostre opiniastreté nous respondoit. La
recompense vous en sera donc donnée en l'autre
monde.

R r

Comme aufsi quand aucuns de nous nourrif-
foient la femme d'vn amy, abufant de la côfiden-
ce, diffamant fa maifon, & que quelqu'vn leur
remonftroit l'enormité & la lafciueté de leurs
delits ils fe deffendoient ainfi, Que voulez vous
que nous faffions, irons-nous en des maifons,
où l'on nous attéd derriere vne porte, le poignard
& le piftolet à la main, qu'en celles ou l'entrée
nous eft fi libre & fi aifée : où l'on me conuie,
ou l'on me carreffe, ou l'on fe confie en moy ; &
lors la perfonne qui nous reprenoit, voyant noftre endurciffement, nous laiffoit auec ces paroles. La recompenfe vous en fera donnee en l'autre monde. Et d'autant que nous croyons eftre
arriuez en cét autre monde, nous demandons les
recompenfes que les gens de bien nous ont promi-
fes.

Abominable canaille, dit alors vn Officier de
la Iuftice fouueraine, combien y a il parmi
vous autres de mefchans qui ont fouuentesfois
abandonné leur maifon & leur famille, aux incommoditez de la neceffité, & diffipe tout leur
bien à des baucher & corrompre la chaftete, à cô-
mettre mille paillardifes & adulteres : & quand
on leur remonftroit qu'ils euffent compaffion
de leurs femmes & de leurs enfans, ils refpondi-
rent infolemment: Nous les auons recomman-dez
à Dieu, qui en aura foin, Il a bien fouci des corbeaux & des autres oifeaux. Et infames que vous
eftes, vous difoit on pas alors, La recompenfe
vous en fera donnee en l'autre monde. Or c'eft à
ce coup & en ce lieu cy, que la recompenfe en
fera donnee ; Sus, Maudits entrez il eft temps

En difant cela vne multitude de demons prirent
des tizons , & commencerent à leur donner la
recompenfe promife & efperee, qui fut vne liba-
ale & ample diftribution de coups: & cependant
qu'ils fe plaignoient en vomiffant des blaf-
phemes effroyables , on entendoit vne voix qui
difoit : *La recompenfe vous en fera donnée en l'autre*
*monde.*

Apres cette tempefte , on vit approcher plufieurs malins Efprits, de Sergens , Archers &
Records, qui tirailloient & traifnoient pieds &
poings liez le diable des larrons , l'accufant
d'vn delict grandement criminel. Et lors Lucifer fe mit fur fa mine fiere & rogue , & s'acula
dans vne chaire de feu , tous fes Officiers
autour de luy. En mefme temps vn Relateur,
c'eft à dire , celuy qui a charge de rapporter
vne affaire , commença à dire : Prince Lucifer,
voicy vn diable que nous vous amenons accufé
d'eftre vn ignorant en l'exercice de la diablerie,
c'eft vne honte qu'il foit honoré de la qualité
de diable , car il fait vn meftier contraire à fa
profeffion , attendu qu'il ne vaque à autre
chofe qu'à faire fauuer les hommes. Tout le
Tribunal fremit à cette parole *fauuer* comme
eftant effroyable en ce lieu là , ils fe mordirent
tous les levres iufques au fang , en tefmoignant
l'horreur qu'ils en auoient & , lors le fuprefme
Maudit , en fe tournant deuers fon Procureur
fifcal, eft il poffible, dit il, qu'il y ait vn tel trai-
ftre & vn perfide parmy mes vaffaux ? Seigneur
Lucifer, refpond le Patriarche , il eft vray que ce
diable cy ne fait autre meftier, que d'induire les

hommes au larcin & à desrober leur prochain:
quand ils sont descouuerts on les met en prison,
on les pend, ou bien on les brusle s'ils sont faux
monnoyeurs : mais auant que de les mener au
supplice, on les admoneste, on les confesse, on
leur excite la repentance, & par ainsi se sauuët;
& vostre diable, qui n'est pas des plus fins du
monde, pensant auoit gaigné ces ames là,
quand il leur a fait commettre ces crimes ils les
laisse, au lieu qu'il les devroit tenter de se desesperer quand ils sont en prison & se desfaire eux-
mesmes, si bien que quand ils sont vne fois entre
les mains d'vn bon Confesseur, il leur donne vn
poignant regret de leurs forfaits, & par ainsi, ils
se sauuent contre la creance de nostre diable, qui
ne s'est pas encor apperceu que par la potence,
la flamme, ou la rouë on peut aller au Ciel. Voilà comment vos tourmens ont esté frustrez de
beaucoup de vos droicts qui leur deuoient es-
choir; Il ne faut point d'autre accusation contre
luy que celle là, dit le President : Et le pauure
diable voyant qu'on alloit prononcer sa condamnation, commença à s'écrier: Monseigneur,
écoutez moy, car bië qu'on die que le diable soit
sourd, cela ne s'entend pas de vostre grandeur.
Chacun se teut, & il dit: Monseigneur ie vous
aduouë que la pluspart des pendus m'échapent;
mais si vous le voulez compenser auec eux que
ie fais damner en condamnant les autres : ie
m'asseure que ie me trouueray quitte de ce costé
la: combien vous fais-ie venir de preuosts &
d'Archers, à qui ie fais ouurir les mains pour lascher
cher vn faux monnoyeur, & sa fausse monnoye

pour prendre celle qui est de bon aloy ; combien
vous liureray ie de faux tesmoins qui déposent au
prix de l'argent qu'on leur donne? Combien de
Greffiers, qui donnent au procez telle forme que
les interessés desirent, pourueu qu'il aye dequoy
payer la façon: Combien de Geoliiers laiffent prẽ
dre l'effor aux pigeons de leur colombier pourueu qu'on leur empliffe, la bourse, & combien
de Procureurs qui negligẽt ou auancent les pro-
cedures à proportion du salaire que on leur donne: et parmy toutes ces rapines & concuffions, s'il
arriue qu'ils facent faire Iuftice de quelque larron, ce n'eft pas afin d'exterminer les larrons,
mais afin qu'il n'y en ait point d'autres qu'eux, &
qu'ils demeurent feuls dans la Republique: fi
bien qu'en puniffant vn larcin, ils en commẽttẽt
bien fouuent plufieurs autres, qui font pires que
ceux des larrons qu'ils enuoyent au gibet: car ils
n'en font point recherchez: & quãd ils le feroient
ils fçauent les détours & les fineffes neceffaires
pour en ofter la connoiffance: tellement qu'à bien
calculer les chofes, il en aduient comme à celuy,
qui pour chaffer les rats de fa maifon, y mena les
chats: car fi les rats luy rongent quelque morceau
de pain, quelque coine de lart, quelque bout de
chãdelle, ou parchemin: les chats luy renuerfent
aujourd'huy fon pot, mangent demain fon fou-
per, puis apres fes perdrix, de façon qu'au
bout du compte il eft contraint de regretter fes
rats & detefter fes chats.

le me fuis donc feruy de cette ruze là: ie troque
volontiers vn pendu à deux cens pendarts, & à
trois mille vieilles forcieres, qui vont chercher

des cordeaux gibets & desgrolles détspour faire
d'autres malehces. Mais quoy que ie faile pour le
profit de voltre Empire, ie fuis fort mal reconnu,
c'eſt poutquoy ie defire de me repoſer , & vous
ſupplie de vouloir donner ma charge à vn autre ,
car pour mon regard i'ay deſſein d'employer le
reſte de ma vieilleſſe aupres d'vn Pretendant.

On luy donna tout le contentement qu'il pouuoit defiter , & fit on inhibition & deffences aux
malins eſprits qui l'auoient ſi mal traité, de garder vne autrefois de ſe meſprendre ſur peine de
punition corporelle & ſpirituelle, On le priatou-
tefois de ne ſe pas demettre encor' de ſa charge,
attendu qu'il eſtoit encore d'aage pour y rendre
de bons ſeruices, outre que de ſe mettre aupres
d'vn Pretendant, c'eſtoit vne fatigue inſupporta-
ble , & non pas vn allegement. Ie feray tout ce
qu'il vous plaira , dit il , mais ie croy qu'auec vn
Pretendant vndiable demeure les jambes & les
bras croiſez , & les oreilles ouvertes , apprenant
d'Eueſché, dignité que les Peres & les Conciles
diſent ne deuoir point eſtie donnee aux Pretendans, ie me figure qu'il n'y aura que du paſſe têps
& de la recreation pour moy, ce fera comme aller
à l'eſcole du diable , car ces gens la enſeignent
l'Alphabet des demons , de façon qu'il n'y a rien
à faire aupres d'eux , qu'à aprendre à ſe taire.

Là deſſus , le demon du Tabac arriua , ie fus
grandement eſtonné de cette viſion , i'auois bien
touſiours ſoupçonné que c'eſtoit vn demon qui
poſſedoit pluſieurs perſónes, mais ie ne le croïois
pas tout à fait. I'ay, dit il vange les Indes des outrages que les Eſpagnols ont faits, car i'ay fait

plus de mal aux Efpagnols, en introduifãs parmi
eux l'vfage du Tabac, que le Roy d'Efpagne n'en
fit aux Indiés quãd il leur enuoya Colen, Cortés,
Almeyro & Pizarro, d'autant qu'il y a beaucoup
plus de gloire, de mourir parmi les moufquetades
& les coups de lances que parmi les morueaux,
les efternuémens, les rots, & les tournoyemens
de tefte; & quelquefois du pourpre contagieux
que cét infeÆ vfage de Tabac engédre. Ces pre-
neurs de Tabac reffemblent naïuementàdes De-
moniaques que l'on exorcize, il leur fort des fu-
mees & vapeurs auffi infeÆes: mais ils demeurét
toufiours poffedez de ce malin efprit: car ils font
idolatresde ce Tabac, ils en font vne diuinité qui
les rauit en extafe; ils fe loüent & fe ventét par
deffus tout, tentent & perfecutent chacun pour
leur en faire vfer, s'ils le prennent en fumee ils
font dés icy leur Nouiciat pour l'enfer, où il faut
eftre endurcy à la fumée: & s'ils en vfent en poudre, en l'afpirant par les nazeaux ils s'accouftu-
ment aux incommoditez de la vieilleffe, qui a
toufiours la morve & la roupie au nez & les fleg-
mes dans la bouche.

Apres cettui-cy, vint le diable de la fuborna-
tion il eftoit beau & de vifage & de taille, dequoy
ie fus grandement eftonné, n'ayant pas encore
veu de diables, que luy, qui ne fuffent effroya-
blement laids: fon vifage eftoit fi familier, qu'il
me fébloit l'auoir veu en mille autres lieux, tantoft voilé & tantoft à vifage decouuert, tantoft;
s'appellant jeu d'enfant, & tantoft carr elle
quelquefois prenoit le nom de Don & de prefent, & quelquefois d'aumofne, icy de payemét,

R r

& là de restitutiõ, tãt y a que, iamais ie ne le veis
nõmer de son propre nom?Il me souuient mesme
mét de l'auoir veu nommer heritage profit, bon
marché,patrimoine,reconnoissance & rié : cõme
aussi de l'auoir cognu en quelqu'autre lieu Docteur , & en vn autre Licencié: parmy toutes les
femmes,il estoit Bachelier, auec les Procureurs,
Greffiers & Aduocats , il estoit repute & appellé
Droit , & auec les Confesseurs Charité.

Ce diable cy estoit fort bien, accompagné,
il pretendoit le tiltre de Lieutenant de Satan,
mais le diable de la consequence s'opposa puissamment à son dessein,disant?Ie suis l'Embroüil-
leur , l'Intrigueur Politique , & le pipeur des
Princes, le pretexte des indignes, & l'excuse des
Tyrans :ie suis cét excellent reintatier des mauuaises actions? ie leur donne telle couleur que
l'on veut?Au reste i'ay vne force capable de boul-
uerser tout le monde , & le mettre vn vne generale confusion ; Ie bannis la raison, ie conuertis
l'importunité en merite, l'exemple en necessité. Ie sçay donner forme de loy au succez,
l'authorite à l'infamie , & credit à l'insolence:ie
sçauy fermer,& tãtost ouurir la bouche aux Cõ-
seillers selon mon gré: bref,ie fais ce qui est estimé des autres impossible:& tãt que ie seray dans
le monde, il n'y aura,rien à craindre,de la vertu,
de la Iustice, ny du bon gouuernement. Et ce
diable de subornation mesme , qui pretend à la
Lieutenance , qu'auroit il fait sans moy si ie ne
luy mettois le voile sur le visage : comment se
fourroit il dans les compagnies magnifiques, comme il fait qu'il apprenne donc à se cognoistre &

à se taire, & qu'il ne conteste point auec moy la
qualité de Lieutenant de Lucifer , qui me doit
estre concedée.

Et moy, dit vn autre esprit mutin, ie suis vn de
ceux qui se cachent fort humblement derriere
vne porte, qui se contente de niaizeries & de friponneries à cent pour vne liure : en fin ie suis vn
diable Laconique & de peu de discours, ie n'ay
que quatre paroles à dire, & puis s'auance qui
voudra. Ie dis donc, que ie suis vn diable Tru-
cheman, & que l'exercice que ie fais dans le
monde, c'est que i'explique ce passage, *Et cornu.*
*eius exaltabitur in gloria* : en faueur des cocus? car
ie leur persuade que c'est vn hôneur & vn moyen
de se faire connoistre dans le monde, & qu'il y a
beaucoup de gens qu'on ne cognoistroit point, si
leurs femmes habiles ne leur acqueroient ceste
qualité là. Comme aussi, ie fais vne grace & vne
gentillesse entre les femmes de faire tousiours vn
amy , pour les seruir en cas de necessité, & fais
reputer pour niaises, sottes, & mesprisables toutes celles qui manquent de dexterité, entre autre
chose dont ie me mesle, ie sçay finement conuertir le larcin en Office, & les Officiers en larrons.
Cela dit, ce Demon se teut.

Il y eut vn petit instant de silence, puis on
ouyt vn autre diable qui dit : Ie suis vn des
plus petits de la nation diabolique : mais pourtant, que l'on m'ouure la porte, car ie ne viens
pas les mains vuides comme les autres. Qu'apporte tu ? dit alors l'entremeteur en s'approchant de luy, vn Hableur & vn Flateur, qui sont
des pieces de cabinet de Roys, & pour ceste rai-

son ie les apporte au nostre: Luciter iette les yeux dessus, à mesme instant il fit vne grimace & vne mine côme s'il eust mordu dans des cormes vertes, puis il dit: Quoy que ce soit à ton dire, des pieces de Roy, ie n'aime point ce present là.

Apres cela vn autre petit diablotin parut, en disant: Mon Prince, il y a six ans que ie suis après vn vau-rien, & si vau-rien que ie ne sçay comment ie suis venu à bout de lui; car à force d'estre infamé, il n'est bon à tien en bien ny en mal. Te voilla bié empesché, luy dit la Doüegna, il ne le falloit que faire valoir, & le mettre dans les charges & dignitez, tu l'eussé incontinent attrapé.

Ce pendant le Flagorneur qui alloit par tout en forme de canne de roseau, esuentant les fautes d'autruy, s'adressa à paller en vn coin, où il trouua vn gros fagot de vieux diables tous moisis, chancis & pleins d'araignes: Il le vint aussi tost denoncer, & incontinent on délia la hart pour les éuenter: ont eu bien de la peine à les esueiller: puis on leur demanda quels diables ils estoient, dequoy ils se mesloiét, & pourquoy ils vacquoient point à leur charge: Ils respondirent en baaillant, qu'ils estoient les diables des Luxurieux, mais que depuis que les pistoles furent par les femmes trouues plus agreables & plus cherissables que leur propre honneur & chasteté, les Luxuriex n'auoient plus besoin des inspirations & subtilitez diaboliques, pour les persuader de fléchir à leurs desirs, attendu que l'esclat de l'or les éblouissoit fort, si qu'ils les faisoient tomber à la renverse, & en prenoient

ce qu'ils vouloient, Que l'or supleoit à toutes
les imperfections, des Amans, & que la tentation
d'vne bougette auoit plus d'effect que mille diables ensemble : d'autant qu vne femme ou vne
fille tombe plustost sous vn Don , que sous vne
tentation , quand mesme elle s'appelleroit Seigneurie , & sous vn tien , que sous vn millier de
belles paroles.

En suitte, on oüit vn demon qui ronfloit : &
sans cela on luy eust marché sur le ventre, mais
son propre bruit le descouurit. On le prit, & luy
demanda t'on comment il dormoit ainsi d'vn
sommeil de Cornart. Il y a trois iours, dit il, que
ie dors comme vous voyés , parce que ie n'ay que
faire, i'ay campos, ie suis le diable des Religieuses, Mes Dames sont maintenant apres à eslite
vne Abbesse:& quand elles sont en cette occupation là i'ay tout loisir de chomer & de reposer à
mon aise:car il n'y en a pas vne qui ne soit alors
vn vray diable. Elles font des ligues, elles font
des brigues & des partis, elles cajolent cetecy,
elles engeolent celle-là : bref, il y a vne si grande
confusion entr'elles , que ma presence ne les feroit que destourner : Mesme , les Ambitieuses
font vn poinct d'honneur en ce temps-là de faire
voir qu'elles sont plus fines & plus habiles
que les diables : & ie vous donne aduis, que s'il
arriuoit par hazard, que le desordre, la sedition,
& la mutinerie vint à manquer icy, & si la Paix
se hazardoit d'y entrer , il n'y faudroit faire qu'
vne assemble de Religieuses , pour estre vn si furieux tintamarre , que nous ne nous recognoi-
strions plus.

Lucifer trouua cét aduertissement là fort bon: & en fit faire note sur les registres:& afin de rémedier à tout, & pouruoir quant & quant à l'ac. croissement de son Domaine, il commanda de faire assembler toutes les communautez, & les cantons de ses peuples: & lors obeyssans à son Decret il parut vne multitude presque infinie d'Esprits malheureux: En mesme temps Lucifer ouurant vne gueule espouuentable , hurla ces gracieuses paroles:

# DECRET

## DE LVCIFER.

**L**Egions desesperees, peuples à iamais condamnez aux tenebres de mon Empire:vous que le peché tient à gages, & à qui la mort en fait le payement: Ie vous fais à sçauoir , que deux demons de mes suiets ont pretendu la dignité de ma Lieutenance,& que ie ne les en ay pas voulu gratifier ny l'vn ny l'autre, attendu que parmy vous il y a vne diablesse,qui l'a meritée par dessus tous.

A ces paroles, toute l'assemblee commença à se regarder, discourir & murmurer: & Lucifer

s'en apperceuant : Ne vous mettez pas en peine,
dit il, de deuiner ce que peut estre : Qu'on me fasse venir la Bonne Fortune, qui par vn autre nòm
s'appelle la diablesse Prosperité, & l'instant ou
la vit venir de la queuë de toute l'assemblee, laquelle auec vne mine superbe & dédaigneuse
se mit deuant le Seraphin dégradé qui l'ayant
enuisagée, dit de mesme ton qu'il auoit commence.

Ie veux, ordonne, & commande, que vous
honoriez & respectiez apres moy la Dame Prosperité cy presente, comme la tres-grande, superieure & superlatiue diablesse, tiltres & qual'tez
qui ie lui donne, comme deuës à son merite,
d'autant qu'elle seule a fait damner cent fois plus
de monde, que tous tant que vous estes ensemble. C'est elle qui fait oublier Dieu aux hommes, & l'affection de leur prochain, c'est elle qui
leur fait establir leur souueraiu bien aux richesses, qui les engage & les empestre dans la vanité, qui les aueugle de la iouyssance, qui les charge des thresors, & qui les enterre dans leurs delicts, En quelle tragedie n'a elle pas ioüé son rol-
let ? quelle sagesse & prudence s'est pû tenir si
ferme sur ses pieds, qu'elle ne l'ait fait tresbucher ? quelle folie ne s'augmente en prenant accez auec elle ? quels bons conseils est ce qu'elle
reçoit ? quels chastimens craint elle ? & quels ne
merite elle ? Apres elle, qui est ce qui fournit de
matiere aux scandales, d'experience aux histoires, qui alimente la cruaute des Tyrans, & qui
abreuue du sang les bourreaux ? Combien y a il
d'ames qui viuoient en estat d'innocence auec la

pauureté , lesquelles venant à receuoir les faueurs de la Prosperité sont deuenuës meschan-
tes & impies? Sus donc , Esprits infernaux , que
on luy rende à l'aduenir autant de reuerence
qu'à moy mesme & sçachez que les ames qui se
maintiennent humbles à l'espreuue de la Prosperité , ne sont point de vostre gibier : & partant,
vous ne vous y deuez point amuser , car il n'y a
que du temps à prendre. Prenez exemple sur cét
impertinent diable , qui pour tenter Iob , demanda permission à Dieu de le persecuter & le
reduire à l'extréme pauureté , & de le conurir
d'vlceres:c'estoit vn sot, qui n'entendoit pas bien
son mestier: car il deuoit plustost demander licence de le combler de biens , de plaisirs & de
santé, attendu que ceux du monde qui obtien-
nent & possedent tout ce qu'ils veulent , tournent incontinent le dos à Dieu & le mécognois-
sent si fort , que mesme ils oublient son nom. Ils
ne parlent que de voluptez , de banquets , de comedie, & de cheuance. Le pauure au contraire
a tousiours pour l'obiect de son cœur , & pour de
uises ces paroles en la bouche: *Seigneur, ie n'ay es-*
*perance qu'en vous: Mon Dieu, ayez souuenance de moy.*
Et partant dit Lucifer , en redoublant ses maudits hurlemens, ie veux dés a present que l'on
publie par toute l'estenduë de nos estats , les ca-
lamitez, les trauaux , & la persecution, pour ennemis mortels de l'Enfer : attendu qu'on les a
recognus pour estre du party contraire, & en-
roollez en la milice de Dieu:en outre que ce sont
de effects de sa Sapience infinie, des dons de sa
main souueraine.

Item. afin de reformer noſtre gouuernement, ie commande que mes demons ſoient touſiours preſens dans les Audiences & Tribunaux des Magiſtrats, déchargeans leſdits demons du ſoin de Pretendant, des Plaideurs, des Adulateurs, & des Enuieux, attendu qu'ils ſçauent mieux le chemin de ce Royaume & s'y conduire les vns & les autres, que les diables ne leur peuuent enſeigner,

Item, que nul demon ne s'accompagne deſormais d'aucun confident que de celuy qu'on appelle Profit, attendu que c'eſt le Fourrier qui loge plus largement le vice dans les conſciences plus eſtroittes.

Item, qu'en quelque part que ſoit vn demon, ſans en excepter aucun, nous ordonnons que quand l'argent y fera ſon entree, que le demon ſe leue? & luy faiſant honneur & reuerence, luy cede humblement la place, comme le recognoiſſant plus grand diable que luy, car cela eſt important à la conſeruation de noſtre Empire.

Item, nous commandons tres expreſſement à tous nos Officiers de deſtourner & empeſcher la guerre de toutes parts, tant qu'il leur fera poſſible, d'autant qu'elle ſert d'exercice aux courages, elle recompenſe les vertueux, employe les vaillans fait ſouuenir des noms des Saints, & aneantit l'Oyſiueté, qui eſt noſtre amie intime. Et pour l'effet du preſent article, nous ordonnons à tous nos demons d'eſtablir vne paix generale par tout le monde, ſi tant eſt qu'ils en puiſſent venir à bout, dautant que durant ſon regne, les debordemens courent par

tout à libres resnes , la pratique, la luxure est
en vogue, la gloutonnie s'exerce, la detraction se
met en vsage, la menterie s'establit, les mac-
quereaux sont occupez,& les Garces employees,
bref tous les vices accroissent & la vertu decli-
né.

Item, nous dispensons & exemptons desormais nos Lieutenans de la peine qu'ils souloient
prendre à empestrer les hommes dans les pail-
lardises & les voluptez des femmes,d'autant que
nous auons experimenté qu'il n'y a point de peché qui nous soit si fidelle que celuy là , car dés
que le Repentir son ennemy, l'a fait debusquer
pour quelque temps d'vne place , il est si affe-
ctionné à nostre seruice , qu'il rentre de plus belles, & y plante de plus fortes racines qu' auparauant.

Item , en consideration de l'exemption cy dessus,& attendu qu'il y a de notables Marchands
en plusieurs villes & bourgades du monde , qui
secourent charitablement plusieurs personnes, &
entr'autres la ieunesse de ce temps, qu'on appelle vulgairement desbauchee : laquelle pour em-
prunter de l'argent , a recours à eux, & les Marchands s'excusans que leur bourse est vuide, leur
offrent de la marchandise de leur boutique , laquelle les incommodez acceptent , en intention
de la reuendre pour subuenir à leurs excez ou à
leurs necessitez, & sous main, les Marchands
ont des confidens qui se presentent aux incommodez , & vont auec eux chez le Marchand, qui
vend ses denrees à vn prix excessif, puis quand
ils se sont desfaicts de l'incommodé, le Marchand

chand retire sa marchandise , ainsi oblige ceux
qui reclament son assistance. En cette consideration , nous ordonnons aux plus vigilans de nos
diables d'assister & demeurer perpetuellement
aupres desdits Marchands pour leur servir de
Facteurs , attendu qu'en vn tel negoce ils ont besoin de nostre soulagement &  industrie.

Item , nous voulons & entendons, que nosdits
diables facent fidelle compagnie à nos amis
Vsuriers, Vindicatifs , Enuieux , & Pretendans
charges ou dignitez, & sur tout aux Hypocrites:
attendu que c'est l'embaras de toutes choses ,  le
charme de tous les sens , & des puissances de l'a-
me , & celle qui opere si delicatement , que ses
œuures sont quasi imperceptibles aux sens , aussi
est elle admise , recompensee & adorée de plusieurs.

Item, Ordonnons que l'on maintienne, soigneusement les Raporteurs de secrets & semeurs de
zizanie aupres des Grands , parce que c'est vne
de nos semences qui fructifie le plus.

Item , Ordonnons que les Flagorneurs & souffleurs de noises , querelles , diuorces , & dissentions , seruent de soufflets & non pas d'euentails ,
afin qu'ils  attirent & enflamment , & qu'ils ne
temperent & ne rafraischissent pas.

Item , que les Entremeteurs soient les poux de
l'Enfer,afin qu'ils mangent iusques au sang ceux
qui les nourrissent & entretiennent.

Alors Lucifer , auec vne trogne refrognée , &
regardant de costé la Douegna , dit ce Prouerbe
qui est en vsage entre les Espagnols : *Deuignas de*
*se las Dios a quier las de sea* ; Dieu donne les

Doüegnas à qui les voudra. Ie suis fort en peine,
dit il apres, ce que i'en feray ; ie ne sçay où les
ietter. Et lors les Damnez qui virent qu'il estoit
comme disposé à les arrouser d'vne grosse pluye
de Doüegnas, s'escrierent tous d'vne voix. N'endurons nous pas assez de tourmens , sans no us
adjouster encore cestuy cy ? puis chacun dit à
patt soy, O maudit Lucifer, iette les par tout où
tu voudras, excepté laupres de moy , & en proferant ces paroles , ils se cachoient la teste, les vns
dans les autres    , comme font les moutons en
campagne durant l'ardeur de l'Esté , tant ils crai-
gnoient l'horreur de ce nouueau supplice dont
Lucifer les menaçoit. Luy , voyant l'extreme terreur qu'il leur auoit fait, se contente de cela: puis
il dit Or lus: qu'on prenne garde à l'auenir u ob-
seruer de poinct en poinct mes loix & ordonnances. Altras, ie iure par mes tenebres & par l'obf-
curite de ma couronne , que le Diable ou le
damné qui les enfreindra fera condamné au tourment de Doüegna, c'est à dire, qu'il en fera attaché vne auec luy, nonobstant opposition ou appellation quelconque. Et pour elles qu'elles
foient presentement enfermees à par dans cette
basse tolle à priuez , pour nous en feruir en temps
& lieu , comme nous verrons estre à faire par raifon.

Apres ce folemnel Decret , Lucifer se retira
dans le gouffre de son eternelle nuict , & l'assemblee effrayee d'vne si horrible menace , se dissi-
pa: chacun alla vaquer à son office, tout difpa-
rut en mefme temps, & à l'instant vne voix fono-
re comme celle d'vn Ange fut ouye qui proferoit

...bles: Quiconque aura l'esprit de comprendre la mo... ce douce discours, en tirera vn profit tres-auantag... pour son ame, & pourra dire : Salutem ex inimi... nostris, & de manu omnium qui o-detunt nos.

F I N.

# TABLE DES VISIONS.

## A

# TABLE.

FIN.

www.ingramcontent.com/pod-product-compliance
Lightning Source LLC
Chambersburg PA
CBHW070459030726
47503CB00004B/1106